CORONEL FERNANDO MONTENEGRO
MARCOS OMMATI

COMANDO VERDE

POR DENTRO DA FORÇA DE PACIFICAÇÃO DO EXÉRCITO BRASILEIRO NO COMPLEXO DE FAVELAS DA PENHA E DO ALEMÃO

ubook ubk
Publishing House

ubook ubk Publishing House

COORDENAÇÃO Alessandra Brito
EDIÇÃO Fernanda Barreto
COPIDESQUE Douglas Santos
REVISÃO Amanda Tracera e Nádia Maia
PROJETO GRÁFICO Bruno Santos
CAPA E DIAGRAMAÇÃO Clarissa Duarte
IMAGENS DE CAPA Acervo pessoal (Cel. Fernando Montenegro)
rakkaustv | iStock
IMAGEM DO MIOLO phongphan5922 | iStock

Dados Internacionais de Catalogação na Publicação (CIP)
(Câmara Brasileira do Livro, SP, Brasil)

Montenegro, Fernando
Comando verde / Fernando Montenegro e Marcos Ommati. -- Rio de Janeiro : Ubook Editora, 2022.

ISBN 978-65-5875-629-3

1. Ficção brasileira I. Ommati, Marcos. II. Título.

21-63710 CDD-B869.3

Índices para catálogo sistemático:

1. Ficção: Literatura brasileira B869.3

Cibele Maria Dias - Bibliotecária - CRB-8/9427

Ubook Editora S.A
Av. das Américas, 500, Bloco 12, Salas 303/304,
Barra da Tijuca, Rio de Janeiro/RJ.
Cep.: 22.640-100
Tel.: (21) 3570-8150

Livremente inspirado em eventos reais, os personagens e alguns lugares são fictícios.

SUMÁRIO

A ORIGEM DO COMANDO VERDE

O nome do livro faz uma referência direta à forma como, durante a Operação Arcanjo, de 2010 a 2012, os integrantes da Força de Pacificação do Exército Brasileiro passaram a ser chamados pelos traficantes do Comando Vermelho, que dominavam a região. As principais facções de crime organizado no Brasil (Comando Vermelho, Terceiro Comando Puro e Primeiro Comando da Capital) têm na sua autodenominação a terminologia COMANDO; isso passa a imagem de força, hierarquia e organização, que é peculiar às Forças Armadas. Na intenção de criar uma narrativa pejorativa em relação ao Exército, associaram a cor da farda ao nome "comando", como se os militares que trabalharam na ocupação dos Complexos do Alemão e da Penha não passassem de mais uma facção criminosa...mais do mesmo, digamos assim.

Acervo pessoal: coronel Fernando Montenegro

PREFÁCIO

Honrado com o convite feito por um dos autores — Fernando Montenegro — para escrever um prefácio para o livro *Comando Verde*, aceitei prontamente a tarefa. Atualmente, no Brasil, a melhor forma de um protagonista de episódios sensíveis conseguir contar uma história, evitando sofrer efeitos colaterais, é fazendo uso da ficção-realidade em parceria com um jornalista escritor. O coronel Fernando Montenegro e o jornalista Marcos Ommati souberam fazer isso com maestria.

Comando Verde é um livro extremamente original com ineditismo sem precedentes. Pela primeira vez na literatura recente brasileira, temos a oportunidade de ver alguns temas históricos, como o ataque à base brasileira no rio Traíra (na fronteira com a Colômbia) e a atuação da Força de Pacificação sob o enfoque de um protagonista do Exército Brasileiro.

A literatura e o cinema, sistematicamente, apresentam uma mesma história contada de diferentes formas e sob diversos pontos de vista. Quem acompanhou os jornais e os noticiários sobre a invasão e a ocupação dos Complexos do Alemão e da Penha, e ouviu as narrativas de policiais e jornalistas, sentirá, por meio deste livro, as emoções como se fosse um dos militares do Exército que passou 19 meses de ocupação militar, morando em uma base dentro do conjunto de favelas — que foi abandonado pelo estado do Rio de Janeiro e abrigou o quartel general do Comando Vermelho, a maior e mais violenta facção criminosa do Brasil.

No início da década de 1980, tive o privilégio de conhecer e de conviver com o então aluno Montenegro, no Colégio Militar de Brasília. De lá para cá, nossos caminhos se cruzaram por diversas vezes, nas atividades das operações especiais e na minha carreira jornalística.

Vocacionado para a carreira militar, o coronel Montenegro sempre esteve ligado ao nível superlativo nas atividades operacionais do Exército. Com um perfil extremamente atípico, é um dos pouquíssimos oficiais qualificados nos cursos de Comandos, Forças Especiais e Operações na Selva, com intensa participação na atividade de instrutor ou em operações reais, e teve como coroamento de sua carreira o comando da Força-Tarefa Sampaio, incumbida de ocupar os complexos do Alemão e da Penha em 2011 e 2012, com um efetivo aproximado de oitocentos militares.

Com uma habilidade incomum, o livro retrata a interação entre os personagens do Complexo da Penha com os integrantes da Força de Pacificação, a sua realidade diária e suas intimidades. Humor, sexo, violência, discriminação, poder e romance são os ingredientes que tornam a trama eletrizante e cativante.

Os pensamentos do protagonista do livro levam o leitor a uma profunda reflexão sobre questões extremamente polêmicas da atualidade como maioridade penal, violência urbana, preconceitos sociais, sexuais e religiosos.

Leia o livro e mergulhe nesse mundo inexplorado da Força de Pacificação do Exército.

— RODRIGO PIMENTEL[1]

1 Coautor de *Elite da Tropa* e roteirista de *Tropa de Elite* e *Tropa de Elite 2: O Inimigo Agora é Outro.*

GLOSSÁRIO DE SIGLAS, TERMOS, GÍRIAS E EXPRESSÕES

ADA — Amigos dos Amigos
Alemão — Inimigo
AMAN — Academia Militar das Agulhas Negras
BAC — Batalhão de Ações de Comandos
BIS — Batalhão de Infantaria na Selva
BFEsp — Batalhão de Forças Especiais
BIPqdt — Batalhão de Infantaria Paraquedista
BOPE — Batalhão de Operações Policiais Especiais
BRABATT — *Brazilian Battalion* (Batalhão Brasileiro)
Cambono — Auxiliar de pai ou mãe de santo
Cap — Capitão
Cb — Cabo
Cel — Coronel
Chapa quente — Ambiente carregado
Cia. Prec. — Companhia de Precursores Paraquedista
CIEP — Centros Integrados de Educação Pública
CIGS — Centro de Instrução de Guerra na Selva
COpEsp — Comando de Operações Especiais
CPOR — Centro de Preparação de Oficiais da Reserva
CV — Comando Vermelho
CVRL — Comando Vermelho Rogério Lemgruber
DPCA — Delegacia de Proteção à Criança e ao Adolescente
EB (Echo Bravo) — Exército Brasileiro

ECA – Estatuto da Criança e do Adolescente
EPCAr – Escola Preparatória de Cadetes do Ar
EsAO – Escola de Aperfeiçoamento de Oficiais
EsPCEx – Escola Preparatória de Cadetes do Exército
FPac – Força de Pacificação; tropa do Exército comandada por um general de brigada, incumbida de ocupar os Complexos do Alemão e da Penha
FARC – Forças Armadas Revolucionárias da Colômbia
FB – Abreviatura de Fabiano Atanázio, traficante do Comando Vermelho que dominava a Penha e determinou a onda de ataques e assassinatos, na cidade do Rio de Janeiro, no final de novembro de 2010
FT – Força Tarefa; tropa com o valor efetivo de um batalhão, normalmente comandada por um coronel; foi incumbida de ocupar um dos complexos de favelas
GC – Grupo de Combate
Gen – General
GLO – Garantia da Lei e da Ordem
IML – Instituto Médico Legal
IPM – Inquérito Policial Militar
Kid Preto – Denominação informal que indica militares do Exército integrantes das Forças Especiais
LGBTQIA+ – Lésbicas, Gays, Bissexuais, Transexuais, *Queer*, Intersexuais, Assexuais e Outros grupos e variações de sexualidade e gênero
Marruá – Viatura militar com uma boleia e caçamba adaptada para transportar até nove militares sentados
Meter o pé – Sair; ir embora
MINUSTAH – Do francês *Mission des Nations Unies pour la Stabilisation en Haïti* (Missão das Nações Unidas para a Estabilização no Haiti)
NPOR – Núcleo de Preparação de Oficiais da reserva

PCC – Primeiro Comando da Capital
PQD – Oficiais militares que fazem parte da Brigada de Infantaria Paraquedista
Quebrar – Matar; eliminar
R2 – Oficial formado em um curso de nove meses no CPOR (Centro de Preparação de Oficiais da Reserva)
REI – Regimento Escola de Infantaria, também chamado de Regimento Cara de Tigre
RSV – Rio Sem Violência
Sd – Soldado
Sgt – Sargento
ST ou Sub – Subtenente
SUOPES – Subunidade de Operações Especiais
TCP – Terceiro Comando Puro
Ten – Tenente
TFM – Treinamento Físico-Militar
UPP – Unidade de Polícia Pacificadora
USAID – *United States Agency for International Development* (Agência dos Estados Unidos para o Desenvolvimento Internacional)
VANT – Veículo Aéreo Não Tripulado
Vazar – Sair; ir embora
X9 – Caguete; fofoqueiro
XRE 300 – Motocicleta utilizada pelos militares da Força de Pacificação

CAPÍTULO I

A SURPRESA

— Ai! Puta que o pariu! Me acertaram! Tá ardendo pra caralho!

— Tenente, é muito pipoco! Como vamos sair daqui?

— Sei lá, porra. Fudeu! Mas temos que sair. Não quero morrer nessa favela, caralho!

— Tenente, não dá mais! Nossa munição tá quase acabando e tá vindo tiro de tudo que é canto.

— VV, arranca sua camisa fora e acena.

— Porra, tenente, os caras vão me furar todo!

— Tua camisa é branca, ô Zé Mané. Símbolo universal da paz. Faz o que eu tô mandando, porra!

— Ô meu Deus, meu Deusinho. Me ajuda, pelo amor de Deus!

— Para de frescura, VV, e faz logo! Bota a camisa branca pra fora da janela. Cessar fogo!

Na verdade, aquilo tinha sido uma solução tomada no desespero, no momento. Sei lá se daria certo. Mas a verdade é que estávamos todos com um cagaço danado e tínhamos que fazer alguma coisa. Cinco babacas dentro de um barraco, com tiro zunindo de tudo quanto era lado... Não tínhamos nada a perder.

— Caralho, tenente! Acho que deu certo!

Deixamos de ouvir tiros e começamos a ouvir passos. Muitos passos vindo em nossa direção.

— Porra, ninguém nem pense em dar um balaço sequer, entendido?

E os outros, praticamente em uníssono, disseram, em um tom entre o baixo e o trêmulo:

— Entendido.

Os passos foram se aproximando. Eu podia sentir no ar a ansiedade e, por que não, o medo saindo pelos poros daqueles cinco corpos que estavam tentando entender como chegaram àquele ponto.

De repente, com um chute, a portinhola do barraco foi arrombada e, por mais incrível que possa parecer, uma voz feminina gritou:

— Tá tudo dominado! Cês vão tudo morrer, seus filhos da puta!

Eu ainda não podia ver quem era, mas, aos poucos, ela foi abrindo caminho entre os comparsas e ficou frente a frente conosco. Sem medo. Sem receio. Sem piedade. Dos olhos dela irradiava um azul indescritível. Uma energia poderosa. Sua aura era assustadora, mas divina e tranquilizante ao mesmo tempo. Uma coisa de louco. Esqueci da dor lancinante que sentia e justo eu, que nunca acreditei nessa coisa de amor à primeira vista, me apaixonei. Seria possível? Eu não sabia, mas aquela visão se transformaria em uma espécie de fantasma durante o resto da minha vida. Dali em diante, sempre que eu visse uma mulher de cabelos ruivos, avermelhados mesmo, me viria à mente aquela imagem estonteante. Outro grito, que não parecia vir daquela ruivinha maravilhosa, me tirou do transe passageiro em que me encontrava.

— Seus merdas! Meganha do caralho! Vão amanhecê com formiga saindo pela boca! Pode colocar as armas tudo de lado. Sovaco, recolhe tudo.

Naquele momento, entre a incredulidade e o pavor, um filme da minha vida passou como um relâmpago pela minha cabeça, mas eu me perguntava, principalmente, como havíamos chegado àquela situação esdrúxula.

CAPÍTULO II

PELA TV

— Mau, vem aqui! Rápido!

Estava na cozinha preparando um poderoso sanduba e não dei muita atenção ao que Paula dizia.

— Meu amor, vem logo! Você vai perder o que estão dizendo na TV.

Vendo que a coisa era séria, larguei tudo e saí em disparada para a sala, onde tínhamos uma TV LCD de 55 polegadas. Meu salário era uma merda, mas, pombas, séries de TV e filmes são as únicas coisas que de fato servem como válvulas de escape para mim. Portanto, eu merecia uma bela tela na sala de estar.

Cheguei a tempo de ouvir a apresentadora do noticiário noturno dizer:

— Já são mais de 48 horas de desaparecimento do jornalista Hélio Paes, que investigava os ataques do Comando Vermelho na cidade. Mais de setenta veículos foram incendiados e trinta pessoas foram assassinadas a sangue frio.

Senti meu estômago embrulhar. Fiquei meio zonzo. Devo ter ficado branco, azul, porque Paula me segurou pelos braços e me sentou no sofá. Não sei bem se desmaiei ou se fiquei inconsciente por alguns instantes. Só sei que, quando dei por mim, estava tomando um copo d'água com açúcar, que sempre pensei que fosse mentirada ou clichê de novelas, mas que acabou resolvendo, pelo menos temporariamente, meu problema.

— Mau, cê tá bem?

— Tô. Paula, que porra foi essa que eu ouvi? Conta os detalhes.

— Parece que o Helinho estava fazendo uma reportagem na Penha ou no Alemão, não sei bem, sobre os ataques coordenados do Comando Vermelho no Rio, e não dá notícias há mais de dois dias. A redação da revista onde ele trabalha entrou em contato com a polícia.

— Mas o que é que esse corno foi fazer no Alemão, cacete? Porra, eu disse pro Helinho quinhentas vezes pra ficar na dele e deixar essa coisa de jornalismo investigativo pra lá. Ainda mais agora, com essa onda de ataques que já mataram uma porrada de gente!

Comecei a chorar copiosamente, meio atordoado, sem saber o que fazer. Hélio e eu crescemos juntos. Nossas mães ficaram grávidas na mesma época e se conheceram no Posto 4, em Copacabana, justamente porque estavam esperando bebês ao mesmo tempo. A amizade delas se fortaleceu e, quando chegou o momento dos partos, eram praticamente irmãs. O interessante foi que as famílias também entraram na roda, formando um laço de amizade forte, que inevitavelmente passou para nós dois.

Na verdade, não tenho memória de nenhum momento da minha infância sem o Helinho por perto. Frequentávamos a mesma escola. Nossos aniversários eram comemorados juntos. Afinal, nasci apenas três dias antes dele.

O cara era demais. Inteligente para caramba. Bonito e charmoso, sempre se deu muito bem com as mulheres e os professores. Minha família simplesmente o idolatrava. Confesso que, em alguns momentos, cheguei a sentir um pouco de ciúme e inveja dele, mas era coisa passageira, de criança e adolescente. Sabia que, se eu precisasse de qualquer coisa, podia contar com o Hélio para o que fosse.

Quando crianças, jogávamos bola nas ruas transversais de Copacabana, onde não passavam muitos carros, como a Domingos Ferreira ou a Leopoldo Miguez. Mas o que gostávamos mesmo de fazer eram competições de leitura. Quem lia mais rápido clássicos como *O conde de Monte Cristo*, os deliciosos livros do Orígenes Lessa ou histórias em quadrinhos de revistinhas que pegávamos na banca de jornais da esquina. Chamávamos o dono — um italiano simpaticíssimo e que gostava muito de nós — de Seu Caramelo, porque ele sempre nos dava umas balinhas e deixava que tomássemos emprestados os gibis da Turma da Mônica ou do Tio Patinhas. Na verdade, o nome dele era Donatello Gaetano Vicenzio, mas, devido às balinhas que ele nos dava, o apelidamos de "Caramelo", que, para nós, era bala em italiano.

Nosso sonho secreto era montar uma espécie de Arca de Noé e colocar todos os bichos dentro, para salvá-los das mazelas dos seres humanos. Chegamos a fazer até o projeto da embarcação. Sabíamos que conseguiríamos porque, nos armários embutidos do quarto da tia Leda, mãe do Helinho, que ficavam a uma altura inalcançável para nós, havia, segundo o pai dele, tio Jorge, uniformes especiais do Batman e do Homem Aranha. Tio Jorge trouxe os uniformes especialmente para nós, de uma viagem à Nova Zelândia, para que levássemos adiante nosso plano, mas, obviamente, só quando completássemos 18 anos. Grande e sábio Tio Jorge!

Há histórias e mais histórias sobre mim e o Helinho, mas vou contar agora como eu estava prestes a entrar numa grande roubada.

CAPÍTULO III

48 HORAS

SABER QUE MEU MELHOR AMIGO ESTAVA DESAPARECIDO, E QUE provavelmente estaria nas mãos de marginais, me corroeu por dentro. Já havia lido e ouvido falar a respeito de histórias de crimes brutais cometidos pela marginalidade, como o famoso "micro-ondas", em que pneus são colocados uns em cima dos outros com a pessoa dentro. Depois, os safados tacam álcool e fogo, sem dó nem piedade.

Pois bem, só pensar no Hélio em uma situação parecida com aquela me deixava louco. Passei a mão no celular e comecei a ligar para tudo que é contato que eu tinha na polícia do Rio. Sou primeiro-tenente do Exército Brasileiro, mas a gente sempre faz uma rede de amizades — na verdade, é uma espécie de toma lá, dá cá, mas o foda é que você fica devendo um favor.

Um camarada, que tinha uma história meio louca, acabou me ajudando. O sujeito passou em um exame dificílimo para a EsPCEx, a Escola Preparatória de Cadetes do Exército, e, com apenas algumas semanas em Campinas, São Paulo, onde a escola está localizada, pediu baixa. Três anos depois, passou em uma prova ainda mais difícil, para a AMAN, a Academia Militar das Agulhas Negras, que prepara os jovens brasileiros para o oficialato. Bem, o cara cursou metade do primeiro ano na AMAN, na minha turma, e pediu baixa novamente! Vai entender... Acabou entrando para a Polícia Militar do Rio de Janeiro e se tornou tenente, como eu. Na época, ele fazia parte do BOPE, o Batalhão de Operações Especiais da Polícia Militar do Rio de Janeiro.

Eram quase nove da noite quando liguei para ele.

— Barbosa Silva? — perguntei.

— Ele.

— Aqui é o Maurício Gavião, tudo bem?

— Gavião? Beleza, cara? Pensei que ainda estava em Manaus.

— Não. Cheguei no Rio faz uns dias. Fui transferido para a Vila Militar, mas, desculpe, depois conversamos com calma.

— Claro. Estou sentindo muito nervosismo na sua voz. Deixa eu adivinhar: quer safar um familiar de algum teste do bafômetro, é isso?

— Porra, antes fosse! Você viu a notícia sobre o jornalista que desapareceu, o Hélio Paes?

— Claro.

— Bom, e aí?

— E aí o quê?

Senti um cheiro de "não tô nem aí" no ar e o apelido dele fez todo o sentido para mim: BS., iniciais de seu nome, mas que também querem dizer *bullshit* em inglês, ou seja, o cara só era bom de gogó.

— O cara é meu melhor amigo. Gente fina pra caralho. Quantos homens você tem metidos na busca?

— Nenhum. Porra, o bicho tá pegando na cidade, camarada!

— Quê?! Como assim, nenhum? Tá maluco?

Mesmo tendo estudado na EsPCEx e na AMAN, o Barbosa Silva falava como policial. Uma coisa muito estranha para mim.

— Seguinte, *brother*. O seu amiguinho foi se meter com os traficantes mais sanguinários do Rio em troca de manchete de jornal.

— Porra, o cara nem em jornal trabalha! Mas deixa isso pra lá. Sim, mesmo tendo vacilado, ele é um ser humano e merece a consideração de vocês, ou não?

— Meu querido, merecer, ele até merece. Mas, olha só, vou falar algo que você tem que me prometer que vai ficar só entre nós, promete?

— Porra, claro, BS. Desembucha logo.

— Promete?

— Prometo. Prometo!

Barbosa Silva me contou algo que me fez gelar. Se, antes, meu amigo corria perigo, a partir daquele momento eu estava certo de que ele morreria em, no máximo, 48 horas.

Gelei. O Barbosa Silva deve ter pensado que a ligação tinha caído, porque começou a gritar:

— Gavi? Gavi?

— Oi, tô aqui.

— O que houve?

— O que houve? Porra, essa notícia é péssima!

— Gosto de você porque você é um cara inteligente.

— Deixa de babaquice, BS. Estamos falando de um ser humano. E um dos melhores que já pisaram nessa merda de planeta.

— *Sorry*, não dá para ajudar, *brother*.

Aquela mania do Barbosa Silva de meter palavrinhas em inglês em suas frases me irritava profundamente, mas, naquele momento, a coisa ganhou contornos de insulto para mim.

— Então vai se foder!

Bati o telefone na cara dele, que deve ter ficado puto da vida, mas não me ligou de volta para reclamar. Eu tinha que agir, e rápido.

CAPÍTULO IV

MULHERES E ARMAS

— VOCÊ ME PROMETEU QUE NO RIO AS COISAS IAM SER DIFERENTES — dizia Paula. — Que você ia ficar mais comigo, deixar de se meter em missões longas e perigosas, de se atirar de cabeça no trabalho. Mau, eu quero ter um filho teu, e logo!

— Paula, o que você quer que eu faça? Que deixe o Helinho morrer nas mãos desses bandidos, traficantes de merda?

— Mas você e mais um milhão de pessoas já tinham avisado a ele pra parar com essa coisa de querer mudar o mundo, de fazer a parte dele e outras idiotices.

— Você não tá entendendo nada! Não lembra o que aconteceu com o Tim Lopes? Quer que eu passe o resto da vida me mortificando porque deixei meu melhor amigo ser torturado, queimado vivo, sei lá? Tá maluca?

— Maurício, você é do exército. Isso é caso de polícia. O que vai fazer? Invadir o morro sozinho? Encarar bandido carregando AK-47 com sua 45, é isso? Você não vai mudar nada e ainda vai acabar como o Hélio e vários outros.

O pior era que eu estava pensando exatamente a mesma coisa naquele momento. Mas como a Paula, toda metida a pacifista, psicóloga com mestrado em sociologia, sabia tanto de armas?

— Cala essa boca! Eu vou fazer alguma coisa pra salvar meu amigo, e é agora. Fui!

Bati a porta e saí descontrolado pela rua. De certo modo, Paula tinha razão. Mas dava para não trazer isso à tona naquele momento? E aquela história de filho, pela enésima vez? Eu só queria saber de salvar meu amigo. Mas como? Tinha que reunir um grupo de camaradas de sangue para essa investida. Se eu esperasse, poderia ser muito tarde. Àquela hora, quem saberia a que júri da favela o Helinho estava exposto, como um réu pré-condenado? E a sentença, nesses casos, era morte na certa. Liguei logo para o PX:

— PX, desculpa ligar essa hora. Precisamos nos reunir. Depois explico. É caso de vida ou morte. Será que dá pra você ir lá na casa do tio Júlio?

Júlio Mascarenhas Pedrosa era o nosso querido "tio Júlio". Na verdade, era tio só do PX. Mas, de tanto ouvir o PX chamá-lo assim, adotei o nome. O cara era uma figuraça. Foi oficial do Exército, mas chegou apenas a capitão. Acho que a loucura dele foi demais para a caserna. Era um superestudioso da Segunda Guerra Mundial e demais conflitos que ocorreram durante a Guerra Fria. Sabia muito, mas sua paixão mesmo eram as armas. Tinha arma de tudo que é jeito e calibre e adorava contar os detalhes de cada uma para nós. Lembro que, já adolescentes, íamos à casa dele na rua Constante Ramos, só para ouvir suas histórias.

Sabíamos que metade do que ele contava tinha mesmo acontecido com outra pessoa, mas não nos importávamos. Ele era um grande contador de histórias, e ficávamos fascinados com suas explicações sobre as armas. Ele as pegava como se fossem joias e nos apresentava a cada uma, contando os detalhes de como surgiram, onde foram fabricadas e em que guerra ou outro evento histórico elas tinham sido utilizadas.

Uma história que me encantava e que eu sempre pedia para que ele repetisse era a da arma utilizada para matar o ex-presidente dos Estados Unidos, John Fitzgerald Kennedy. O tio Júlio tinha uma réplica do rifle, um Carcano 6.5mm, modelo 91/38, muitas vezes indevidamente chamado Mannlicher-Carcano — isso eu aprendi com ele. Tio Júlio guardava aquela arma como uma preciosidade.

Antes de começar a história, ele tinha um ritual. Primeiro, tirava uma pequenina chave da gaveta de uma mesa da sala de jantar e, depois, abria, como se estivesse abrindo um baú mágico, as duas portas de vidro — uma espécie de vitral — do móvel no qual ele guardava suas armas. O rifle Carcano ficava exposto em um lugar de destaque, pouco à frente dos demais, em um belíssimo suporte de aço inoxidável. Ele, então, pegava uma flanela que ficava na parte de baixo do móvel e tirava a imponente arma de seu mostruário. Virava-se vagarosamente para nós, segurando o rifle como se fosse um troféu, e começava seu relato:

— Em março de 1963, Lee Harvey Oswald adquiriu seu belo Carcano 6.5mm, modelo 91/38, por meio de uma encomenda, utilizando um desses catálogos de compras via correspondência que são muito comuns nos Estados Unidos. Ele usou o pseudônimo "A. Hidell". Comprou, ainda, um revólver de outra companhia, utilizando o mesmo método. Mas, oficialmente, é aceita a versão de que a arma usada para matar o então presidente norte-americano foi mesmo o rifle Carcano, no dia 22 de novembro de 1963, quando a comitiva presidencial passava em carro aberto por uma rua de Dallas, no Texas. Foi devido a fotografias de Oswald segurando o rifle e às digitais dele na arma que o assassino acabou preso.

E ele prosseguia por longos e deliciosos minutos, falando da munição utilizada e das várias teorias que cercam a morte de Kennedy.

— Casa do tio Júlio? — perguntou PX, sem entender a razão daquilo.

— É. Vamos precisar de armas e munição.

— Porra, Gavi, o que tá acontecendo? — indagou. — Abre o jogo logo.

— Não tenho tempo agora. Explico tudo depois. Eu vou ligar pro Gutembergue. Liga, por favor, pro tio Júlio e pergunta se tudo bem se a gente for pra lá. Vou ligar também pro VV. A coisa é muito séria.

CAPÍTULO V

EMBOSCADA NA SELVA

PX É O APELIDO DO TENENTE PAULO PIRES NORONHA, INTEGRANTE da minha turma da AMAN. Em termos de amizade, ele só perdia para o Helinho. Há muitos anos, eu os apresentei e, sempre que era possível, nos reuníamos. A amizade entre eles não era tão forte quanto a minha com o Hélio ou com o PX separadamente, se é que me faço entender. É que o PX ficava meio puto com algumas das ideias do Hélio, que ele considerava como de esquerda. Eu acabava funcionando como uma espécie de bombeiro entre os dois porque, no fundo, sabia que havia uma admiração mútua entre eles.

Na verdade, o apelido do Paulo deveria ser PP (pelas iniciais Paulo Pires), mas sua irmã menor por alguma razão não conseguia falar PP e dizia sempre "PChê". Devido a uma dessas evoluções que muitas vezes acontecem nesses casos, acabou virando PX.

VV é o sargento Eduardo Siqueira Valverde. Gutembergue Castro dos Santos, ou apenas Gutembergue, é tenente R2. Depois conto a história deles. Por enquanto, vou me concentrar apenas no PX.

O PX havia presenciado uma cena que mudaria minha vida para sempre — e a dele também. O fato que nos levou a odiar com unhas e dentes os traficantes e as drogas, de um modo geral, aconteceu às margens de um rio, na região conhecida como Cabeça do Cachorro, no estado do Amazonas, na fronteira entre Brasil e Colômbia. Em 26 de fevereiro de 1991, um grupo de uns quarenta guerrilheiros — na verdade, um bando de marginais — que se autodenominava Comando Simón Bolívar e era formado por membros das Forças Armadas Revolucionárias da Colômbia, mais conhecidas como FARC, adentrou nosso território federal e atacou de surpresa um destacamento do Exército Brasileiro, que a gente chama de EB.

Eu e o PX estávamos lá por acaso. Éramos filhos de dois dos militares que, na ocasião, serviam naquelas instalações semipermanentes. Nossas mães nos haviam levado para visitar nossos pais. Eles estavam isolados na mata e não nos viam há meses, porque nunca podiam se ausentar, pois o efetivo era muito pequeno para a extensão da fronteira, além de vários outros problemas. O número era também bastante inferior ao da coluna guerrilheira que atacou a base.

Enquanto almoçávamos em uma mesa comunitária que havia no rancho, construído com toras de madeira, apareceram, do nada, vários homens encapuzados que saíram atirando a torto e a direito. Só me lembro de me jogar debaixo da mesa. Vi muito sangue escorrer. Muitos gritos vinham de todas as partes. Chorei.

Depois de vários anos, entendi o ocorrido. O ataque dos guerrilheiros foi motivado pela repressão exercida pelo destacamento de fronteira do EB ao garimpo ilegal naquela região, que era — e ainda é — uma das fontes de financiamento das FARC.

A coisa foi sanguinária e covarde. Uma mulher das FARC, que ficara presa por três dias no destacamento, memorizou toda a rotina e identificou as vulnerabilidades do lugar. Ao ser libertada, por falta de provas de seu envolvimento com atos ilícitos, relatou o que viu ao destacamento das FARC mais próximo. A guerrilheira acompanhou pessoalmente o assalto à base, que teve início durante a troca de turnos na hora do almoço, justamente quando um dos militares retirou o carregador da arma e deu os dois golpes de segurança.

Foram abatidos, inicialmente, os dois únicos sentinelas que permaneceram armados e, depois, aqueles que tentaram chegar ao escaninho das armas: meu pai e o do PX estavam entre eles. Só não morreu mais gente porque algumas pessoas se fingiram de mortas. Naquele ataque, três militares brasileiros faleceram e outros nove ficaram feridos. Todas as armas, munições e equipamentos foram roubados. Por sorte, os filhos da puta não tocaram nas mulheres presentes, ou seja, nossas mães. Infelizmente, porém, entre os três mortos, estava meu pai. Presenciei a cena mais marcante de minha vida aos nove anos de idade.

Depois que os covardes foram embora, minha mãe chorou copiosamente por vários minutos, abraçada a mim. Olhei para o PX, que eu havia conhecido naquela manhã, e senti um olhar de cumplicidade vindo da parte dele. Daquele momento em diante, nos tornamos amigos inseparáveis e, inclusive, acho que entramos para a AMAN para, de alguma maneira, algum dia, nos vingarmos daqueles safados e do trauma que deixaram em todos os presentes durante aquela barbárie. E, obviamente, também vingar a morte de meu pai.

O que aliviou um pouco a minha dor foi o fato de Fernando Collor de Mello ter deflagrado secretamente uma operação militar com o objetivo de desencorajar novos ataques e tentar recuperar o material roubado. O então presidente do Brasil teve o apoio de seu homólogo, o colombiano César Gaviria Trujillo, que não queria se indispor com o governo brasileiro por causa de bandidos interessados apenas em dinheiro, apesar de justificarem suas ações com ideologias políticas.

Além do Exército, a Marinha (MB) e a Força Aérea (FAB) também entraram na dança. A MB enviou o Navio Patrulha Fluvial, que cooperou com o apoio logístico e garantiu a segurança da região. Já a FAB entrou com seis aeronaves de ataque ao solo AT-27 Tucano, mais seis helicópteros de transporte de tropas H-1H, além de aviões de apoio logístico C-130 Hércules e C-115 Búfalo.

Entretanto, a casca grossa ficou mesmo com o EB, que enviou suas principais tropas de elite, elementos de forças especiais e de comandos, reforçados pelos guerreiros de selva do até então 1º Batalhão Especial de Fronteira (Tabatinga). O objetivo era atacar a base guerrilheira que se encontrava em território colombiano, bem pertinho da fronteira. Também deram apoio à missão os militares do 1º Batalhão de Infantaria de Selva, principal unidade do Comando Militar da Amazônia e do Centro de Instrução de Guerra na Selva (CIGS). O Comando de Aviação do Exército se fez presente, fornecendo o meio de transporte utilizado pelos combatentes: quatro helicópteros de manobra HM-1 Pantera e dois helicópteros de reconhecimento e ataque HA-1 Esquilo. Já o exército colombiano apoiou a operação à distância, com o Batalhão Bejarano Muñoz.

Saldo da operação: 12 guerrilheiros mortos, outros tantos capturados e a maior parte do armamento e do equipamento recuperados. Desde 1991, nunca mais se soube de invasões das FARC ao nosso território, e muito menos de ataques a militares brasileiros. No entanto, desde então, o fornecimento de drogas por parte de membros das FARC aos traficantes brasileiros aumentou — e muito —, principalmente nos morros cariocas, em troca de armas. Um exemplo é o Fernandinho Beira-Mar, mas há outros.

Como comentei, o ocorrido uniu PX e eu para sempre e, por isso, eu sabia que podia contar com ele de olhos fechados. Foi para ele que liguei quando precisei organizar uma investida que poderia ser fatal.

Também tinha certeza de que podia contar com o VV e o Gutembergue para o que desse e viesse, mas, na verdade, nem eu sabia bem como fazer o que era necessário — ou seja, resgatar meu melhor amigo, que estava dentro da favela mais perigosa do Brasil.

CAPÍTULO VI

O PLANO

Já passava das dez da noite quando cheguei à casa do tio Júlio. O primeiro a chegar foi PX, que já me esperava, ansioso. Em seguida veio o Gutembergue. Assim que expliquei rapidamente o que estava acontecendo, o Gutembergue começou a fazer ligações de seu celular. Não pude ouvir bem, porque VV chegou logo depois. Não senti nele o mesmo entusiasmo do Gutembergue, mas ele também topou participar da empreitada.

Gutembergue deu uma pausa nas chamadas e fez uma declaração surpreendente:

— Temos uma oportunidade única e perfeita de entrar no Complexo da Penha sem sermos notados.

— Como? — perguntei.

— Seguinte: na Penha/Alemão tem um X9 que trabalha para o 16° Batalhão da PM, que fica naquela área e é comandado por um parceiro meu, que me passou o contato dele. Já falei com o cara. Ele disse que amanhã à tarde vai ter o jogo da final do Torneio de Futebol das Favelas.

— E daí? — indagou VV.

— Porra, bem se vê que você não sabe merda nenhuma de favela! É só o campeonato de futebol pra pobre mais importante do Rio. As comunidades entram em polvorosa e todos participam, até os traficantes, que, em muitos casos, como nas escolas de samba, bancam uniformes, alimentação e o caralho pros garotos. É uma loucura! Fla-Flu decidindo título consegue ser menos agitado!

— Porra, ainda não entendi — interrompeu novamente VV.

— Se você me deixar terminar, talvez entenda. O jogo da final é entre duas comunidades da Penha: a Chatuba e o Grotão. Ou seja, *todo mundo* vai estar lá pra torcer e pressionar o juiz, que deve ser um louco de aceitar o trabalho. Eu, hein? Ser juiz num jogo desses, tá doido?

Eu detestava quando chamavam a favela de "comunidade", mas aquela história era interessantíssima e acendia uma luz no fim do túnel.

— Gutembergue, que eu saiba, ninguém aqui conhece as ruelas e becos da Penha e do Alemão. Como é que vamos entrar lá e, ainda por cima, encontrar o Hélio, que pode estar em qualquer barraco ou muito bem escondido? — questionou PX.

— O X9 vai nos levar até lá em cima da Serra da Misericórdia, onde tem um matagal deserto que os traficantes, de vez em quando, usam para desovar os corpos de seus... Digamos... Desafetos. Ele me prometeu indicar onde fica o barraco em que a bandidagem está mantendo o amigo de vocês refém — explicou o Gutembergue. — Como vocês não devem saber, já que o único favelado aqui sou eu, não existe segredo nas favelas. Todo mundo sabe de tudo, mas ninguém nunca vê ou ouve nada, entende? Daí que só mesmo usando um dedo duro como esse tal de Ernesto para se chegar a um lugar assim.

Obviamente o cara não devia nem se chamar Ernesto, e com certeza iria querer alguma coisa em troca.

— E o que esse X9 vai ganhar com isso, se nem da polícia nós somos? — perguntei.

— O que ele quer é vazar de lá — disse Gutembergue. — Parece que a chapa tá esquentando na região, porque a polícia está se dando bem em várias investidas e os traficantes já sabem que tem um X9 dentro da comunidade.

— E como vamos ajudar o cara? — perguntou VV.

— O comandante do batalhão, que me passou o contato dele, me deve alguns favores. Disse pra ele que, se deixasse o cara vazar e arranjasse outro "emprego" de X9 pro Ernesto, em outra comunidade, nossa conta estaria zerada.

O comentário de Gutembergue provocou um riso nervoso em todos nós, mas não dava para deixar de reconhecer que ele, além de ser bem relacionado, era ponta firme para cacete. Foi uma coisa que, na hora, até me emocionou.

— Beleza — falei. — Acho que esse plano vai vingar. Agora temos que entrar na internet e imprimir um mapa do topo do Complexo do Alemão. Não quero envolver mais ninguém nisso, se não nossa ação acaba sendo denunciada ou coisa parecida. Com o mapa, a gente vai conseguir ver qual é o melhor trajeto e maneira de chegar lá em cima.

O plano já não parecia tão esdrúxulo e senti certo alívio no ar.

Mal sabíamos da roubada em que estávamos nos metendo.

CAPÍTULO VII

A SUBIDA

Apesar de o tio Júlio não estar em casa, ele havia liberado tudo o que quiséssemos levar. A reunião de preparação para aquela investida maluca foi tensa e ninguém conseguiu dormir. Também, pudera! Sairíamos às três da manhã! O Ernesto tinha dito que a melhor hora para subir pelas encostas do morro era lá pelas quatro ou cinco da matina. Todos tinham noção da urgência da situação, mas não como eu, que somava a necessidade de resgatar o Hélio à informação que o Barbosa Silva havia me passado e que só pretendia usar em um momento oportuno. Não queria revelar aquilo para ninguém ainda. Achava melhor assim.

A Paula não parou de encher o saco a madrugada inteira. Ameaças, gritos, e eu mantendo a calma para não ter que lidar com a possibilidade de um divórcio em um momento tão delicado. Na hora da saída, desliguei o telefone, para ela não conseguir mais me achar. Engraçado... antes, não tinha nada disso. Você dizia para a mulher que ia trabalhar ou sei lá o quê e pronto. Não tinha como ela te achar. Essa coisa de tecnologia pode ser maléfica. Isso me faz lembrar da história da mulher que ligou para o marido às 11 da manhã do dia 11 de setembro de 2001. Ele era um alto executivo e trabalhava em uma das torres gêmeas do World Trade Center. A ligação ocorreu da seguinte forma:

— Meu amor, tudo bem? — perguntou a mulher, com voz ansiosa.

— Claro — respondeu o marido, fresco como um pepino, para usar uma tradução literal de um ditado em inglês,[2] já que o caso se passou em Nova York.

— Mas está tudo bem mesmo?

— Já disse que sim, ué, por quê?

— Mas, amor, onde você está?

— Ora, estou na minha sala, no trigésimo andar, com esta vista maravilhosa da Lower Manhattan.

— Só se a sua torre estiver localizada na Lower Manhattan do inferno, seu cafajeste! As torres despencaram depois de ataques terroristas. Pelo menos, entre uma trepada e outra com sua amante, você bem que podia assistir a um pouco de TV, babaca!

E lá se foi mais um casamento...

Voltando ao planejamento da nossa investida ao Complexo do Alemão, o Ernesto havia dito que o jogo só começaria às cinco da tarde, para aproveitar a luz do dia daquele já quase verão carioca, e também para que os jogadores não morressem de calor durante a partida. Mas tínhamos que subir o morro de madrugada, para não chamar muito a atenção. Depois das duas, três da manhã, cai bastante o movimento do tráfico nas favelas. Quem "precisa muito" comprar para ir a uma festa, virar a noite, tentar fugir da realidade, ou sei lá que motivos levam uma pessoa a se drogar, o faz, normalmente, até no máximo duas da manhã.

---

2 *Fresh as a cucumber.*

Bem, às três horas já estávamos a postos, com coletes à prova de bala, além de armas e muita munição, mas nada que chamasse muito a atenção ou que nos impedisse de subir e depois descer o morro.

Calculamos a chegada para as quatro horas. Era o momento que imaginávamos que a galera já estaria dormindo. Quando tomamos o elevador do edifício do tio Júlio, às 3h15, podíamos sentir no ar a apreensão e um certo receio, para não dizer cagaço, de participar de uma missão com potencial suicida. Devido ao avanço da hora, não esperávamos que ninguém mais fosse entrar no elevador.

Foi uma longa descida. Na verdade, durou apenas alguns segundos, mas, para nós, o trajeto do décimo andar até a garagem do prédio pareceu uma eternidade. No quinto andar, o elevador parou. Todos nos entreolhamos. Uma velhinha se juntou a nós. O elevador não era dos maiores, mas, para mais uma velhinha, havia espaço.

— Boa noite — falou ela.

— Boa noite — respondemos em coro.

Quando a porta pantográfica se fechou, ouvimos um ruído vindo de um dos cantos. Estávamos espalhados, cada um posicionado em uma ponta diferente do elevador, e a velhinha no meio. VV havia soltado um sonoro peido. Controlamos o riso e corri para me desculpar com a velhinha.

— Perdão. Feijoada. Sabe como é, né?

E a velha:

— Hein?

Todos, então, rimos para valer. A coroa era surda! Quando o cheiro começou a se espalhar, o elevador — graças a Deus! — parou no térreo. Saímos quase empurrando a velhinha para fora, ela não entendeu nada.

— Porra, VV, tinha que peidar logo agora? — perguntou o Gutembergue.

— Não deu pra segurar, parceiro. Foi mal.

O episódio serviu para aliviar um pouco a tensão. Fomos em dois veículos, por medida de segurança. Vai que acontece algo com um dos carros e não podemos cair fora ou coisa que o valha? Também ajudava a não chamar atenção. Quatro marmanjos dentro de um veículo nas cercanias de uma área daquelas poderia gerar suspeitas, tanto dos meninos que fingem brincar próximo às favelas, mas que, na verdade, estão ali como olheiros, quanto da polícia, que poderia estar fazendo uma blitz na área.

Fui com o Gutembergue no meu Fiat e o PX levou o VV no Gol dele. Não sei o que rolou no carro deles, mas, no nosso, foi um silêncio impressionante. Para quebrar o gelo, coloquei para tocar um CD com músicas dos anos 1980, minhas favoritas, e, de vez em quando, eu acompanhava alguma delas. "*So true, funny how it seems...*" O Gutembergue nem piscava.

O percurso transcorreu sem imprevistos e em pouco mais de meia hora estávamos no local. A rua escolhida para estacionar foi a Dr. Noguchi, aliás, uma das primeiras do bairro. Muito pouca gente sabe — bem, pelo menos eu não tinha a menor ideia —, mas o Complexo do Alemão é um bairro oficial do Rio de Janeiro, embora sua área seja, muitas vezes, tratada como parte dos bairros vizinhos: Bonsucesso, Higienópolis, Inhaúma e Ramos.

O bairro foi erguido sobre a Serra da Misericórdia. Sua formação geológica é vertical, composta de morros e nascentes, quase toda destruída pela construção dos barracos que formam o complexo. Pelas imagens da internet, nota-se que restam poucas áreas verdes na região.

A ocupação do lugar só começou em 9 de dezembro de 1951, mas foi na década de 1920 que o imigrante polonês Leonard Kaczmarkiewicz adquiriu terras na Serra da Misericórdia, que era, na época, uma região rural da Zona da Leopoldina, mas não se sabe bem para quê. Por seu visual "gringo", a população local se referia ao proprietário como "o alemão", e logo a área ficou conhecida como Morro do Alemão. Demorou trinta anos para Leonard dividir o terreno e vendê-lo em lotes, porém, foi ainda nos anos 1920 que se instalou na região o Cortume Carioca e, em consequência disso, muitas famílias de operários se alojaram nas imediações. No entanto, foi com a abertura da Avenida Brasil, em 1946, que a região se transformou no principal polo industrial do Rio.

Ato contínuo, o comércio e a indústria cresceram e se diversificaram, mas a ocupação desordenada dos morros adjacentes, que teve seu auge no primeiro governo de Leonel Brizola, acabou por dar lugar às favelas do Complexo do Alemão e da Penha. Mais uma triste história de crescimento acelerado e sem nenhum planejamento na América Latina.

Às quatro e meia em ponto, como havíamos combinado, chegamos. PX e VV já estavam lá. Ernesto chegou logo em seguida. Eu não tinha noção de que um X9 podia ser tão pontual. Não havia nem a necessidade de perguntar se era ele. Ninguém mais seria louco para estar ali, naquele local, àquela hora. Ele parecia tranquilo, como se já tivesse feito aquele trajeto várias vezes. Isso deve ter acontecido quando ele levava PMs para o morro para dar "incertas" nos traficantes.

O Gutembergue se apresentou e trocou algumas palavras com ele. Preferi não entabular nenhuma conversa, com receio de ficar sabendo mais do que precisava. Odeio X9. Na minha época de AMAN, quase fui expulso por enfiar a porrada em um filho da puta que me dedurou durante uma babaquice, que nem vem ao caso comentar aqui.

A subida ao topo do morro foi realizada em total silêncio. Fomos revezando a função de esclarecedores um e dois (aqueles que vão na frente) o tempo todo e fazíamos alto guardado a cada parada, sempre mantendo o X9 no meio do dispositivo e usando uma balaclava para não sermos identificados. Era um matagal escuro, deserto e ralo, que fora incendiado várias vezes e ficava na crista da Serra da Misericórdia. Representava o restante do pouco de área verde que sobrava. Todos ali tinham treinamento na selva, então não foi difícil fazer aquela subida, que parecia mais íngreme no mapa. Como imaginei, o X9 devia estar acostumado àquilo. Morar em favela não deve ser nada fácil.

Chegamos ao topo em mais ou menos uma hora, ou seja, eram umas cinco e meia da manhã. Lá de cima, via-se claramente o que deveria ser a maior boca de fumo do lugar, localizada bem na famosa Pedra do Sapo, onde várias pessoas morreram nos chamados micro-ondas. O X9 nos disse para ficar na encolha a uns dez minutos dali, escondidos entre umas pedras e arbustos. Foi uma espera longa e tediosa.

Quando o dia clareou, repassamos diversas vezes com o Ernesto o trajeto que nos levaria ao cativeiro do Helinho. O X9 disse que iria vazar para não dar na pinta. Depois de estarmos seguros de que sabíamos para onde ir, dispensamos o cara. Confesso que me senti aliviado. Aquela figura me dava asco. Depois disso, era esperar o pessoal descer para ver o tal jogo, para começarmos nossa "invasão" pessoal.

CAPÍTULO VIII

NA ESPREITA

As horas entre as explicações dadas pelo Ernesto e o início da descida pela favela me pareceram intermináveis. Foi um misto de apreensão, desconforto, calor, ansiedade e medo. Ouvíamos vários disparos vindos da Penha e do Alemão, mas os traficantes da área consideravam aquele local inexpugnável e nem pareciam preocupados. Particularmente, eu nunca tinha entrado em uma favela carioca. A morte de meu pai, apesar de ter gerado um ódio mortal em mim com relação às drogas e principalmente aos traficantes, acabou causando também uma repulsa aos morros do Rio de Janeiro, porque eu sabia que era ali que a maioria deles se encontrava. Soma-se a isso o fato de eu ter passado os anos de formação na Academia Militar em Resende, onde se localiza a AMAN, e de o início da minha carreira ter sido todo fora da Cidade Maravilhosa — daí o meu distanciamento das favelas cariocas. Minha maior experiência com favelas se deu no Haiti, quando participei da missão de paz da ONU naquele país, a MINUSTAH.

Vários tiros de morteiro 12/1 (os traficantes chamam assim, 12 por um) pipocavam desde onze da manhã. Eu sabia que os traficantes usam esse artifício para anunciar a chegada das drogas ou da polícia ao morro. Mas tinha entendido que os tiros de anúncio são concentrados e contínuos, como se fosse para retratar um tiroteio, e o Gutembergue confirmou essa suposição. Aqueles pipocos que estávamos ouvindo, no entanto, eram esporádicos, algo que acontecia até na Zona Sul carioca nos clássicos domingos do futebol. E era exatamente isso o que os moradores estavam fazendo. Os morteiros serviam como uma espécie de lembrete de que, dali a algumas horas, a decisão do Torneio de Futebol das Favelas iria começar. Mesmo sabendo disso, cada tiro de rojão me sobressaltava um pouco. Aquela missão, de modo geral, me assustava muito e, mais tarde, eu saberia que tinha razão em ficar tão apreensivo.

Foi também por volta das onze horas que o grupo se dispersou para ocupar posições estratégicas de observação no topo da favela. Cada um encontrou uma localização que considerava de boa visibilidade para controlar o tráfego dos moradores e esperar a melhor hora para agir. Desses locais, era possível observar perfeitamente a movimentação da boca que, para mim, parecia enorme. Gente chegava e saía sem o menor constrangimento, trocando dinheiro por drogas. A circulação de jovens com armas de todos os tipos, ao ar livre, mostrava com clareza que aquilo ali era uma terra de ninguém, ou melhor, era ponto forte dos traficantes.

Henri-Frédéric Amiel, filósofo, poeta e crítico suíço nascido na década de 1820, uma vez disse que o destino tem duas maneiras de nos destruir: ao recusar nossos desejos e ao concedê-los. De cima da árvore na qual eu me encontrava, via que essa máxima era mais do que verdadeira, e era ali que esses universos paralelos se intercruzavam. Um microcosmos de jovens meninos e meninas que não têm absolutamente nada e que usam o tráfico para obter bens materiais, a fim de deixarem de ser invisíveis aos olhos da sociedade, unindo-se a madames, trabalhadores e playboys da Zona Sul carioca que, aparentemente, têm tudo o que desejam, porém não conseguem obter o bem mais precioso da humanidade: a felicidade. E nessa busca incessante por ela e para escapar das mazelas do dia a dia, encontram nas drogas esse etéreo prazer e uma breve sensação de preenchimento e fuga.

Eram cenas degradantes e dantescas, como a de duas jovens que se aproximaram dos meninos da boca de fumo, conhecidos como vapores, para conseguir um pó de cinco ou dez reais e satisfazer aquela necessidade que lhes traria um prazer momentâneo. As moças chegaram mais perto e falaram alguma coisa. Pela distância, eu não conseguia escutar o que diziam, mas nem precisava. A primeira reação do vapor que elas interpelaram foi de desprezo e podia-se ver perfeitamente que ele tentava se livrar das garotas, empurrando-as. Porém, ambas insistiram e, na frente dos outros seguranças, vapores e viciados, um segurança da boca, portando um fuzil AR-15, olhou a cena e riu quando o vapor abaixou o short e as meninas começaram a pagar um boquete ali mesmo, sem cerimônia alguma.

Em seguida, ele se vestiu e meteu a mão em um dos bolsos, tirando um saquinho com um pó branco. Uma das meninas agarrou a embalagem e a abriu com avidez. Ali mesmo, em cima de uma pedra, fez duas fileiras de pó, uma para ela e outra para a amiga. Elas cheiraram, depois foram embora, como se tudo aquilo fosse a coisa mais normal do mundo, com a qual estavam mais do que acostumadas. O vapor também voltou a seus afazeres, como se tivesse interrompido seu trabalho para tomar água ou fumar um cigarrinho e depois voltasse ao batente, ou seja, a troca de dinheiro por bolsinhas de pó.

Esse comércio doentio prosseguiu durante horas, às vezes mais intenso, outras menos, e os tiros esporádicos de morteiros ecoavam ao fundo. Por volta das quatro horas da tarde, chegou um rapaz carregando uma bandeira enorme, verde, vermelha e branca, que devia ser do time da favela dele, e fez uma convocação geral para que os outros o seguissem. Um dos homens, que parecia ser o líder, fez um gesto com os braços, como o de alguns árbitros de futebol ao final dos jogos, para dizer que o movimento do tráfico estava encerrado.

Rapidamente outros meninos, ainda mais novos, apareceram e recolheram as embalagens com drogas que estavam com os vapores e as levaram para dentro de um dos barracos. Em um ato contínuo, todos começaram a descer o morro, sem abandonar suas armas. Também notei que alguns rapazes saíram de locais que eu não podia enxergar de onde estava. Imaginei que eram os falcões, os olheiros das favelas.

Quando a área me pareceu isolada, falei no rádio comunicador com os outros três. O combinado era não descer pela Vila Cruzeiro, onde acontecia um tiroteio cujo motivo não nos interessava. Pegamos uma estrada que seguia pelo meio do mato e passava pelas torres de alta tensão. Se continuássemos, daríamos na crista da elevação e chegaríamos até o campo de futebol, onde, possivelmente, a final seria realizada e onde se encontrava a sede da CUFA (Central Única das Favelas, que se tornou famosa graças ao rapper, escritor e documentarista MV Bill), além de um boteco de última categoria.

Segundo o X9, era ali mesmo, nas redondezas, ainda no alto do morro do Alemão, na região da Pedra do Sapo, que ficavam uns barracos usados como cativeiro para sequestros. É uma região bem descampada e onde, normalmente, de acordo com o Ernesto, eram montados os micro-ondas. Havia pneus espalhados por todos os lados. Portanto, não tivemos que descer tanto.

A fuga poderia ser realizada pelo mesmo itinerário ou descendo a encosta norte do morro pela escadaria que desemboca na rua Armando Sodré, que é superíngreme. Começamos a procurar o barraco descrito pelo Ernesto. Para mim, tudo aquilo parecia a mesma porcaria. Era um odor nauseante de água de esgoto ao ar livre misturada com lixo e comida podre. O mesmo cheiro me embrulhou o estômago na primeira vez que entrei em Cité Soleil, principal favela de Porto Príncipe, capital do Haiti. Eram cachorros junto com porcos revirando latas de lixo, chão úmido, escorregadio. Havia ainda o cheiro de mijo e de comida vindo dos barracos, além de uma bagunça de cacos de vidro e pólvora de lança-rojão 12/1. Aquilo gerava um campo de visão restrito, e estávamos sujeitos a receber paralelepípedos na cabeça arremessados por crianças ou qualquer outra pessoa do alto das lajes que chegam ao quarto ou quinto piso. Um capacete ali cairia bem, mas não levamos pelas circunstâncias.

Estava tudo vazio. Não saberia dizer se foi ordem do tráfico ou não, mas parecia que todos tinham mesmo descido para ver a final do campeonato. Andamos em fila indiana e com as pistolas à mão, mas sem chamar muita atenção. A cada barraco, mesmo não correspondendo exatamente à descrição passada pelo Ernesto, dávamos uma espiada para dentro. A maioria tinha as janelas abertas, ou transparentes, de modo que conseguíamos ver o lado de dentro.

Chegamos a uma viela onde praticamente todas as casas eram de tijolos, sem pintura e com muito grafite. Uma delas correspondia à descrição feita pelo X9. Tinha um tom verde-abacate desbotado e pichações estranhas, tipo "Mike fika com Deus", "Só vitória", "PANG" e outras. Mas, além da cor, que coincidia com a que o Ernesto havia informado, nas janelas havia uma toalha branca e outra vermelha, cobrindo a visão do interior do barraco.

Apontei para o lugar com o coração quase na boca. O grupo ficou mais compacto. Estávamos muito próximos um do outro. A respiração de todos estava ofegante. Toda a teoria e prática dos treinamentos de progressão em área de risco me vieram à cabeça. Como quem não quer nada, coloquei a mão na maçaneta e a girei. Nunca iria imaginar que a porta estaria aberta! Nem arrombar foi preciso. Fui empurrando a porta devagar e, com um movimento rápido, estava dentro do barraco, apontando minha arma.

Os outros três entraram logo atrás de mim, cada um apontando a arma em uma direção. Não havia ninguém no primeiro cômodo. Ouvimos, então, uns gemidos vindos do quarto anexo. Com cuidado, nos aproximamos, mas não foi preciso muito esforço para ver o Helinho ali, com as mãos e os pés atados a uma cadeira, uma mordaça na boca e uma faixa cobrindo os olhos. Para quem estava acostumado a ver aquele cara sempre alegre, cheio de energia e brincalhão, a cena foi chocante e constrangedora.

Corri em sua direção e o abracei com força. Arranquei a venda e vi seus olhos brilharem fortemente, transmitindo uma sensação de alívio e desespero ao mesmo tempo. Quando desfiz o nó da mordaça, imediatamente coloquei minha mão sobre sua boca, para que ele não falasse nada. Ele entendeu. Parecia muito cansado, porém sem marcas visíveis de golpes ou tortura.

Enquanto eu desamarrava os pés e as mãos de Helinho, cada vez mais fogos pipocavam lá fora. VV e PX estavam na espreita, um na porta do quarto, outro mais para fora, e o Gutembergue ficou de butuca na entrada do barraco. De repente, ouço o Gutembergue entrar e falar:

— Se esconde, rápido! Todo mundo! Tem um grupo de caras armados vindo nessa direção!

Eu tinha acabado de desamarrar o Hélio, que se jogou logo no chão. Eu, PX, VV e Gutembergue fizemos o mesmo, cada um tentando encontrar algo que funcionasse como esconderijo. Passaram-se alguns segundos de muita tensão e começamos a ouvir tiros vindos de todas as partes. Retribuímos, mas era uma ação desesperada e quase sem fundamento. A coisa fedeu.

CAPÍTULO IX

A NEGOCIAÇÃO

JUNTO AOS HOMENS ARMADOS, BEM ALI, NA MINHA FRENTE, AO ALCANCE das minhas mãos, estava ela: uma deusa! Achei que estava surtando, ou tendo uma alucinação — só podia ser isso! Só podia estar ficando louco! Uma mulher escultural, cabelos avermelhados, olhos azuis, vestindo uma roupa preta que contrastava com sua pele branca. Botas de couro que iam até o joelho e tinham salto, calça justa delineando as curvas de seu corpo estonteante, seios espetando na blusa justa e semiaberta.

Ela foi em minha direção com a arma em punho. No meio daquela situação, eu não conseguia pensar em nada, apenas em tomar aquela mulher em meus braços e possuí-la. Aquilo era loucura! Ela me empurrou com toda a violência para o quarto ao lado. "Ela vai me matar", foi o que pensei no momento. Fechei os olhos e fiquei esperando o som do tiro. Estava em pânico!

Como o barulho não chegou, abri os olhos e ali estava ela: a deusa, me olhando com aquele olhar faminto. Ela abriu a boca e passou a língua no cano da arma, lambendo aquele tubo frio. Ela virou para mim e disse:

— Tira a roupa!

— É o quê?

— Tira a roupa, porra! Tu é surdo?

Obedeci, meio sem graça, mas não consegui esconder minha excitação. Ela se ajoelhou na minha frente, colocou o cano da arma no meu saco e eu pensei: "agora fodeu." Mas, para minha surpresa, ela começou a alisar meu corpo e até esqueci onde estava a arma dela. Naquele momento, não queria mais saber de nada, podia até morrer...

Fui tomado por um desejo louco de tê-la por inteiro.

Ela se levantou, olhou nos meus olhos e, com a boca colada na minha, ordenou:

— Ajoelha e tira minhas botas.

Eu atendi aos comandos, com muito prazer em satisfazê-la.

Vibrando de tesão, ela gritou:

— Me chama de puta! De cachorra, seu safado!

Imediatamente, respondi ao seu comando:

— Sua puta! Vadia! Vagabunda! Cachorrona!

Então, ela deu um tapa com muita força na minha cara. O tapa foi tão real que me fez despertar de meu devaneio. Foi assim que voltei à realidade e me dei conta de que aquilo havia sido apenas um sonho. Que pena!

— Nós não somos polícias! Somos do Exército! — exclamou o PX.

— Exército porra nenhuma! Vamo quebrá todo mundo agora! Pra gente é tudo alemão! — gritou um dos caras que entraram com a mulher no barraco.

Aí foi minha vez:

— Peraí, porra! Vocês não vão querer arrumar encrenca com as Forças Armadas, vão? Além do mais, eu tenho uma informação que pode salvar a vida de vocês.

O bando soltou uma gargalhada e meus camaradas me encararam com um misto de surpresa e questionamento nos olhos. Emendei a segunda parte da frase, para não perder o momento:

— É sério. Juro por Deus. Garanto que vocês não vão se arrepender.

— Então abre logo o bico, seu babaca — falou a mulher. — Mas é bom que seja coisa boa mesmo, senão você vai morrer é agora.

— Com todo o respeito, dona... — Ela era obviamente mais nova do que eu, mas, naquelas circunstâncias, mostrar respeito poderia ser uma boa. — Eu só passo essa informação para o líder da comunidade, o Dá.

Outra gargalhada estrondosa encheu o barraco.

— O Dá? Dá é uma mulher, e tu tá de frente pra ela, seu otário! — falou um dos bandidos. — Tá de sacanagem com a gente, mermão?

Eu não podia acreditar naquilo. Como é que eu não sabia que Dá era uma mulher?! Que bosta de serviço de inteligência eu tinha?! Claro que já tinha ouvido falar do líder do tráfico dali, mas nunca imaginei que fosse uma mulher. Meus companheiros olharam para baixo. Devem ter achado que a casa tinha caído mesmo. Tentei conter minha surpresa e parti para a execução do meu plano.

— Desculpa, Dá. Tudo bem. Homem, mulher, que se dane, né? O importante é que tenho uma parada sinistra pra te contar. Pode salvar tua vida e a dos teus companheiros.

— Abre o bico logo, seu otário. Já tô perdendo a paciência — falou ela.

— Queria te mandar a real a sós, pode ser? Depois, tu decide o que fazer com a informação.

— Puta que o pariu, *brother*! Isso tem que ser muito bom mesmo, porque, se não for, tu vai ficar com mais buraco no corpo do que um queijo suíço. Catraca, faz uma revista geral e depois vai com esses merdas pra sala. Se eu der um grito, mata todo mundo e entra aqui atirando, entendeu?

— Mas, Dá, tem certeza que quer ficar sozinha com esse cara? E se for trairagem? — falou o Catraca, enquanto ia revistando todos do nosso grupo.

— Porra, o merda tá chumbado e vocês vão estar bem aí do lado. Vai tranquilo.

Quando todos passaram para o outro cômodo, respirei um pouco mais aliviado e comecei a falar baixo.

— Dá, o que eu tenho pra te contar é sigiloso e não pode se espalhar pelo morro, senão o tiro pode sair pela culatra e você perde uma boa oportunidade.

— Fala logo, porra!

— Quero que, antes, você me prometa que todos vamos sair daqui com vida.

— Não vou prometer porra nenhuma. Se achar que a informação vale a pena, vou pensar no teu caso.

Eu não tinha alternativa e comecei a desembuchar.

— Seguinte. Tenho informações fidedignas...

— Fide de quê?

— Desculpa. Informações garantidas de que amanhã a polícia vai invadir o Complexo da Penha com apoio das Forças Armadas.

Falei isso bem perto do ouvido dela, totalmente impactado pela beleza e brutalidade que aquela mulher transmitia. Um tesão danado. Senti que ela balançou.

— Vai se foder, cara! Eu teria sabido dessa porra pelos meus contatos. E outra, ainda não chegou a hora de colocar UPP aqui.

— Confia em mim, Dá. A decisão foi tomada em sigilo pela cúpula do governo e da polícia do Rio, devido aos últimos atos de violência cometidos pela criminalidade, como os ônibus queimados e os ataques a delegacias que o FB ordenou. Porra, neguinho foi longe demais! A população tá clamando por justiça! Eles vão entrar aqui amanhã com tudo, usando os blindados da Marinha. Sugiro que você mantenha essa informação confidencial. Escolhe a dedo pra quem contar e vaza daqui o quanto antes.

Apesar de branquinha, a Dá ficou mesmo foi pálida, mas rapidamente se recuperou.

— Porra, seu merda, se você tiver mentindo, vou te achar até no inferno. E não só você, mas toda a tua família.

— Tô mandando a real. Pode confiar.

— Eu vou deixar tu e teus comparsa caírem fora, mas teu amiguinho repórter fica.

Ainda tentei argumentar, mas ela me fez calar a boca.

— Se a tua historinha for verdade, ele vai poder escapar quando os homens chegar. Se não, vai morrer aos poucos, torturado que nem um porco. E vou fazer questão de filmar tudo e colocar na internet.

— Ok. Trato feito — balbuciei.

— Cês vão vazar pianinho, pelo mesmo lugar por onde chegaram aqui, entendido?

— Pode deixar. Caímos fora rapidinho. Ninguém vai ficar nem sabendo que a gente tava aqui.

A Dá deu a ordem para que nos deixassem ir, dizendo que explicaria tudo depois. Os caras ficaram meio sem entender, mas seguiram as instruções dela. Consegui dar um abraço no Helinho e sussurrei no ouvido dele para ter calma que tudo correria bem. Na hora em que saíamos do barraco, fogos de artifício estouraram. Era a partida que estava começando. E era também a nossa partida daquele inferno.

CAPÍTULO X

TRÊS MESES DEPOIS

DURANTE OS TRÊS MESES EM QUE ME RECUPERAVA DO TIRO QUE HAVIA levado no Alemão, fiquei obcecado pela vontade de reencontrar aquela mulher. Com o ferimento, os dias no hospital, a fisioterapia etc., era difícil obter informações concretas. Não podia contar com ninguém para aquela tarefa ingrata, nem mesmo meu melhor amigo. Como eu poderia explicar para o Helinho que eu estava apaixonado pela mulher que o manteve em cativeiro? Algum dia eu contaria tudo a ele, mas não no momento que o cara estava indo ao psiquiatra e tomando calmantes e o cacete para tentar superar o trauma.

Pelas poucas informações que consegui obter, sabia que tinha fugido do morro na mesma noite de nosso encontro, ou seja, ela acreditou em mim e não quis pagar para ver. Havia relatos desencontrados que diziam que ela estava no Espírito Santo, ou mesmo que havia saído do país, coisa da qual eu duvidava muito — ou não queria acreditar de jeito algum.

A solução que encontrei foi me voluntariar para fazer parte de uma das Operações Arcanjo, como ficaram conhecidas as ações do EB naquele violentíssimo complexo de favelas. Esse foi apenas mais um motivo de estresse com a Paula. Houve vários outros, que mencionarei posteriormente. O fato foi que, quando anunciaram minha participação na Operação Arcanjo II, eu já estava separado dela.

Houve uma forte preparação para os oficiais e sargentos que integrariam a Força de Pacificação na cidade do Rio de Janeiro, com capacitação para o emprego de técnicas, táticas e procedimentos em diversas áreas, tais como: patrulhamento ostensivo, munição e tiro, operação de busca e apreensão, ponto forte (o que me fez lembrar muito do Haiti), técnicas de uso de armamentos não letais, defesa pessoal militar, entre outros. Mesmo baleado — sem ser no sentido figurado da palavra —, me esforcei para participar do máximo de treinamentos possíveis. Foram três meses intensos, mas atingi meu objetivo, que era fazer parte do próximo batalhão que ocuparia a Penha/Alemão.

Na verdade, eu estava meio que cagando para aquela história de pacificação, porque eu tinha ficado muito puto com o fato do Exército não ter sido informado com antecedência sobre nossa participação na ação do dia seguinte à minha frustrada investida ao morro. Essa história eu também vou contar com detalhes mais adiante. O que eu queria mesmo era me meter por aqueles becos e ruelas e estabelecer contato com gente que com certeza poderia me dar pistas sobre o paradeiro da Dá.

Eu estava servindo no Regimento Sampaio, unidade referência no Exército Brasileiro por ter protagonizado as duas principais participações da Força Terrestre: a Batalha de Tuiuti (Guerra contra o Paraguai, em 1864) e a Tomada de Monte Castelo (Segunda Guerra Mundial). Dois dias antes de eu seguir de vez para o Alemão, onde acabaria permanecendo por oito meses seguidos, o general que assumiria o controle da pacificação resolveu levar o *staff* dele e os comandantes de unidades para fazer o que no futebol se convencionou chamar "reconhecimento do gramado". Obviamente, eu não ia ficar fora daquela. Pedi autorização ao comandante do Sampaio para que me deixasse ir naquele "bonde", já usando um termo que é adorado nos morros cariocas. Para minha surpresa, minha ida foi aprovada. Convenci o coronel a deixar que eu levasse a parte do *staff* do Sampaio que se estabeleceria comigo na Penha/Alemão dali a 48 horas. Usei aquele papo de que seria mais produtiva a visita, blá-blá-blá. Deu certo.

O comboio saiu de Realengo, do pátio interno da antiga Escola Militar local. Eu conhecia bem o lugar porque meu bisavô, que tinha sido um general pica para caramba, havia estudado lá, pois, na época dele, a AMAN ainda não existia. Eram cerca de trinta viaturas e os batedores da Polícia do Exército. A temida PE, dos anos dos governos militares, abria caminho pela avenida Brasil. Partimos em plena hora do *rush*, às oito da manhã. Confesso que foi uma sensação gostosa passar sem transtornos por uma área que, normalmente, estaria absolutamente congestionada. Ali, comecei a sentir um pouco o gostinho do poder que, mais tarde, passaria a ser uma constante para mim na favela.

Rodamos pelos dois complexos, andando de viatura pelas poucas ruas transitáveis naquele labirinto. Não vou mentir: fiquei desorientado com a imensidão da área que, só de perímetro, media 16 quilômetros! Uma loucura, aquilo ali. Acho que, devido à adrenalina do momento, no dia em que entramos no local pela primeira vez, para tentar resgatar o Helinho, não tive noção da amplitude da área.

O calor era insuportável. Haviam começado a tirar o lixo das ruas daquelas favelas, há algum tempo, mas, apesar disso, a sujeira era incrível e estava espalhada em tudo que era canto; um nojo. Notei também carcaças de carros roubados espalhadas por vários lugares.

Por onde passávamos, de viatura ou a pé, as crianças nos cumprimentavam timidamente, algumas reprimidas severamente pelos pais quando percebiam o gesto. O restante do pessoal era extremamente mal-educado e desbocado. Naquela primeira visita, uma mulher alcoolizada me chamou a atenção. Escrotíssima, queria pegar alguém de farda de qualquer jeito, e cantava o pessoal de forma escrachada. Os soldados só riam.

Aliás, percebi logo que os botecos eram um dos melhores negócios das favelas, de modo geral. O problema do alcoolismo era pior do que eu imaginava. Como depois confirmei, os alcoólatras acordavam e começavam a beber lá pelas dez horas da manhã. Enchiam a cara até às quatro da tarde e depois voltavam a dormir. Aí, despertavam novamente por volta das dez da noite e iam até às quatro, cinco da matina. Sem querer parecer machista, homem bêbado já é chato, deprimente e desagradável. Mas mulher bêbada é bem mais horrível.

Continuando nosso trajeto, havia vira-latas, gatos, porcos e galinhas vasculhando pilhas de lixo em busca de comida; as ruas eram estreitas, criando uma enorme dificuldade para a nossa viatura passar. O calor era tamanho que — pasmem! — o general comandante dos paraquedistas autorizou o pessoal a ficar apenas com a camiseta camuflada por debaixo do colete à prova de balas e trocar o capacete pela boina. Tinha gente desidratando muito rápido.

Mas uma das coisas que mais me incomodaram não estava dentro das favelas, mas sim na parte de baixo, na entrada. As condições de alojamento em que os paraquedistas estavam eram absurdamente horríveis, e, mesmo assim, eles permaneciam extremamente motivados. E olha que o pessoal estava lá fazia mais de dois meses! Obviamente, *nunca* que a polícia trabalharia em uma condição daquelas, até porque, no geral, policiais não dormem no trabalho. Já com a galera do Echo Bravo — é assim que falamos entre nós, uma referência à abreviatura EB —, era o contrário, ou seja, eles dormiam sete dias por lá e passavam dois em casa (e olhe lá)! Naquele lugar, eu vi que a tal "parceria" polícia-exército não daria certo nem aqui, nem na Cochinchina.

Como ainda não havia base construída, os PQDs ocupavam uma escola — na verdade, um antigo CIEP, onde funcionava o posto de comando da Brigada Paraquedista —, os teleféricos ainda inacabados, a garagem de ônibus da Itapemirim — abandonada há alguns anos devido à violência na área — e as ruínas da antiga fábrica da Coca-Cola, também abandonada pelas mesmas razões.

O pessoal dormia no chão, sobre o saco de dormir, quando tinham cobertura, ou seja, quando estavam em uma garagem, escola ou caixa d'água abandonada. Outros tinham que cozinhar dentro de um igluzinho de nylon. No final da visita, caiu uma tempestade que alagou tudo. Perguntei a um sargento como eles faziam naquela situação e ele respondeu:

— Ué, tenente, quem consegue dormir, dorme todo torto sobre as mochilas.

Era um quadro desolador que me esperava dali a dois dias e que me fez duvidar da minha opção de me voluntariar para entrar naquela roubada. Mas o homem apaixonado faz cada cagada que até Deus duvida!

CAPÍTULO XI

FERIMENTOS

Até a década de 1880, o procedimento padrão para o tratamento de feridos à bala exigia que o médico enfiasse seus dedos não esterilizados no ferimento para sondar e localizar o percurso do projétil. Esse tipo de ferimento varia muito de caso a caso, visto que podem ocorrer em qualquer parte do corpo, com muitas variações do ponto de entrada. Além disso, o percurso e a possível fragmentação do projétil dentro do corpo são imprevisíveis. O estudo da dinâmica das balas em ferimentos é denominado balística terminal.

O efeito imediato da bala é, normalmente, um sangramento severo e um potencial choque hipovolêmico, situação caracterizada pela insuficiência de oxigênio nos órgãos vitais. No caso de choque hipovolêmico traumático, a falta de oxigênio deve-se à perda de sangue, visto que esse é o meio através do qual o oxigênio é distribuído às diversas partes do corpo. Ele pode ocorrer quando um projétil atinge um órgão vital, como o coração, ou danifica um componente do sistema nervoso central, como a coluna ou o cérebro.

As consequências normalmente envolvem algum tipo de desfiguração e/ou sequela permanente. Regra geral, todos os ferimentos à bala são considerados emergências médicas e requerem atendimento hospitalar imediato. Os hospitais devem comunicar à polícia todas as ocorrências de ferimento por bala. E essa era minha maior preocupação.

Desci o morro apoiado em meus companheiros porque, ainda bem, a bala não tinha atingido nenhum órgão vital. Meu ferimento era na coxa. Mesmo assim, doía para cacete e sangrava. Na verdade, minha preocupação maior não era com sequelas ou coisa parecida, mas com o que dizer no hospital para evitar um possível inquérito policial militar.

Outra coisa que não saía da minha cabeça era aquela mulher sensacional. Ela mexeu comigo de uma forma que nunca senti e de maneira inexplicável. Como faria para vê-la outra vez? Ela conseguiria escapar da invasão da favela no dia seguinte? Tinha que tirá-la da minha cabeça de qualquer maneira, e o modo mais fácil era pensar em como explicar o tiro na perna.

— Alguém aí tem alguma ideia do que eu posso usar como desculpa no hospital? — perguntei em um muxoxo quase inaudível.

— Isso não é hora para pensar nessas coisas. Chegando lá a gente resolve. O importante é cuidar desse ferimento o mais rápido possível — disse PX.

O grupo queria me levar para o hospital mais próximo. Eu disse:

— De jeito nenhum! Vamos para o Hospital Barra Gold. Conheço um médico top de lá e ele vai ter que quebrar essa pra mim.

Preferi ir com o PX no Gol dele, pois meu Fiat, que não era lá essas coisas, com os anos ficou ainda pior. Pedi ao Gutembergue para dirigir meu carro e levar o VV com ele.

O PX saiu em disparada. Quando prestei atenção, vi que ele estava na rua Diogo de Brito, ainda próximo ao Complexo do Alemão. Devo ter cochilado, porque, quando levantei a cabeça novamente, o PX acelerava pela avenida Ayrton Senna, como se fosse um piloto em pessoa. Nenhuma patrulha encheu o nosso saco. Chegamos ao hospital em um piscar de olhos.

Acho que os manobristas do Barra Gold nunca tinham visto um carrinho tão fodido ali, mas eu queria mais era que eles fossem tomar no cu. Enquanto PX lidava com os caras, que ali eram chamados *valet parking* (que frescura!), saí pulando feito um saci até a recepção. A mulher que me atendeu veio logo dizendo que não aceitavam convênio médico, que queria um cartão de crédito e essas coisas, o que acho um absurdo, principalmente quando o cristão está na situação que eu estava, ou seja, todo arrebentado.

— Minha filha, chama aí o doutor Epaminondas Curvelo e não enche o saco, beleza?

— Mas, mas...

— Mas é o cacete. Chama o cara logo, se não a chapa vai esquentar pro seu lado.

Não sei se foi porque eu estava gritando ou porque a tal mulher já tinha apertado algum botãozinho escondido, mas, quando dei por mim, havia dois afro-americanos enormes, de terno e gravata, típico *look* de segurança de gente rica, às minhas costas.

— Algum problema, tenente Gavião? — perguntou o VV, por trás dos seguranças, com aquela sua voz cavernosa inconfundível.

Ambos se viraram para trás, porém não deram uma palavra. Eu disse que tudo estava ok. Em poucos minutos, o doutor

Curvelo — eu o conhecia como "Papa" — chegou à área da recepção, onde nós estávamos. Ele me encarou como se pensasse "Finalmente vou poder pagar minha dívida com você e depois nunca mais quero vê-lo na vida", e, após comprovar a seriedade de meu ferimento, perguntou:

— O que aconteceu?

O VV se apressou em dizer:

— Ô, doutor, isso não é hora pra explicações. Leva logo o nosso amigo pra tratar dessa ferida horrível.

— Claro, claro. Enfermeira, peça uma maca urgente e vamos levar o paciente direto para a cirurgia.

Enquanto me moviam da recepção para a sala de cirurgia, notei que o Papa me olhava com ar de desconfiança. Continuei pensando em uma boa desculpa, mas o que me veio mesmo à cabeça foi o dia em que o conheci.

Chegamos à casa dele — uma mansão maravilhosa em tons pastéis, com uma pequena piscina logo na entrada, cinema privativo e muitas câmeras — em uma área nobre de Ribeirão Preto, interior de São Paulo, para uma das festas que os coleguinhas da minha mulher adoravam organizar.

Estávamos morando lá porque a Paula resolveu cursar Psicologia na USP local, considerada, segundo ela, uma das melhores faculdades do Brasil. Como já havíamos passado por alguns destinos não muito generosos do país, como Manaus (eu até que achava legalzinho, mas a Paula odiava), quase implorei ao meu comandante para que minha próxima missão fosse em Campinas, unidade mais próxima de Ribeirão, para acalmar um pouco a ira da minha mulher.

Não me lembro de como se deu o encontro, porém a Paula já conhecia o Papa. A verdade é que ele nos recebeu muito bem, cheio de prosopopeias. A casa estava lotada de burgueses, que sempre parecem ter saído da mesma fábrica, não importa o lugar do planeta. Camisa para dentro da calça (ambas de marca, obviamente), ostentando cintos e relógios caríssimos.

Havia gente por toda parte, mas a maior concentração era mesmo na sala principal da mansão. Um espetáculo, por sinal. Ali foi onde tive meu primeiro contato *in loco* com cocaína. Muita cocaína. O pó branco era servido em bandejas de prata. Pensei que isso fosse invenção de filme, mas era a mais pura realidade. Talvez a vida real copie a ficção, e não o contrário. Nesse caso, a verdade é que as fileiras passavam sem parar em belas bandejas trazidas por garçons vestidos com *smoking* e luvas brancas, acho que para combinar com o pó.

Aquilo me embrulhou o estômago e eu falei para a Paula que queria ir embora imediatamente. Ela disse que seria uma desfeita, que o cara era o fudêncio, picâncio da medicina nacional e o escambau. Fechei a cara e fui para um canto tomar um guaraná enquanto a Paula socializava, sem tocar na droga tampouco, porque ela não gosta mesmo, como eu.

Lá pelas tantas, ouviu-se um barulho forte vindo da cozinha. Era a polícia chegando com tudo e ameaçando prender todos os presentes. Só deu tempo de eu agarrar a Paula pelo braço e voar pela janela, no melhor estilo *Superman*. Caímos na grama, bem próximos à piscina, e fomos nos refugiar na sauna – que, graças a Deus, estava desligada. Ficamos ali, escondidos, até o dia raiar e nos certificarmos de que não havia mais nenhum policial na área.

Nem preciso dizer que a Paula foi o caminho inteiro enchendo meu saco para eu ir até a delegacia e liberar o Papa, que, com certeza, estava preso. Por fim, disse a ela que iria, mas que precisava passar em casa, tomar um banho, fazer a barba etc., senão o delegado poderia estranhar meu visual amassado. Na verdade, o que eu queria mesmo era que aquele babaca do Papa (apelido idiota, acho que vem de Epaminondas, mas nunca procurei saber) passasse mais umas horas atrás das grades.

Depois de tomar o banho mais demorado da minha vida, parti para o Distrito Policial. Eu estivera com aquele delegado outras vezes, em reuniões sociais, quando fui apresentado a ele no batalhão e em outras oportunidades, como na cerimônia de posse do novo prefeito. Cidade pequena — apesar de Ribeirão Preto nem ser tão pequena mas, para quem vem do Rio... — é assim.

— Tenente Gavião, em que posso servi-lo?

— Delegado Peçanha, venho pedir um favor de irmão.

Meu prazer foi enorme ao ver a cara de bunda do Epaminondas saindo do xilindró. A Paula foi lá dar um abraço nele. Eu queria mesmo era mandar ele se ferrar. Despedi-me dele friamente e dei uma olhada, como se dissesse: "Você me deve uma e um dia vou cobrar." Bem, esse dia tinha chegado, como já contei.

Quando acordei da anestesia, no quarto estavam o PX, o Gutembergue, o VV e a Paula. Todos se mostraram aliviados quando abri os olhos e disse que estava tudo bem. Sabia que a Paula ia engatar a segunda e me passar o maior sermão, então inventei que estava morrendo de fome e pedi para ela me trazer algo da rua, porque não suporto comida de hospital.

Quando ela saiu para comprar meu filé com fritas, o Gutembergue foi logo falando:

— Tá tudo no esquema, tenente.

— Tá falando de quê, ô, Gutembergue?

— Da desculpa pro furo de bala.

— Como assim?

— Fiquei do lado de fora, na espreita. Quando eles saíram da sala com o projétil que retiraram da sua coxa, perguntei o que iriam fazer com ele e me disseram que teria que ficar num envelope, num local especial, porque poderia ser parte de uma investigação policial. Segundo eles, é um procedimento comum nesses casos. Pedi pra ver a bichinha porque estava curioso e... Adivinha?

— Gutembergue, não enrola, fala logo, porra!

— A bala é de calibre 9mm, que, como você bem sabe, é de uso exclusivo das forças armadas e da PF. Os putos atiraram em você com uma arma nossa!

— Bem, tirando o absurdo da coisa, e daí? Armamento exclusivo das Forças Armadas nas mãos de bandido não é nenhuma novidade.

— Daí que eu falei que estava limpando minha glock quando você entrou na sala. Eu me assustei, a arma caiu no chão e saiu um disparo sem querer, que atingiu sua coxa.

— Porra, tá maluco? Isso pode dar merda!

— Dá não, tenente. Os caras acreditaram nessa historinha e até ficaram com peninha de mim. Vão ter que arquivar o caso. O máximo que vai acontecer é eu ser zoado a torto e a direito no quartel, mas isso eu tiro de letra.

Não tive alternativa se não agradecer ao Gutembergue. Uma vez mais, ele tinha se mostrado um amigo excepcional. Um cara que estava ao meu lado para o que desse e viesse. No entanto, um fato no mínimo inusitado, que ocorreria dali a uns dias, praticamente terminaria com a nossa amizade e faria com que eu me separasse da Paula.

CAPÍTULO XII

APRESENTANDO-SE PARA JOGAR

Havia enfim chegado o dia de eu me enfiar no Complexo da Penha. Antes de o Helinho ser sequestrado, eu não queria nem ouvir falar daquele lugar, pelos motivos que já explicitei aqui. Quando cheguei ao Sampaio, a unidade estava a mil nos ajustes para enviar uma companhia reforçando o Regimento Cara de Tigre, ou REI, também da Vila Militar.

Na verdade, a Vila Militar do Rio é uma das últimas opções de lugares para servir nas listas de todos e, para mim, não era diferente. Hoje em dia esse *ranking* é feito on-line. Depois, você fica sabendo qual será sua próxima unidade por meio do site do EB.

Eu estava servindo no Centro de Instrução de Guerra na Selva, o famoso CIGS, em 2010. O tenente instrutor do Curso de Operações na Selva passa cerca de 150 dias do ano na selva. É casca, mas é legal para cacete! Tive o privilégio de participar de quase todas as atividades de instrução, como cursos e estágios para todo tipo de gente, incluindo estrangeiros, que vinham aos montes treinar conosco. Ali, eu me sentia foda para caralho. E era mesmo. Até os gringos babam com o CIGS.

No meu ranking, eu havia priorizado o 1° Batalhão de Infantaria na Selva (1° BIS), em Manaus, porque estava no CIGS e queria aplicar a doutrina que estava estudando. Depois, como Forças Especiais (BFEsp), havia listado as unidades do Comando de Operações Especiais (1° COpEsp) e Batalhão de Ações de Comandos (BAC), e, em seguida, as unidades do Nordeste, Selva, PQD... Lá no final estavam as unidades da Vila Militar de Deodoro, onde existe uma estação de trem que conecta os ramais de Japeri e Santa Cruz à Central do Rio.

Eu não queria de jeito nenhum ir para lá, pois sabia que parte significativa dos soldados tinham ou têm estreita ligação com grupos criminosos, gerando problemas de furto de armamento, deserções, desvio de munições etc. no quartel. É aquela velha história: os próprios traficantes incentivam os jovens das favelas a entrar para o Exército. Além de aprenderem como atirar, defesa pessoal e outros aspectos da vida militar que os marginais consideram importantes, aqueles soldados, na realidade parte do tráfico, têm acesso a armamentos, informação sigilosa e outras coisas.

Há também a galera que não tem perspectiva alguma de vida e vê nas Forças Armadas uma espécie de ascensão social, uma possibilidade de interagir com outras pessoas e até ter acesso a veículos como motocicletas e Land Rovers, que muito provavelmente veriam apenas pela TV.

Some-se a isso o fato de estar em um condomínio com várias unidades, no qual você passa a ser apenas mais um tenente em meio a uns trezentos, e, por isso, não tem liberdade para conviver com a comunidade civil, algo comum em cidades do interior ou capitais menores, como Aracaju, João Pessoa, Maceió, São João del Rey, entre outros. Na minha opinião — e de muitos outros oficiais —, as condições de trabalho dessas unidades do Rio de Janeiro são as piores do EB. Muita missão, excesso de cobrança, poucos recursos, bandidos infiltrados e vários oficiais desmotivados por terem que servir compulsoriamente. Uma beleza!

Ah, e não posso me esquecer de que aquele escândalo do Morro da Providência envolvendo o Exército, que aconteceu em 2008, ainda era recente e tinha sido justamente com o pessoal do meu novo regimento, o Sampaio. Quem sabe um dia eu explico isso em detalhes...

Levei meu tablet na ida com a Paula ao Canto da Peixada, para comer um tambaqui na beira do Igarapé do Tarumã, e conferi o boletim dos transferidos. Fiquei simplesmente furioso quando vi meu nome classificado no Regimento Sampaio. Considerei uma punição. Se eu tivesse qualquer outra opção na vida naquele momento, acho que teria saído do Exército.

Procurei, então, me motivar de outras formas. Tive que pensar nos amigos de infância, na minha família carioca, e aos poucos fui digerindo aquela notícia difícil de engolir. Não tinha mesmo muito tempo para ficar pensando, pois havia sido escalado para, uma semana depois, conduzir várias instruções de "Vida na Selva" e várias operações cascas-grossas, como a Tucandeira, Tachi e a Onça Aérea. Tais operações são exercícios simulados conduzidos pelos instrutores com os alunos do Curso de Guerra na Selva. Estar absorvido pelas intensas atividades do CIGS e cercado dos companheiros da melhor qualidade foi o melhor antídoto que tive para esquecer meus devaneios e superar a depressão.

Os camaradas da equipe nem se sentiam à vontade para me dar os parabéns pela mudança para o Rio, pois sabiam que eu estava puto. Eu ficava extremamente incomodado quando alguém desconhecia a minha infelicidade e perguntava sobre o assunto. Eu me sentia muito constrangido de dizer que iria para a Vila Militar, considerada o purgatório do Exército por muitos colegas.

Após o curso, no final de agosto, o tenente coronel Menna, chefe da equipe de instrução, nos deu uma semana de dispensa e fui ao Rio de Janeiro com a Paula para ver a família. Era baixa temporada e gastamos poucas milhas com uma promoção da Gol. Achei o clima péssimo lá no quartel. A mudança definitiva aconteceu em novembro. Devido ao tiro que levei durante a investida para tentar salvar o Helinho, só me apresentei dia 1° de fevereiro e logo recebi as funções que desempenharia na Operação Arcanjo II.

Nos trinta primeiros dias, os paraquedistas empregaram um modelo de força-tarefa que eles tinham para emergências, a Força Tarefa Chivunk, com uns oitocentos homens e toda a tralha logística que eles poderiam levar. Foi chamada de Operação Chivunk. Quando o Governo do Estado do Rio de Janeiro fechou o convênio com o Ministério da Defesa, o efetivo de pessoal foi para quase dois mil homens sob o comando de um general, incluindo PMs e policiais civis. Depois do convênio, estabeleceram o nome Operação Arcanjo, provavelmente em homenagem ao São Miguel Arcanjo, padroeiro dos paraquedistas de todo o mundo. Todas as unidades têm uma imagem dele. Essa tradição é tão forte que até mesmo alguns paraquedistas evangélicos veneram o Arcanjo Miguel. O Novo Testamento fala muito sobre anjos trazendo mensagens. Quem veio com essa história do nome "Operação Arcanjo" deve ter pensado na mensagem que os militares levariam para os traficantes: “Se ferraram!”

A verdade é que o militar brasileiro, em geral, é muito religioso. Todas as armas, quadros e serviços têm seu santo padroeiro: Santo Ignácio de Loyola na Infantaria, São Jorge na Cavalaria, Santa Bárbara na Artilharia, e assim por diante. Tem de tudo, como um microuniverso do macrouniverso religioso-ateu-agnóstico, uma zona total que conforta o povo brasileiro.

Cá para nós, é uma bagunça essa história de religião no Brasil. Eu, por exemplo, tive uma educação tipicamente católica, mas não deixei de visitar terreiros de candomblé, principalmente com a minha babá, a Irene, uma mestiça voluptuosa, sambista do Salgueiro, cambona e devota de Cosme e Damião. Com isso, acabei sendo meio espírita e gosto muito dos ensinamentos do Chico Xavier. Assim como eu, vários militares brasileiros flertam com diversas religiões. Coincidentemente ou não, são sete arcanjos e foram sete as operações no Alemão/Penha.

Bem, voltando à minha apresentação no Sampaio: recebi as funções de subcomandante da 1ª Companhia, que era comandada pelo capitão Russo. Nessas ocasiões, ou seja, quando há uma apresentação de oficiais, sempre tem também alguém para vir matraquear no seu ouvido. Obviamente, no geral, só fofocas e coisas ruins. Desta feita, as cornetadas ficaram a cargo do tenente Tadeu, um bosta, canalha, da minha turma da AMAN, que já estava com passagem comprada para o Rio Grande do Sul (vá com Deus!).

Ele tinha sido transferido para Pelotas e, antes de ir, me contou várias sacanagens e deslealdades que fazia com os sargentos e tenentes mais modernos[3] da unidade, e disse que eram quase todos horríveis. Mas eu não estava nem aí para isso. Minha carreira tinha sido pontuada por excelentes companheiros, e muitos traíras também. Levar punhaladas nas costas era algo normal para mim.

Não tive muito tempo para me familiarizar com a equipe de trabalho, mas foi o suficiente para ter boas ou más impressões de cada um. Minha percepção era a de que os subordinados

---

3 Nas instituições militares, os mais modernos são aqueles que vêm depois. Se há um militar com onze anos de serviço e outro com nove anos, o último é mais moderno.

estavam muito desconfiados de mim, por ser da turma do Tadeu e ter passado muito tempo ouvindo as "dicas" dele sobre o batalhão. Parecia-me que, exceto pelos camaradas que eu já conhecia, o resto ainda estava me estudando.

Na correria para receber os armamentos novos, organizar os treinamentos de tiro, repassar regras de engajamento e inúmeras outras instruções essenciais, ainda tínhamos que planejar, selecionar e preparar todo o material que levaríamos.

Após uma semana de ajustes, conferências, tiradas de faltas e aprestamentos, chegou o dia da formatura com o General Julio, Comandante da Arcanjo II. Eu fui conduzindo a companhia até o Regimento Cara de Tigre pela calçada da avenida Duque de Caxias. Aquela massa de gente se acomodou no campo do REI e ele proferiu um discurso de estímulo e desafio sobre a missão que iríamos assumir. O Exército era a última esperança para pacificar aquela área e não poderíamos falhar. Afinal, se o EB não resolvesse, quem seria chamado?

No dia seguinte, determinei aos demais tenentes que colocassem a tropa em forma com as faltas apuradas e material embarcado nas viaturas do comboio. Chequei tudo e apresentei a companhia ao capitão Russo.

— Tenente Gavião apresentando a 1ª Companhia, pronta para a missão!

Após algumas palavras, ele ordenou o embarque e partimos pela avenida Brasil até a recém-inaugurada base do Parque Ary Barroso, na Penha.

Como falei no capítulo em que contei minha visita de "reconhecimento do gramado", os militares estavam pessimamente acomodados, ficando lá direto, sem água encanada nem ar-condicionado, em um verão de 35-45 graus, comendo quentinhas, cagando em banheiros químicos e passando a noite em sacos de dormir.

Depois de uma semana ali, estava até me acostumando a ver sucatas de carros e motos, além de lixo espalhado para todo o lado. A coisa até começou a melhorar nesse sentido, pois pequenos tratores estavam conseguindo entrar na favela e retirar o grosso da sujeira, mas o volume ainda era enorme, devido à densidade populacional do lugar. Sem querer defender esses políticos de merda, mas o problema é que o Estado tem dificuldade para chegar lá também, pois é quase tudo beco e viela onde, com sorte, só dá para passar de moto, dependendo da inclinação e dos degraus.

Como subcomandante da 1ª Cia., eu tinha mais liberdade para circular no Complexo, supervisionando a tropa e me familiarizando com aquele labirinto, que nem os próprios moradores conhecem por inteiro com profundidade. Decidi dar um rolé com o PX, que fazia parte da minha subunidade, assim como o VV. (Com o Gutembergue, não. Fiquei devendo essa parte. Mais adiante eu conto.) Estava com a história da Deborah Ann — ela mesma, a Dá — entalada na garganta e precisava contar para alguém.

Olhei ao redor, buscando me inspirar, mas havia muita sujeira, lixo e esgoto a céu aberto, urubus, cachorros e porcos procurando comida. Uma coisa escrota que presenciei foi um vira-latas carregando uma ratazana morta na boca, provavelmente a refeição do dia dele. Crianças sem camisa perambulavam sem destino ou ficavam reunidas ao redor de uma caixa de som, simulando uma trepada de pé devido às músicas sugestivas do funk, com letras "brilhantes", tais como: "Hoje eu vou ser sua, eu vou te enlouquecer/Me chama de princesa, que eu te chamo de bebê/Pra te deixar gamado, vou alisar o meu corpinho, eu vou descer/Bem devagarinho, vagarinho, bem devagarinho, vagarinho/Eu vou descer!" Essas cenas eram repetidas à exaustão, com crianças de cinco, seis, sete anos copiando as coreografias que imitam bacanais e muita sacanagem, e que lhes são mostradas pelos próprios pais! Não tive clima para contar nada a meus companheiros.

Quando pensei que ia me livrar daquela droga de funk, começou a tocar o que se convencionou chamar de proibidão, com pérolas muito profundas, como: "Sem neurose, sem caô, muita fé no coração/ Barreira mete bala com tensão de rajadão/ Não adianta tentar, se brotar vai se foder/ Conexão criminosa é CV e PCC." Coisa de Academia Brasileira de Letras!

A decoração dos barracos e casebres também se distinguia pelo bom gosto. Tudo muito cheio de pichação nas paredes, sempre fazendo apologia ao crime — "CVRL" (Comando Vermelho Rogério Lemgruber); "MK" (iniciais de Mica, traficante que controlava a região do Morro do Caracol, na Penha) — ou detonando a polícia e o Estado — "UPP é o caralho" etc. Havia várias pichações, também, de segmentos de torcidas organizadas, como o 5º Pelotão da Torcida Jovem do Flamengo e de outros times cariocas.

Várias casas tinham o logotipo de um paraquedas na parede. Isso significava que os paraquedistas haviam entrado e vasculhado, buscando drogas e armas durante a Arcanjo I.

Tudo aquilo acabou me transportando para meu primeiro contato com aquele inferno, ou seja, para o dia em que tentei tirar meu melhor amigo daquela roubada, e logo me veio à cabeça a imagem da Deborah Ann e a lembrança de que eu estava ali por um motivo, e apenas um: encontrá-la. O resto eram danos colaterais.

CAPÍTULO XIII

HAITI X ALEMÃO

Eu estava no hospital, me recuperando da cirurgia para a retirada da bala, quando vi, pela TV que ficava no meu quarto — uma tela plana de LCD de trinta polegadas, algo que certamente não teria no SUS —, totalmente embasbacado, aquelas imagens que correram o mundo e viralizaram no YouTube: centenas de bandidos saindo em disparada do Alemão, como se fossem baratas alucinadas depois que alguém acende a luz em um quarto escuro. Era muito pilantra correndo, pulando em carros e motos que carregavam o máximo de pessoas que podiam — e os que não podiam também.

Ajeitei melhor a cama, usando o controle remoto para me posicionar e assistir de camarote àquelas cenas chocantes para muitos. Obviamente alguém da alta cúpula do governo devia ter se comunicado com os policiais para que parassem com aquele tiro ao alvo de parque de diversão do interior, porque tudo estava sendo transmitido ao vivo pela TV e os pseudodefensores dos Direitos Humanos dos bandidos já estavam, com certeza, enchendo o saco.

As imagens passaram a mostrar, então, apenas os bandidos em debandada, sem serem interrompidos por ninguém. Uma vergonha. Os caras só pularam de uma favela para outra. Foi uma pena. A bandidagem, que podia ter caído morta ali mesmo, conseguiu vazar pela parte de cima do morro, mais ou menos por onde havíamos entrado no dia anterior para tentar salvar o Helinho. Por falar nele, fiquei prestando muita atenção para ver se meu amigo por acaso não estava entre os marginais correndo desesperadamente. Eu não o vi, e tampouco a Deborah Ann. Aliás, não vi mulher nenhuma. Só tinha marmanjo metido a valentão virando mocinha acossada.

Enquanto eu assistia ao meu "Telecine Privê", entraram a Paula e o Gutembergue no quarto. Achei estranho ambos terem chegado ao mesmo tempo, mas preferi deixar para lá, porque o que estava rolando na telinha era interessantíssimo.

— Gente, senta aí e fica quieto! Olha que espetáculo na televisão! — falei.

Os dois se acomodaram em um sofá colocado no quarto especialmente para as visitas e também não conseguiram despregar os olhos da tela. O Gutembergue, como eu, delirava. A Paula só soltava expressões do tipo "que horror" ou "que absurdo". Coisa de psicólogo.

Não se passaram nem 15 minutos e o PX chegou, gritando:

— O Helinho no celular! Atende! Conseguiu escapar!

Falei com ele tremendo de tanta emoção. Foi muito bom ouvir a voz do meu amigo sabendo que ele já estava longe daquele inferno. Ele queria me visitar. Pedi que não viesse. Era importante que ele passasse um tempo com a família, para se certificar de que tudo estava bem. Ele aceitou meio a contragosto, prometendo que me veria no dia seguinte.

Mais tranquilo, pedi ao Gutembergue para comprar um expresso para mim, uma vez que o "chafé" servido pelo Barra

Gold era ruim de doer. A Paula se ofereceu para ir com ele e os dois saíram juntos. Fiquei meio puto de a minha mulher se oferecer para acompanhar um cara com quem ela não tem muita intimidade para comprar café para mim, mas achei que era uma boa oportunidade para falar a sós com o PX. Pedi para ele se aproximar e falei mais baixo do que meu tom de voz normal, que é naturalmente forte:

— PX, o BS cantou a pedra direitinho quando eu liguei pra ele perguntando se a PM não ia fazer nada a respeito do sequestro do Helinho. Como é que a Marinha entrou com tanque e o caralho a quatro e o Exército ficou de fora? Como é que a gente não sabia de nada?

— Posso tentar averiguar. Mas por que seu interesse? Deixa essa merda pra lá. Deve ter sido mais uma trapalhada da Secretaria de Segurança Pública e os militares entraram de gaiatos no navio, como sempre.

— Tô achando que o EB vai acabar assumindo essa também, e eu quero entrar nessa. Agora que já invadiram a Penha, devem prosseguir e entrar no Alemão. E provavelmente o EB vai participar.

— Tá doido?! Olha quanto ganha um cara daqueles da Força Nacional por dia, pra não fazer quase nada! Um soldado deles com certeza ganha mais do que um coronel do EB que encara traficante no morro. Por isso que o Sérgio Cabral não pediu intervenção federal depois de todos os ataques a ônibus e o fechamento das lojas ordenados pelos próprios bandidos de dentro da cadeia. Ia sobrar pro governo do Rio pagar a conta. Além disso, essa Força Nacional nunca resolveu nenhuma pedreira até hoje. A gente já sabe disso tudo. Pra que se meter nessa roubada? Aquilo lá é um clubinho. A indicação é pura politicagem, porque quem tá lá ganha muito mais que os colegas que ficaram nos estados.

Obviamente, eu não podia e nem queria contar para ele meu motivo verdadeiro para querer participar da Arcanjo, que era buscar o paradeiro da Deborah Ann. Então, joguei essa:

— Não importa. Vai ser minha chance de vingar a morte do meu pai. Você sabe bem da história. Você estava lá no Amazonas comigo e odeia esses caras, como eu.

— Mas o grosso da bandidagem já saiu. Você viu pelas imagens que tavam passando quando eu cheguei.

— Com certeza ainda ficou muito safado pra trás, que pensa que isso vai ser algo temporário. Vai dar pra fazer muita coisa. E você vai vir comigo.

O PX ainda tentou me dissuadir daquela ideia de jerico, mas eu estava determinado e nada iria me parar. Joguei uma conversa mole para ele de que seria uma ótima oportunidade para colocarmos em prática nossa experiência na Força de Pacificação do Haiti, a MINUSTAH.

— Gavião, cê tá de sacanagem, né? Porra, você bem sabe que o pessoal selecionado pra missão no Haiti tem o nome publicado no Boletim do Exército e coisa e tal. Todo mundo cumprimenta o cara pelo sucesso de ter sido escolhido, é uma delícia! Fiquei, aliás, *ficamos* meses só curtindo esse status. É uma coisa de voluntariado, pra onde todo mundo quer ir. O pessoal escalado para uma possível ocupação do Exército na favela não vai ter nada disso. As pessoas de fora vão até nos dar os pêsames.

Não pude deixar de dar uma boa gargalhada. Sabia bem daquilo tudo. No Haiti, o pessoal ganhava em dólar e fazia um pé de meia com a grana. Dava entrada em apartamentos, trocava de carro, e a missão ainda contava pontos para promoção. É o tal do "serviço nacional relevante" ou "tempo de serviço em campanha".

— Mano, escuta — falei —, pra gente que gosta de cheirar pólvora, isso vai ser um brinquedão: homens e helicóptero à disposição, várias viaturas, motocicletas, rádios, comida, munição, armamento, uma área de ação gigantesca e cheia de gente. Porra, ao longo da nossa carreira, o que a gente mais viu? Só reclamação sobre falta de tudo, ter que fazer meio expediente porque não tem comida suficiente, inexistência de munição pras instruções, viaturas sucateadas paradas nas garagens e tudo mais. Você bem sabe que essa é a situação de dezenas de quartéis hoje. Você tem que se considerar um privilegiado se a gente conseguir mesmo se meter numa possível operação na Penha ou no Alemão. Aquilo lá vai virar um superlaboratório, tamanho giga! Vamos poder aplicar e testar toda a nossa capacidade, informação e experiência acumuladas nesses anos de carreira.

— Você tá pensando que vai ser que nem no Haiti? — indagou o PX. — Aqui o pagamento é em real, e é uma merreca. Lá, a gente sabia que ficaria seis meses e pronto. E aqui? Tem noção de quanto tempo vai demorar pra pacificar essa merda? E outra: com esses políticos oportunistas e o pessoal do *Human Rights* defendendo os vagabundos... Você vai ficar contando os dias no calendário pra acabar tudo.

Mesmo sabendo que uma missão não tinha nada a ver com a outra e que meus argumentos não eram lá muito convincentes, ele acabou sucumbindo. O cara era meu parceiro, afinal. Não ia me deixar entrar nessa roubada sozinho.

Paula e Gutembergue interromperam nosso papo. Eles trouxeram um expresso duplo para mim, sem açúcar. Coisa de macho. E para o PX, um café *au lait*, *macchiato* ou sei lá que porra de nome eles inventam só para cobrar o triplo do preço de um café com leite. Pura frescura.

CAPÍTULO XIV

PIERRÔS, COLOMBINAS E E-MAILS

"Neste palco iluminado, só da Lalá"; "Piná, iêê Piná, a cinderela negra que ao príncipe encantou"; "Pumbumpraticumbumprugurundum, o nosso samba minha gente é isso aí, é isso aí"; "A minha alegria atravessou o mar e ancorou na passarela": esses versos e tantos outros, fantásticos, de sambas-enredo com títulos quilométricos, ficaram eternamente gravados em minha memória, de tantas vezes que meu pai os colocou para tocar na vitrola. Ainda era a época dos LPs e as capas estampavam a escola de samba campeã no ano anterior. Ele guardava todos com um carinho que beirava a obsessão. Sempre em ordem cronológica.

Esse gosto pelo bom samba me foi transmitido e, quando criança, adorava decorar as letras dos sambas de todas as escolas do grupo especial. Gostava muito de brincar com o Helinho para ver quem sabia mais letras. Estávamos sempre cantando um para o outro. Com o jogo, acabávamos memorizando as partes que não sabíamos a princípio. Até quando íamos ao banheiro, rolava a brincadeira. Um sentado no vaso cantando e o outro no chuveiro. Era muito divertido.

O Carnaval, então, foi sempre uma época mágica para mim, especialmente depois da morte do meu pai. Era como se todos aqueles sambas, em especial o que ele considerava o mais bonito de todos os tempos, "Aquarela Brasileira", tema da Império Serrano de 1964 ("Vejam esta maravilha de cenário"), nos unisse de uma forma especial, uma ligação que só pai e filho têm.

Aquele 5 de março de 2011, sábado de Carnaval, também seria mágico para mim, mas por outro motivo. A música que me acordou, ao invés do insuportável funk da favela, foi o samba da Beija-Flor, uma homenagem a Roberto Carlos, que terminou dando o título de campeã daquele ano à escola de Nilópolis. Aquele fato me animou um pouco, uma vez que estava meio deprê de ter que passar o Carnaval trabalhando na Penha. Liguei meu celular e dei uma olhada nas notícias e em meus e-mails, como sempre fazia antes de me barbear e escovar os dentes. Era um hábito que havia adquirido não sei exatamente por quê.

Normalmente, o sábado de Carnaval era um dia de notícias frias, daquelas tiradas da gaveta para encher espaço. O Helinho me contou que, nas redações dos jornais, nessas datas (e também no Natal, Ano Novo etc.), só dava "foca", ou seja, jornalista recém-formado e ainda sem experiência. E assim foi também naquele dia. Passei logo para meus e-mails. Muita gente me sacaneando por estar de serviço na Penha, ao invés de estar na praia, relaxando para curtir a noite em um baile de carnaval qualquer da cidade ou sair em um bloco de rua.

Uma mensagem, no entanto, me chamou a atenção. No campo "Assunto", dizia apenas "Achou". O remetente era um tal de 4141@yahoo.com. Quando abri a mensagem, estava escrito: "Com toda a sua experiência, você ainda não conseguiu descobrir nada sobre mim. E olha que você é Forças Especiais. Estou decepcionada."

No início, pensei que poderia ser alguma amiga da Paula mandando e-mail para tentar me pegar, uma vez que nossa separação era ainda recente e mulher adora esse tipo de armadilha. Mas então se acendeu uma esperança crescente dentro de mim de que aquilo poderia vir de uma outra pessoa. Aquele 4141 estava estranho. Mandei chamar o VV, afinal ele era meu sargento a cargo de tudo o que tinha a ver com serviço de inteligência. Eu o havia conhecido durante a missão no Haiti, participando do Batalhão Brasileiro, o BRABATT, que é parte da MINUSTAH, a força internacional de paz da ONU estabelecida naquele país desde 2004. Lá, aprendi muito com ele e vice-versa. Passamos a nos respeitar mutuamente como profissionais, e depois estreitamos também nossos laços de amizade. Era um cara muito ponta firme.

— VV, antes de sair pra nossa patrulha matinal, queria te perguntar uma coisa — falei.

— Manda aí, tenente.

— Se você tivesse que decodificar esse número — mostrei um papel só com o número 4141 escrito —, o que acha que poderia ser?

— Tenente, depende muito do contexto, mas, se tivesse que arriscar algo, uma coisa muito simples mesmo, diria que quer dizer D-A-D-A.

— Por que isso, Valverde?

— Quarta letra do alfabeto, primeira letra do alfabeto, quarta letra do alfabeto, primeira letra do alfabeto. Mas isso é uma análise muito simplória.

Mas era tudo de que eu precisava.

— Ah, Ok. Valeu. Me dá uns minutinhos e já saímos.

Porra, o VV foi na lata! Dá! A minha Dá me escreveu! Rapidinho cliquei no botão para responder a mensagem: "É que eu sou meio burro. Onde e quando podemos nos encontrar?", escrevi. Guardei o telefone no bolso e saí para nossa patrulha com o coração batendo a mil, sabendo que verificaria se tinha chegado alguma mensagem nova a cada cinco minutos.

O samba estava rolando solto na Praça São Lucas quando saímos para começar nossa patrulha. Como sempre, estávamos o PX, o VV, eu e mais cinco companheiros, entre soldados, cabos e sargentos. Normalmente, aquelas patrulhas tinham nove ou dez componentes, mas a nossa tinha apenas oito. O nono lugar estava sendo guardado para o Gutembergue. Eu estava brigando para incorporá-lo à Arcanjo II, se ele me perdoasse e decidisse se juntar ao nosso grupo novamente.

Pois bem, o VV sempre vinha preparado com a câmera pregada ao capacete. Nos primeiros dias, demos mole e não usamos esse subterfúgio que nos foi utilíssimo no Haiti para filmar toda a nossa ação. Aquilo evitava vários problemas que tínhamos quando não a levávamos.

Em uma das nossas primeiras patrulhas, por exemplo, apreendemos um garoto com algumas bolsinhas de maconha, tipicamente enroladas para a venda, com a sigla "CVRL" escrita em pedaços de papel colocados por dentro das sacolinhas com a droga. O setor de inteligência deles deve ser mesmo muito bom, porque sempre tem alguém para avisar às mães dos "menores" que os filhos delas foram parados por nós. E essas mulheres deveriam fazer parte da equipe brasileira de atletismo, porque vai correr rápido assim no inferno!

A mãe daquele garoto chegou como um raio, sentando a mão no moleque.

— Seu safado, sem vergonha! Foi pra isso que te criei?

E toma-lhe tapa na cara.

— Eu falei que tu não ia terminar que nem seu pai custe o que custar, não foi? E não vai mesmo, seu filho da puta!

Porrada nos braços, no rosto, onde desse para bater, a mulher sentava a mão no menino. Meus homens interferiram e decidiram esquecer o flagrante e dispensar o garoto aos "cuidados" da mãe, que o agarrou pelo braço e foi viela acima dando uns cascudos nele. Mandei o soldado Castanho queimar os saquinhos de maconha no local, na frente de todo o mundo, e pensei que a coisa havia morrido ali.

Muito bem. Na manhã seguinte, fui chamado para depor na delegacia da base da Coca-Cola, que tinha sido aberta especialmente para cuidar das prisões e apreensões durante a pacificação nos Complexos do Alemão e da Penha. Imagine a minha surpresa quando vi a mãe do moleque nos acusando de ser os responsáveis pelos hematomas no corpo do filho?! Porra, eu não acreditei no que via e ouvia!

A nossa sorte naquele caso foi que, na favela, as pessoas têm muitos amigos, mas têm também muitos inimigos. Entre o grupo que assistiu a tudo sem dizer uma palavra, estava um mestiço alto, muito magro, que parecia ter curtido a prisão do moleque no dia anterior. Foi ele quem apareceu na delegacia para depor a nosso favor e confirmar o que todo o meu pelotão havia dito, em conversas separadas com o delegado de plantão, que decidira deixar o dito pelo não dito. Nenhuma queixa foi registrada. Na verdade, o delegado não queria passar o dia preenchendo papéis e tomando depoimentos. Aliás, essa era uma constante. Nós prendíamos, a polícia sempre achava um jeito de soltar. Era uma coisa irritante e muito frustrante.

Depois, fiquei sabendo que essa era uma prática comum no lugar, que vinha da época dos esculachos da polícia com os moradores. Uma mulher sempre aparecia enfiando a bolacha no preso — que também sempre era "de menor" —, fingindo indignação e revolta com o rapaz, só para livrá-lo do flagrante. A diferença era que elas nunca tentavam inverter a situação, como foi o caso conosco, porque sabiam que as consequências poderiam ser até fatais. Com os babacas do Exército, aquela mulher sabia que não teria retaliação. E isso nos serviu como uma bela lição.

Por essas e outras, depois de alguns dias de Alemão e Penha, passei a filmar tudo, principalmente usando a habilidade do VV. Aliás, ele adorava dirigir a própria moto, porque tem o curso de batedor do Exército. Naquele dia, como eu estava pilhado com o e-mail que presumi ser da Dadá e não iria mesmo conseguir descansar, depois de verificar várias vezes para confirmar que nenhum outro e-mail dela havia chegado, resolvi sair à noite para checar uma denúncia — serviço que funcionava extremamente bem ali, já que era anônimo e, como falei, nas favelas você acaba fazendo muitas inimizades.

Mandei acionar o pelotão de motos para que fossem comigo. O Maldonado, que pilotava mal à beça e tinha até certo medo de moto, não sei por que cargas d'água resolveu acompanhar a patrulha e foi na garupa do VV. Eu resolvi ir, então, como cerra-fila das quatro motos. Fiquei por último na coluna em que andávamos. Eu também tinha uma câmera e, de vez em quando, gostava de dar minhas filmadinhas. De onde estava, conseguia registrar toda a coluna de motos.

Entramos em uma rua larga e que, em sua última parte, tornava-se extremamente íngreme. A primeira moto era a que carregava VV e Maldonado. Ao virarmos a esquina, avistamos uma correria na parte mais alta da rua. Os outros pilotos aceleraram e eu fiquei mais para trás, a fim de garantir a via aberta para o retorno, pois tinha um bar na esquina que estava lotado. A moto do VV/Maldonado saiu em disparada e, ao parar na ladeira, aconteceu o que eu já previa: o pobre Maldonado tentou descer da moto rápido demais, mesmo com o VV gritando para ele esperar. Como ele estava de fuzil e na garupa, foi um estabaco daqueles, e os dois foram para o chão. Eu filmei tudinho!

Não preciso nem falar o que aconteceu no bar da esquina: gritaria e sacanagem generalizadas. Como pode um motociclista do EB cair daquele jeito? Eu comecei a rir para descontrair e conversar com os desocupados do bar, que não paravam de gritar, para tentar desviar um pouco a atenção deles, enquanto o Maldonado, muito envergonhado, vazava rapidinho do lugar, a pé. O VV ficou para trás com a moto.

Quando cheguei à base, a notícia já havia corrido e tive de fazer um "Corujão" para todo mundo. A gozação foi demais. Posso estar enganado, mas acho que o Maldonado nunca mais andou na garupa de nenhuma moto. Como já havia vazado a história de nossa desastrada tentativa de resgate do Helinho, e depois, com aquele tombo antológico, algum gaiato resolveu começar a chamar nossa patrulha de *Thundercats*, porque todos éramos "Guerra na Selva". Para quem não se lembra, essa foi uma série animada que fez muito sucesso na metade da década de 1980. Por ser o líder, eu acabei virando o Lion-O e, pelo tombo, o Maldonado virou o Snarf. Muita sacanagem. O episódio, porém, como sempre acontece nessas ocasiões, serviu para descontrair o grupo, que ainda estava se conhecendo, e para fortalecer nossa camaradagem. O pessoal até esqueceu que era sábado de Carnaval. No dia seguinte, apareceu uma charge ilustrando a trapalhada e todos riram muito.

Quando finalmente resolvi colocar a cabeça no travesseiro, já passava das duas da manhã. Foi então que ouvi aquele bipezinho típico. Finalmente havia chegado mais uma mensagem da Dá.

CAPÍTULO XV

EM CASA

Minha avó sempre dizia: "A gente devia beijar o chão quando chega em casa." E foi assim mesmo que eu me senti quando abri a porta do meu apartamento, ancorado pelo PX, que tinha ido me pegar no hospital. Os momentos de pura adrenalina na favela e as horas angustiantes no Barra Gold, sem saber se a cirurgia me deixaria com alguma sequela, fizeram com que eu me sentisse entrando em um castelo ao chegar no meu dois-quartos.

A Paula abriu a porta e, para minha surpresa, ao lado dela estava o Gutembergue. Antes que eu pudesse dizer alguma coisa, vi que havia outra pessoa no local: dona Sueli, minha mãe. Ela adorava a Paula, e vice-versa. Quem não gostava muito daquele romance era eu. As duas volta e meia se juntavam contra mim, principalmente quando o assunto era filho — ou, no caso, a falta de um. Outra coisa que me deixava pau da vida era que minha mãe, se aproveitando dessa amizade, fazia coisas que me irritam profundamente, como entrar na minha casa sem sequer bater na porta ou ser anunciada pelo porteiro, outro cúmplice dela, por sinal, comprado com guloseimas — ela cozinha bem demais — e gorjetas esporádicas.

— Meu filho querido, que bom que você chegou e está bem! — ela disse quando entrei.

— Mãe, muito legal você ter vindo, mas a gente já se viu no hospital. Agora eu preciso descansar.

— Ih, garoto mal-agradecido! Só vim aqui deixar uns chocolates para você. Se soubesse que seria tão mal recebida, não teria vindo.

— Mãezinha querida, não é nada disso. Eu te amo, mas preciso mesmo descansar. Assim que eu melhorar, prometo fazer uma visitinha lá em Copa, ok?

Su (é assim que a Paula a chama!) foi saindo com cara de quem comeu e não gostou. Eu estava um pouco afastado, rumo à minha poltrona favorita, mas deu para escutar minha mãe falar baixinho:

— Minha filha, aproveita esse momento. Diga a ele que foi um sinal dos céus. Imagine se ele morre? Quem levaria o nome Gavião adiante? Um homem sem herdeiro não é nada!

Quando ia perguntar ao Gutembergue o que ele estava fazendo no meu apê, chegou o Helinho — outro "amiguinho" do porteiro, que não precisava ser anunciado para subir. Dei um abraço mais do que apertado no meu melhor amigo e senti uma lágrima escorrer. Vê-lo de novo, ali, na minha frente, aparentemente muito bem, me deu uma sensação de alívio enorme.

Queria poder conversar a sós com ele, tentar levantar algo sobre a Dá, mas a Paula ficou toda serelepe para saber dos "aspectos psicológicos depois de um trauma daqueles". Ser casado com uma psicóloga enchia o saco às vezes!

Helinho contou, então, como odiou o Brasil nos momentos em que esteve dentro daquele barraco fétido, mas que esse ódio já tinha se transformado em amor novamente. Nunca vi um cara tão patriota quanto ele. Disse que, no cômodo em que ficou confinado, fazia um calor insuportável e que ele era tratado da maneira como reagia às ordens dos traficantes. Se ele se mostrava mais alterado, os caras lhe davam tapas e o mandavam calar a boca. Se ele ficava mais pianinho, os ânimos de todos amainavam.

— Paulinha, senti na pele o que é estar do outro lado. Tanto do lado dos bandidos, como de ser notícia, ao invés de noticiá-la. Mas de jeito nenhum quero me transformar num novo Tim Lopes. A diferença é que sobrevivi e vou fazer o que puder para tentar mudar o panorama de pelo menos uma comunidade.

— Porra, Hélio, você falando de comunidade? — reclamei. — Você sabe muito bem que não existe comunidade nenhuma, que na favela é cada um por si e salve-se quem puder. Parece coisa de brasileiro que vai morar fora e enche a boca para falar "da comunidade brasileira em Boston", ou "comunidade brasileira em Londres", quando, na verdade, o cara sente vergonha de se juntar a outros brasucas. Ninguém ajuda ninguém.

— Gavi, pra que tanta raiva? Fui eu quem sofreu nas mãos dos caras e nem por isso fiquei revoltado.

— Não ficou porque é inocente. O que esperar de uma pessoa que ainda acha que por meio de reportagens pode mudar alguma coisa?

— E você, que fica brincando de ser soldadinho num país que nunca foi à guerra? Vai mudar o quê? Como?

— Você vai ver, meu irmão. Vou correr atrás pra fazer parte dessa força de pacificação que vai atuar nos complexos da Penha e do Alemão e vou arrepiar no morro.

— Você ficou maluco? — o Hélio perguntou, sério.

— Nunca estive tão lúcido em toda a minha vida.

— Se você for pra lá com essa atitude, vai se frustrar tremendamente. Você tem que mudar seu modo de pensar, cara!

Nós sempre fomos assim. Caíamos na porrada verbalmente e sacaneávamos um ao outro, mas nos respeitávamos e, acima de tudo, nos amávamos como irmãos.

— Quem ouve de fora pensa até que vocês se odeiam — brincou a Paula.

O interfone tocou. Era o VV. Paula abriu a porta para ele.

Pronto: o time estava completo.

— Amor, pode passar um cafezinho pra gente?

Queria ficar sozinho com meus camaradas para pensar em um plano de ação. Foi só a Paula sair que comecei a falar, quase em tom de sussurro:

— Helinho, depois quero saber mais detalhes sobre o cativeiro, mas, agora, já que tá todo mundo aqui, preciso levar um lero com vocês. Quero muito entrar pra Força de Pacificação que com certeza vai ser implementada no Alemão e na Penha com os militares do EB depois que a Marinha vazar. E quero todos vocês lá comigo. Obviamente, você não, Helinho.

Houve um silêncio longo, até que PX resolveu falar alguma coisa:

— Eu já disse que acho isso uma loucura, mas não vou deixar o Gavi entrar nessa furada sozinho. Ele tá com a cabeça feita e, na verdade, acho que vai ser um ótimo aprendizado pra todos nós.

O Gutembergue e o VV assentiram. O Helinho ficou na dele. Ele sabia que seria fantástico para sua carreira ter seu melhor amigo no lugar para onde todos os olhos do país, e até do exterior, estariam voltados nos próximos meses. No fim, acabava que era cada um defendendo o seu. Mas isso era normal. Então continuei:

— PX, vê lá com seus contatos que eu vou ver com os meus a melhor forma de pedir para participar disso, nós quatro. Na verdade, acho que você poderia pedir por você e o VV. Eu peço por mim e pelo Gut. Combinado?

Todos concordaram. A Paula chegou com os cafés e foi logo dizendo:

— Bem, pessoal, o papo tá muito bom, mas é hora do Mau descansar.

— Paula, peraí. Eles acabaram de chegar.

— Ela tem razão, brô. Vamos nessa — disse o Helinho.

— PX, espera dois minutinhos. Tenho que te dar uns documentos, pra você levar pro quartel.

Todos deram grandes goladas em seus cafés e foram saindo. Enquanto Paula mostrava que a porta da rua era serventia da casa, aproveitei para falar com o PX:

— Cara, preciso de um favor de irmão.

— Manda.

— Tô achando estranho demais o comportamento do Gut.

— Como assim?

— Prefiro não falar.

— Ok, mas o que você quer que eu faça?

— Fica de olho nele.

— Em que sentido?

— Sempre que der, fica de campana. Segue o cara.

— Tem certeza que quer que eu faça isso?

— Absoluta. Depois te digo qual é minha suspeita.

— Pode deixar.

Coisa boa é ter amigos...

CAPÍTULO XVI

PATRULHA NOTURNA E "SOBERANA"

ANTES QUE VOCÊ DIGA, DIGO EU: SOU UM BURRO, IDIOTA, IMBECIL! NA neura de pegar logo o telefone para ler a mensagem da Dá, deixei o aparelho cair no chão. Quando me levantei para acender a luz, só ouvi aquele barulhinho, *crec*, e lá se foi meu celular. Eu não podia acreditar naquilo! Mas, peraí: o que chegou não foi uma mensagem de texto, foi um e-mail. Era só eu achar um computador, certo? Sim. Se eu não estivesse naquela missão de bosta.

Eu não tinha um computador no meu quarto. Pensei: "Tenho que ir para a sala de operações. A essa hora não tem ninguém e posso ler minha mensagem tranquilamente."

Gosto de dormir pelado, mas, ali, eu dormia com aquele short verde-oliva e camisa camuflada do EB. Joguei uma roupa por cima e, quando coloquei a mão na maçaneta, ouvi golpes na porta.

— Tenente, tenente, posso entrar?

Era a voz inconfundível do gordinho Snarf (adorei o apelido que deram para o Maldonado).

— O que é, Maldonado? Tô dormindo, porra!

— Desculpa, tenente, mas temos uma situação lá no Morro da Caixa D'Água que só o senhor pode resolver.

— Chama o capitão Tremembé. Ele é a bola da vez.

— Tenente, todo mundo vazou por causa do Carnaval. O senhor é o mais antigo aqui e a ocorrência requer atenção especial.

— Entra, caralho. Para de tentar falar bonito e desembucha logo.

— Tenente, essa o senhor tem que ver com os próprios olhos.

— Tá bom, ô Snarf — falei, para sacanear ele, mesmo. — Então quero *todos* os Thundercats arrumadinhos aí fora em cinco minutos.

— Tá safo, tenente. Só falta chegar o tenente Paulo Pires.

— Vai lá falar com o PX que eu mandei ele acelerar. E é bom que isso seja mesmo uma emergência, se não te mato, Snarf!

Coloquei o uniforme rapidinho, meti o telefone quebrado no bolso e saí. Todos já estavam lá fora me esperando, até mesmo o PX. Fazer aquelas patrulhas no morro já era uma droga; de madrugada, então, era insuportável. Aconteciam coisas cabeludas e tinha aquele funk irritante que sempre estava tocando em algum barraco. E aqueles latidos vindos de todas as partes. Nunca vi tanto cachorro junto. Eu adoro bicho, mas aqueles latidos misturados a vários outros ruídos me incomodavam.

Por falar em cães, das dezenas de cachorros que viralateavam pela favela dia e noite, havia sempre algum que se achegava. Depois de algum tempo, eram sempre os mesmos. Não sei ao certo quem deu os nomes; só sei que Estopa e Scooby, que passaram a morar na base e a ser alimentados pelos soldados, viraram nossos mascotes.

Eu até gostava que eles viessem conosco, porque sempre latiam para os vagabundos. Era muito engraçado ver a cena.

Sempre a mesma coisa: vinha um cara descendo uma ladeira, beco ou viela cheio de marra. Os cachorros sentiam o cheiro de pilantragem no ar, começavam a latir e quase avançavam para cima do malandro. O marrento sempre dava um pulinho, gritava ou até mesmo se escondia atrás de um poste. E olha que os cães eram bem vira-latas mesmo. Imagine se fossem rottweilers?

Montamos nas motos e coloquei o Snarf na frente da patrulha para que ele mostrasse o caminho até onde estava acontecendo a "ocorrência". Já na primeira subida, nos deparamos com uma cena bizarra, que eu já estava me acostumando a presenciar. Estacionamos para ver a baixaria e talvez servir como testemunhas, se fosse necessário. O VV estava com sua câmera ligada, como ele sempre fazia quando saíamos em patrulha. Não pegamos o início da confusão e, devido à gritaria típica desses incidentes (sempre junta uma porção de gente, que aparece feito barata, não sei de onde), o diálogo, para nós, ficou parecendo papo de maluco.

— É eles que tão reclamando. Nós não tamo! — gritou para o sargento, que aparentemente estava comandando aquela unidade no momento, uma mulher gorda, que vestia o que parecia ser o uniforme de muitas na favela, ou seja, uma blusa justa com uns frufrus esvoaçantes (aquela era branca), bermuda jeans que, acredito, elas acham sexy, apesar das banhas ficarem penduradas para fora, e sandálias (a maioria tipo Havaianas).

— Mandaram piadinha pro professor que foi lá — disse o sargento, que estava bem calmo, por sinal.

— Quem mandô piadinha? — perguntou a mulher número dois, cujo uniforme diferia do da outra apenas por ser composto por uma blusa justa-esvoaçante florida.

— Ninguém se alterou. Ninguém falou nada — alegou o sargento.

— Aí, meu chefe. Ninguém mandô piadinha não, valeu? — gritou, de um dos flancos, um homem de estatura baixa e que me pareceu ser albino.

— É, mas foi a senhora que abaixou as calças — disse um dos soldados da patrulha para a mulher gorda de blusa branca.

Ela imediatamente reagiu:

— E tiro de novo. Tiro mesmo! — falou, e foi abaixando a bermuda jeans bem na cara do VV, que estava mais próximo do imbróglio, filmando tudo.

Ato contínuo, o sargento ordenou:

— Pega aí. Pega aí. Conduta. Conduta. — Isso queria dizer que a mulher seria levada para a DP mais próxima e fichada por desacato à autoridade. Várias pessoas a cercaram para que os soldados não pudessem prendê-la, mas não adiantou. Um mestiço alto e de bigodinho *à la* Tom Selleck personificando o Magnum em um seriado de TV se apressou em ir falar com o sargento e mostrar uma carteira de trabalho.

— Aqui só tem trabalhador, amigo. Alivia aí.

Enquanto o "Magnum" tentava engambelar o sargento, quatro soldados suavam para colocar a mulher gorda em cima do marruá (viatura militar), que é alta à beça. Quando as pessoas viram que não teria jeito, foram se afastando, cada uma para seu lado, mas uma mulher com um bebê nos braços ainda gritou:

— Alá, só filma o que a gente faz. O que eles faz ninguém filma. Aí passa na televisão que eles tão melhorando o Complexo da Penha. Cês tão melhorando o quê?

Ninguém deu bola e seguimos nosso caminho. Depois de alguns minutos, chegamos finalmente à Vila Cruzeiro, local do problema que o Snarf não quis relatar, e logo de cara entendi o porquê. Centenas de pessoas se apinhavam em uma quadra onde normalmente eram organizados bailes funk. A música não estava tocando. Desde o início da pacificação, havia sido determinado que os bailes só poderiam ir até às dez da noite em dias de semana, e até a uma da manhã sextas e sábados. No domingo era proibido, pois o dia estava reservado para os vários cultos religiosos.

Muitos militares estavam presentes e senti um clima muito tenso no ar. Vi que o pessoal não queria respeitar a ordem, queria peitar, mesmo sabendo que, se não houvesse um pedido formal, feito por escrito e com dias de antecedência, para autorizar o evento, não havia conversa. Essa determinação foi tomada para evitar aglomerações, incentivo à luxúria e consumo excessivo de álcool e de drogas nos locais onde os bailes eram realizados. Pedi à minha patrulha que abrisse caminho para irmos até o ponto de maior concentração, onde diversas pessoas gritavam: "Ano, ano, ano, libera o Soberano."

"Soberano" era o apelido de Josiel Ribas Carvalho, ou simplesmente Josiel, ídolo da torcida do Vasco e conhecido frequentador e ex-morador da Vila Cruzeiro. O apelido lhe fora dado quando ele fez sua passagem pelo Real Madrid, por ser considerado o rei — ou soberano — dos campos espanhóis.

Josiel, o Soberano, tinha sido investigado pelo Ministério Público do Rio de Janeiro por tráfico e posse ilegal de arma de fogo em associação aos integrantes do Comando Vermelho. Havia a suspeita de que o jogador estivesse envolvido indiretamente com o CV por causa de uma ligação entre ele e o traficante Mariano Montes Couto, conhecido como MMC, líder da organização. Como em outras denúncias, o MP decidiu por não indiciar o jogador. Coisas do Brasil.

Várias fotos do atleta haviam sido publicadas. Entre elas, algumas nas quais ele aparecia, junto com um amigo, posando como atirador e fazendo as iniciais do Comando Vermelho com as mãos. Na época, a assessoria de imprensa do jogador informou que ele segurava um fuzil de brinquedo e que seu amigo carregava um abajur italiano com o formato de um fuzil AK-47. Era só para quem acreditava em Papai Noel! Um policial comentou que, antes da invasão, ele circulava orgulhosamente pela Penha, escoltado pelo pessoal do CV, armado com um fuzil. Hoje, está construindo uma casa por ali.

Como comentei antes, nas favelas do Rio, papelotes de cocaína e de crack, assim como trouxinhas de maconha, trazem, além de informações como preço e a favela "fabricante", iniciais dos grupos criminosos a que pertencem e imagens de "celebridades". Até Osama Bin Laden e Che Guevara já apareceram nesses saquinhos. Para os traficantes, isso é uma espécie de estratégia de marketing.

Imagino que, pela semelhança entre as palavras, craques da bola estampam embalagens com pedras de crack. Entre os preferidos dos traficantes, está precisamente o nosso amigo Josiel, o Soberano, com quem eu estava prestes a ter o desprazer de conversar ali mesmo, na frente de todo mundo.

Com exceção dos latidos insistentes do Estopa e do Scooby, o silêncio imperava no local e o jogador foi trazido à minha presença, devidamente ancorado por duas "dançarinas" do Popozuda's Club, com shorts enterradíssimos, uma de cada lado.

— Boa noite, capitão, sou o Josiel, jogador do Vasco...

— Sou tenente e sei bem quem o senhor é. Em que posso ajudá-lo?

— Desculpa, tenente, é que o senhor tem pinta de capitão.

A galera começou a aplaudir. Uma situação que pode parecer até um pouco engraçada, mas que, para mim, era um tanto constrangedora.

— Ok, Josiel, vamos deixar de conversa mole. O que você quer?

— Tenente, como o senhor pode ver, o Campo do Ordem está lotadinho. As pessoas só querem se divertir. Eu garanto a paz e a tranquilidade dos presentes.

— Ah, então o senhor virou membro da Força de Pacificação?

— Que isso, capitão? Não quis dizer isso...

— Tenente. Sei bem o que quis dizer, e também sei da sua influência aqui. Mas por que não mandou um pedido, como todo mundo faz, pra realizar um evento desse porte, depois da uma da manhã?

— É que, como é Carnaval, pensei que essa lei não estava valendo...

Não sei o que me irritava mais ali: se era ele me chamar de capitão, vir com aquele papo de cerca-lourenço pensando que eu era trouxa, chamar uma simples determinação de lei, ou a vontade de estar bem longe, na frente de um computador, vendo meu tão esperado e-mail. Para evitar problemas e mais dor de cabeça, decidi abrir uma exceção.

— Tenente Constantino, venha cá, por favor. São 2h35 da manhã. O baile está autorizado a seguir até às quatro horas e nem um minuto mais, entendido?

— Claro que sim, tenente Gavião.

Uma gritaria eufórica foi ouvida e o pessoal começou a cantar: "Ão, ão, ão, Força de Pacificação!" O Josiel se animou e veio me dar um abraço. Falei:

— Sai pra lá que eu sou Flamengo, pô!

Ao que ele cochichou no meu ouvido:

— Eu também.

CAPÍTULO XVII

FISIOTERAPIA E TRAIÇÃO

FISIOTERAPIA, DO GREGO *ΦΥΣΙΣ*, *PHYSIS*, NATUREZA, E *ΘΕΡΑΠΕΙΑ*, *THERAPÉIA*, tratamento, é um ramo das ciências da saúde que consiste em apelar a elementos naturais ou ações mecânicas, como movimentos corporais e exercícios físicos. Ou, como eu a defino: um saco!

Eu podia ter optado por fazer fisioterapia em um dos hospitais do Exército, mas fiz questão de continuar indo ao Barra Gold — de graça, obviamente. O Epaminondas Curvelo me devia muito, e aquilo ali ajudaria a abater o débito.

Resolvi aumentar, por conta própria, a quantidade de exercícios, e ia todos os dias ao hospital. Passava horas lá. Era também uma maneira de ficar longe da Paula, por dois motivos: primeiro, para fugir das reclamações dela sobre o porquê de termos voltado a morar no Rio e de não termos um filho; segundo, para dar a ela mais tempo livre e eu poder sanar minhas suspeitas com relação ao belo chifre que eu tinha certeza de que ela estava me colocando.

Já estava no final da terceira semana de fisioterapia e eu não tinha notícias do PX. Liguei para ele e pedi que me encontrasse no hospital. Ele chegou às 11h45. Esperou que eu terminasse os exercícios.

— E aí? Por que não veio me ver antes? — perguntei.

— Porque eu queria ter certeza do que vou te contar.

— Pode ficar tranquilo. Tô preparado para tudo.

— Como você comentou que suas suspeitas envolviam o Gutembergue, decidi que ele seria a pessoa mais fácil de seguir, porque trabalhamos no mesmo quartel e temos mais ou menos a mesma carga horária. Nos primeiros dias, foi bem complicado, porque eu precisava perguntar pra outras pessoas a que horas ele tinha saído ou ia sair do quartel. Finalmente, na semana passada, vi o Gutembergue saindo por volta da uma da tarde. Decidi seguir o cara. Ele foi pro Recreio e entrou na garagem de um edifício que fica a umas três quadras da praia e que parecia ser comercial. Fiquei na espreita e, minutos depois, vi a Paula entrar também.

Só quem já sentiu ciúme na vida sabe pelo que eu passei naquele momento. Foi um misto de raiva, decepção e revolta impressionante. Senti meu sangue fervendo e dei um golpe na mesa, ao que o PX retrucou:

— Calma, cara! Ainda tem muito mais.

— Puta que o pariu! Eu não acredito!

— Pois é. Liguei e pedi pro VV inventar uma desculpa lá no quartel, porque eu não queria perder aquela oportunidade. Estacionei e fiquei na moita, num bar da esquina, numa rua próxima ao edifício, mas com uma visão total da garagem e da portaria, pra não perder a saída deles de jeito nenhum. Mais ou menos uma hora e meia depois, sai o Gutembergue e, logo depois, a Paula.

— E a cara desses filhos da puta, PX? Tavam com as carinhas contentes? De quem comeu e gostou?

— Porra, Gavi, não deu pra ver esse detalhe, né? Mas me deixa continuar. Voltei no dia seguinte e... A mesma coisa. E foi assim durante vários dias. Só não fui lá hoje porque tô aqui contigo.

— PX, escreve o endereço desse lugar aqui nesse guardanapo pra mim.

— Mas o que você vai fazer?

— Isso é problema meu. Escreve aí, porra.

— Só se você jurar que não vai fazer nenhuma besteira.

— Tá bom.

— Tá bom o quê?

— Tá legal. Eu juro! Escreve aí, cara.

Agradeci imensamente ao PX e voltei para a clínica ensandecido de ódio. Eu só pensava em vingança e no que faria quando pegasse os dois no ato. Para relaxar, fiz meus exercícios, colocando ainda mais peso nos aparelhos e com mais afinco.

Terminei a série que estava fazendo, aproveitei que teria um tempo e fui tomar um belo banho.

Depois, voltei a pensar com ódio na Paula e no Gutembergue e no que faria com eles. Por coincidência, na rádio estava tocando "Traição", da Ana Carolina: "A traição, nas batidas do meu coração, me leva, me guia, assim como um rio, que segue meu destino sem mim."

CAPÍTULO XVIII

LIÇÃO DE MORAL VIRTUAL

PASSAVA DAS 3H30 DA MANHÃ QUANDO FINALMENTE CONSEGUI CHEGAR de volta à base, no Parque Ary Barroso. Estava exausto e frustrado com os acontecimentos. Ter que liberar o baile funk do Soberano, para mim, foi a morte. Detestava aquele tipo de coisa, mas sabia que era assim que tinha que fazer de vez em quando. Aprendi a ceder e negociar no Haiti.

A volta foi pela rua José Rucas, passando pela Praça São Lucas, tradicionalíssimo paraíso de atos ilícitos e contravenções — até o momento da invasão da polícia e dos fuzileiros navais, em novembro de 2010. Desde então, era palco de desgastantes embates diários, regados a spray de pimenta, entre a FPac e o pessoal acostumado a não respeitar nada. O local estava imundo, devido às festas carnavalescas, e com uns bêbados remanescentes fazendo besteiras na rua. Não vou dizer que é todo mundo que tem esse espírito na favela, mas normalmente as pessoas que vão para certos lugares querem mesmo é estar perto de confusão.

Ainda vi um montão de coisas que me revoltaram: desacatos à tropa, bares e barracas com música em um volume bem acima do permitido e outras irregularidades que me tiravam do sério. Eu estava doido para retornar por conta do extremo cansaço, queria logo me sentar à frente de um computador para ver o e-mail da Dá.

Antes de dispersar o pessoal, tirei o telefone quebrado do bolso e disse para o Snarf se virar para conseguir alguém ali mesmo, na favela, para consertá-lo para mim, pois ele havia sido o culpado. O pobre ainda tentou balbuciar alguma coisa, mas eu disse que era uma ordem e pronto.

Entrei na sala de reuniões da Companhia, onde havia uns computadores que usávamos no dia a dia para elaborar a documentação de rotina e fazer os planejamentos etc. Rezei para a conexão estar boa, entrei na internet e fui direto para minha conta do Yahoo. O e-mail dela dizia: "Jura que você quer se encontrar comigo? Ai, tão bobinho..." Fiquei meio puto, porque entendi que havia começado mal o meu papo com ela. Pombas, com todo meu conhecimento sobre operações psicológicas, eu deveria ter sido mais sutil. Passei a usar, então, uma nova tática. Escrevi de volta "*Wishful thinking*", que em inglês quer dizer algo como pensamento positivo ou a esperança é a última que morre. E só.

Não tinha esperança de que ela fosse responder naquela hora, porque já era muito tarde. De qualquer forma, decidi que esperaria uns vinte minutos. Liguei a TV da sala para ver o que estava rolando no desfile das escolas de samba de São Paulo. É impressionante como o Carnaval dos paulistas melhorou muito de uns anos para cá, mas o do Rio é inigualável. Não deu tempo nem de ver qual escola estava desfilando. Brotou mais uma mensagem na tela. Ela havia mordido a isca: "Como você sabia que eu falo inglês?"

Dei uma bela gargalhada. Não sabia era nada. Apenas usei uma expressão que aprendi em inglês e que me veio à cabeça naquele momento. Por sugestão dela, passamos para o chat, para facilitar e agilizar a troca de mensagens.

Como você aprendeu inglês?

Deixa isso pra lá. Não estamos aqui para falar de mim.

Do que você prefere falar então?

Da maneira idiota como, certamente, você está agindo aí.

O que quer dizer com isso?

Deve estar esculachando moradores, sendo grosseiro, babaca, como a maioria.

Há toda uma história por trás da minha vinda para cá e você tem muito a ver com isso.

Eu? Por quê?

Ah, não se faça de tonta, vai?

Bem, outro dia podemos falar a respeito. Hoje gostaria de me concentrar na sua interação com a minha gente.

Sua gente? Pensei que você não fosse daqui.

Tá vendo? Você não entende nada, e ainda por cima é grosso e sarcástico.

Desculpa. Foi mal.

Então admite que trata a minha gente como rato?

Não exatamente. Mas acho que você tem um pouco de razão, sim. Vou tentar explicar. Quando cheguei ao Haiti, passei por quatro fases nos seis meses em que fiquei lá: primeiro, pena, ternura, carinho e vontade de ajudar aquela gente sofrida. Depois, passei a ficar indiferente aos problemas deles e só pensava em voltar para o meu país. Por último, passei a odiar os haitianos e, às vezes, pensava mesmo em atirar em alguns deles. É o chamado processo do PINO. Começa com *Pena*, passa para *Indiferença*, depois *Nojo* e, finalmente, *Ódio* de conviver com quem não te respeita pelo trabalho sério que está fazendo, e nem quer se esforçar ao mínimo para melhorar. Só querem sugar e, se der mole, tem uns sacanas que ainda te roubam. Pouquíssima gente demonstra algum apreço e gratidão.

Mas por que você acha que eles são assim?

Não sei bem. Mas os sentimentos são os mesmos. Começa com pena, devido a todo processo de conscientização realizado anteriormente, mas depois vê que muitos não estão nem aí para o trabalho feito. Então, passamos para a indiferença, e, depois de muito desgaste nas missões, constata-se que alguns preferem se acomodar e depender apenas de ajuda externa. Na sequência, muitos pacificadores sentem nojo e, finalmente, ódio de conviver com quem não te respeita pelo trabalho sério que está fazendo e nem quer se esforçar ao mínimo para melhorar. Tenho uma historinha que ilustra bem esse cenário. Havia um menino de uns dez anos que sempre perambulava pela região onde ficava a BRABATT, o Brazilian Battalion da Peacekeeping Force, parte da Força de Pacificação da ONU lá no Haiti. Na primeira vez que saí a pé da base, eu trazia uma garrafa plástica de água na mão. Ele se aproximou de mim e, quase num grito, praticamente mandando, e não pedindo, disse: "Me dá essa água aí." Falou em português, mesmo. Eu fiquei meio assustado com aquilo e minha reação foi passar a garrafa para ele. Pois bem, meses depois, a mesma cena se repetiu, só que, ao invés de eu dar a garrafa d'água para ele, gritei mais forte e mais duro que ele: "NÃO! Aprenda a ser educado, seu moleque." Quando cheguei aqui, vi que essa merda é idêntica, no sentido de ninguém querer fazer nada para mudar, para se ajudar. Todo o mundo quer algo grátis, vindo do governo ou de ONGs, sacou?

Pena tenho eu, de você. Pensei que fosse uma pessoa mais inteligente, porém vejo que é como a maioria, ou seja, só vê o momento, não analisa a situação. Vê a foto e não o filme. Boa noite.

Não, peraí!!!

Era tarde demais. Ela havia saído do chat e me deixara pensativo e triste. Eu havia tomado uma porrada de uma mulher que vi apenas uma vez na vida e que estava sei lá onde.

O desfile que estava rolando era da Gaviões da Fiel. Fiquei ainda mais irritado. Acho ridícula essa coisa de torcida organizada ter escola de samba. Além do mais, em São Paulo só gosto da Nenê de Vila Matilde.

CAPÍTULO XIX

OS DIAS ANTES E DEPOIS DA INVASÃO

Em uma sexta-feira, dia 17 de dezembro de 2010, o Helinho apareceu lá em casa por volta das onze da manhã. Eu estava pronto para sair atrás da Paula, para flagrá-la em sua rotina de encontros com o Gutembergue na hora do almoço. Obviamente, meu amigo chegou sem ser anunciado. Eu tinha que me lembrar de falar com o porteiro a respeito daquele abuso.

Tinha me esquecido de que o Helinho havia prometido me levar um DVD com as lutas recentes do UFC que ambos adoramos e que eu não tinha podido ver. Havia uma em particular em que eu estava mais interessado, que era entre o americano Pablo Garza e o brasileiro Fredson Paixão.

Estava uma febre impressionante no Brasil com relação às lutas do UFC e MMA. Os caras só falavam disso no quartel e perder as disputas significava ficar fora do papo. Quem não gostava, estava ferrado. Eu, ainda bem, curtia bastante. Gostava demais de ler a história dos lutadores, muitas delas de sofrimento e superação. Coisas como: fulano é o filho mais novo de um ex-boxeador alcoólatra que volta para casa, onde o pai monta uma pequena academia no porão para treinar o caçula para uma competição de MMA. Parece até roteiro de filme, mas são histórias verídicas.

— Helinho, que bom que você chegou pra fazer companhia ao Mau, que, por milagre, disse que não ia à fisioterapia hoje — disse a Paula. — Tô de saída. Beijo.

Não deu tempo de eu dizer nada. Ela saiu rápido, batendo a porta.

— Helão, foi mal, brô. Tenho que vazar.

— Que isso, vai me deixar aqui sozinho?

— É que tenho que resolver umas coisas no quartel.

Mais de trinta anos de amizade tornavam uma mentira vagabunda como aquela algo difícil de o outro engolir.

— Ah, tá. Agora fala a verdade.

— Vou dizer na lata, então. A Paula tá me traindo e tenho que ir atrás dela agora, pra pegar a vadia com a boca na botija.

— Tá doido? A Paula, te traindo? Viajou. Se ela nunca quis nada comigo, vai querer com outro cara?

Helinho sempre gostava de fazer aquelas brincadeirinhas, porque tinha certeza de que me deixava puto da vida, mas eu sabia que era só sacanagem mesmo. Afinal, ele tinha uma relação quase de irmão com ela, apesar de ser um tremendo pegador.

— A coisa é séria, brô. O PX seguiu a Paula e ela tá me traindo com o safado do Gutembergue.

— Ô, Gavi, mas, se essa história sem pé nem cabeça for verdade, o que você tá pensando fazer? Ir lá e matar os dois?

— Sei lá, cara. Mas tenho que ver essa merda com meus próprios olhos.

— Esquece isso. Quer estragar a vida de um monte de gente, ainda mais faltando uma semana para o Natal?

Tinha até me esquecido daquele detalhe. Prometi a ele que esperaria passar as festas de fim de ano para resolver aquela parada. O Helinho me fez prometer também que eu ligaria para ele antes de fazer qualquer besteira. Concordei.

— Agora vamos falar da outra loucura que você tá querendo fazer, que é participar da pacificação do Complexo do Alemão ou da Penha, sei lá.

— Rapaz, já falei que isso é assunto encerrado. Nem Madre Teresa de Calcutá vai me convencer do contrário.

— Tá, tá legal. Já sei. Mas tenho aqui umas informações importantes pra você. Sei que você ficou intrigado com a participação dos fuzileiros na invasão e fui levantar essa história direitinho.

— Legal. Apurou o quê? É fonte segura?

— Seguríssima. Gente de dentro do Ministério da Defesa e da Marinha.

— Conta aí, então.

— Bom, com aquela história dos incêndios criminosos de ônibus e carros por todo o estado, o Rio se transformou numa guerrilha urbana, como você bem sabe. O governo não podia ficar calado. A invasão do Complexo da Penha foi decidida depois de uma semana de caos total no estado. O governo do Rio tentou pedir a participação do Exército para apoiar as operações, só que o Comando Militar do Leste nem esperava e nem estava preparado pra isso, já que o processo de pacificação previa a tomada da Penha só dali a vários meses. Além disso, como você sabe melhor que eu, pra que militares se envolvam em operações de Garantia da Lei e da Ordem, é necessário, além da autorização do presidente, que o Estado declare a falência de suas forças de segurança e permita que os militares assumam o comando e o controle da operação. Nesse caso, foi diferente: o governador do Rio queria continuar no controle e contar *só* com a cooperação logística das Forças Armadas.

— Como se esses putos do governo pudessem controlar alguma coisa!

— Pois é. Não se sabe ao certo os termos que foram discutidos com o Exército. Só se sabe que não teve um acordo pra que as forças do EB apoiassem a operação.

— Claro, porra, eles não queriam entrar numa roubada dessas. Ainda mais sem ter autoridade pra nada.

— Só que, por causa da Copa e das Olimpíadas, a situação ficou crítica para o Rio, pois o maior desafio da política de segurança atual é formar policiais na quantidade e velocidade necessárias pra compor as UPPs e formar a tempo o bolsão de segurança que se pretende organizar na cidade até o início do Mundial. Porra, isso é um desafio logístico do tamanho da pica do PX. — Um detalhe: é sabido, entre os amigos mais íntimos e todas as putas do Rio de Janeiro, que o PX tem uma jumental piroca. — E a situação do Rio naquela semana antes da invasão exigia uma aceleração aparentemente impossível desse ciclo logístico.

— Puta que o pariu! Foi aí que eles pensaram na Marinha...

— É. O primeiro contato do governo do Estado do Rio de Janeiro com os fuzileiros navais foi com o comandante da Força de Fuzileiros da Esquadra, que é o responsável pelo setor operativo do Corpo de FNs. Aí, logo foi acertada a forma como os fuzileiros poderiam ser empregados, que foi o que todo mundo viu, na logística da operação, transportando as forças de segurança do Estado nos veículos blindados. E tem um detalhe, também, em relação aos blindados do EB no Rio: são bem mais limitados que os da Marinha, porque não têm lagartas.

— Pelo que vi na TV, disponibilizaram viaturas sobre lagarta M-113, carros lagarta anfíbios e Piranhas.

— A Marinha está disponibilizando Piranhas agora também? — ele caiu na gargalhada. Eu ri também.

— Esse tipo de apoio logístico já era permitido, mas, até então, se restringia a empréstimos de fuzis e manutenção de armamento e viaturas. Mas continua aí o seu relato.

— A partir daí, os contatos com o comandante-geral do Corpo de Fuzileiros Navais e toda a cadeia de comando continuaram, até chegar a autorização presidencial. No mesmo dia, policiais militares se concentraram no Complexo Naval Caxias Meriti, sede do Comando da Força de Fuzileiros da Esquadra, pra receber as instruções de como embarcar e desembarcar das viaturas blindadas dos FNs com segurança. Na manhã seguinte, mais precisamente às oito da manhã, a operação começou. Foi uma coisa inédita. Os fuzileiros navais atuaram ao lado das forças de segurança do Estado sem assumir o controle da operação, apenas apoiando com a função logística de transporte.

— E o mais importante é que "tudo ocorreu graças ao reconhecimento de que se deve fazer o máximo esforço em prol do bem comum".

Demos uma boa gargalhada juntos. Essas frases feitas, que os oficiais generais usam a todo instante, são sempre alvo de gozação na caserna.

— O Exército acabou participando da operação de invasão às favelas no dia seguinte, 28 de novembro, com a Brigada Paraquedista e o 15° Regimento de Cavalaria Mecanizado, que ficaram inicialmente encarregados do cerco à área de operações e foram acionados na correria durante a invasão da Vila Cruzeiro.

— Foi no início da operação, cara. Mas não de um jeito malicioso ou muito visível pra população e os meios de comunicação. Sei disso porque um tenente da Cia. Prec., camaradaço meu, me ligou pra saber como eu tava, por causa do meu ferimento, e me contou que recebeu a ordem de colocar uma roupa civil e, com uma equipe, ir pra perto do teleférico da Baiana e atirar na direção do teleférico do Morro do Adeus.

— Mas pra quê isso?

— Pra desviar a atenção dos bandidos nos momentos que antecederam a invasão do Alemão. Eles pegaram viaturas civis e foram lá realizar essa missão. E foi no dia da invasão ao Complexo do Alemão pelos policiais, enquanto os PQDs estavam cercando o perímetro da área. Os paraquedistas chegaram já levando bala por tudo que era lado. O EB é foda!

— Verdade. Mas o fato é que a operação da Vila Cruzeiro foi planejada de um jeito muito desorganizado pela Secretaria de Segurança do Estado do Rio. Tinha muita gente, mas o BOPE é que resolveu a parada, e o evento que acabou se destacando foi a imagem dos criminosos fugindo do morro, enquanto eu corria na direção oposta, ao ser liberado do cativeiro.

— Deve ter sido muito engraçado. Você fugindo no meio dos favelados, indo para o lado oposto da corrente — falei, rindo de novo.

— Engraçalhado pra cadinho. O problema é que aquelas imagens fizeram muita gente questionar o sucesso da missão. Qual é sua opinião? Você acha que o cerco foi justamente o problema na operação ou a falta de planejamento detalhado foi o que ferrou tudo?

— Esse é um questionamento sem resposta. Pra mim, fizeram de propósito, pra matar vagabundo sem que ninguém visse, porque sabiam que aquela seria a única via de escape deles. O problema é que tava tudo sendo transmitido ao vivo, pro país todo. Aí eles tiveram que parar de atirar dos helicópteros. A verdade é que a segurança naquela área só vai ser mantida se o EB aceitar continuar patrulhando o local até que a PM tenha condições de implantar várias UPPs lá.

— Fiquei sabendo também que, nos primeiros dias após a invasão, durante o cerco, os PQDs estavam proibidos de entrar nos complexos. Só os policiais entravam, e sempre com mochilas vazias... Que saíam cheias, assim como os porta-malas das viaturas policiais! Depois de uns poucos dias, eles perderam a timidez e falavam que aquilo "tava melhor que a Serra Pelada". Falavam assim, perto de qualquer pessoa. Quem me contou foi o Jorge Pedrosa, amigão, repórter do UOL. E eles ainda usavam as viaturas...

— Peraí. Não entendi isso de Serra Pelada.

— É que os traficantes mais ricos, obviamente, não têm conta em banco. Aí eles guardam as coisas de valor como dinheiro, ouro, armas e drogas em casa, ou enterram. Isso é em tudo quanto é morro do Brasil. Sabendo disso, os policiais iam direto pras casas dos bandidos e faziam a limpa. Quando eles descobriram que as casas tinham fundos falsos e teto rebaixado de gesso, então, não sobrou parede em pé nem rebaixamento nas casas! E só não foi muito mais grana porque normalmente os dólares eles repartem entre eles. Ficam cantando de galo e enchem o peito pra dizer que aquilo é "espólio de guerra". Tem um bocado de policial com fuzil e tablete de droga enterrados no quintal de casa.

— Esses putos chamam isso de guerra. Eles não têm a mínima ideia do que é uma guerra de verdade. Se fosse uma mesmo, eles já estariam todos mortinhos da silva!

— Mas, voltando às viaturas... Eu mesmo presenciei carros que entravam com dois policiais civis e saíam com cinco homens.

— Traficantes e outros bandidos, na certa.

— Isso. Eles acertavam o preço do "resgate", colocavam capuz nos malandros e passavam pelo *check point* do Exército, dizendo que eram informantes da Polícia Civil. Outros veículos, também sem ser fiscalizados, saíram com drogas e armas que, possivelmente, vão parar nas mãos das facções rivais de outros morros. Isso eu tenho fotografado, mas vou guardar, porque não quero mais me meter com essa gente, pelo menos por enquanto.

— Faz bem.

— Cara, o Exército só foi autorizado a entrar cem por cento ali e acabar com essa farra faz uma semana!

— Mermão, para vários dos policiais, tudo é *business*. E ponto. Confiável mesmo, só o BOPE.

— E por falar em *business*, vamos ao que interessa: tem umas lutas alucinantes aqui. A do Paixão...

— Não fala porque não vi, pô. Põe logo aí a do Paixão contra o Garza.

O Helinho colocou o DVD para rodar e avançou até a segunda luta, que era a do Fredson Paixão. Ele foi nocauteado por uma joelhada voadora em menos de um minuto! Vai se ferrar!

CAPÍTULO XX

NOSSO PEQUENO INFORMANTE

Força de Pacificação, ou FPac, é um conceito inédito no Brasil, que surgiu exatamente graças à necessidade da ocupação dos Complexos do Alemão e da Penha — em termos mais militares, a necessidade de "operações de Garantia da Lei e da Ordem (GLO)" naqueles locais. Não vou explicar, aqui, o organograma, e muito menos entrar em detalhes, mas a coisa funciona com brigadas, forças-tarefa e períodos de atuação específicos. Resumindo: a FPac é comandada por um general de brigada que tem uma força-tarefa no Alemão (base da Coca-Cola) e outra na Penha (base do Parque Ary Barroso), cada uma com um coronel que comanda oitocentos homens. A reserva da FPac é um esquadrão de cavalaria mecanizado com noventa homens em blindados, motos e marruás.

Quanto à criação da FPac, foi determinado que a troca dos contingentes deveria acontecer a cada três meses e estabelecido um rodízio, de forma que houvesse efetivos da tropa operando em reserva e em descanso, fora da Área de Pacificação, chamada de "arejamento", no Brasil. Só que a galera que esteve no Haiti chamava de *leaving* (tupiniquim acha chique usar termos em inglês). Nos Estados Unidos, a palavra que eles usam é R&R (*rest and recuperation* ou *rest and relaxation*). Mas, para mim, rolou mesmo foi um *enrabation*!

O filho da puta do coronel Alceu, comandante da minha força-tarefa, armou um tremendo churrasco lá na base da Coca-Cola para todo o oficialato, no domingo. Coisa de última hora mesmo, porque sabia que eu estava mortinho por causa das patrulhas dos dias anteriores e por ter ido dormir lá pelas cinco da matina.

O Alceu nunca gostou muito de mim. Será que o fato de o meu pai ter comido a mulher dele tem alguma coisa a ver com essa história? Os dois eram da mesma turma e, diz a lenda, dividiam a mesma mulher também. Minha mãe nega de pés juntos. Para ela, meu pai era um santo, mas ouvi vários relatos a esse respeito e, onde há fumaça, há fogo.

Ele organizou o churrasco porque sabia que, em um domingo de Carnaval, a galera tende a beber mais e pode acontecer mais merda na favela. Quando algo rolasse, quem ia pagar o pato? Eu, que obviamente não fui ao tal churrasco e seria o mais antigo na base da Penha. Corno, safado!

Durante toda a minha carreira, consegui me livrar do corno manso porque vários outros oficiais de certa forma me protegeram ou me apadrinharam, como dizemos no Exército, devido à trágica morte do meu pai. Só que na FPac não houve jeito e acabamos caindo na mesma brigada. Tentei evitar o cara ao máximo, mas, nos bastidores, sentia que ele vinha me sacaneando fazia algum tempo, com pequenas bobagens, mas que iam se acumulando e se transformando em algo maior. Aquela do churrasco em pleno domingo de Carnaval foi a gota d'água. Analisa aí se não foi de propósito e depois me diz.

Pois bem, pelo rodízio que foi estabelecido em dezembro de 2010, durante a criação da FPac, 3/4 do efetivo deveriam estar em operação/reserva e outro 1/4, no arejamento. Estava na cara que, depois de vários dias de patrulhamento ininterrupto e após o caso "Josiel, o Soberano", o resto do domingo de Carnaval era para eu passar na cama. Ledo engano. Devido ao churrasquinho do Alceu Cornélio, lá pelo meio-dia bateram na minha porta outra vez. Não adiantou. Quando eu vi, o VV já estava dentro do meu quarto.

— VV, vai tomar no seu cu, cara! Me deixa dormir, porra!

— Tenente Gavião, desculpa, mas o senhor tem que vir. E rápido.

— De novo essa porra? O que é agora? Vai me dizer que a Dilma resolveu visitar a favela hoje? Chama o tenente Paulo Pires, caralho!

— Ele está no churrasco do coronel Alceu, tenente. O caso é urgentíssimo.

— Puta que o pariu!

Pulei da cama e me arrumei. Saí com o VV. Do lado de fora, Scooby e Estopa começaram a pular, pedindo carinho. Passei a mão na cabeça dos dois, mas imediatamente notei um garotinho chorando sem parar. Ele só conseguia balbuciar, entre soluços, as palavras "tio", "traficantes" e "tortura". Estendi meu cantil com água para ele e o abracei, como tinha feito várias vezes com crianças desnutridas e abandonadas no Haiti. Foi tiro e queda. O menino se acalmou.

— Pelo amor de Deus, tio. Manda uns soldados lá em casa.

— Calma. O que tá acontecendo?

— Tão torturano meu tio! Vão matar ele.

— Moleque, se for mentira, vou te enfiar a porrada.

Falei isso porque já estávamos de saco cheio de denúncias falsas. Os traficantes muitas vezes pediam para os moradores dedurarem alguma atividade ilícita. Eles sabiam que, pelas regulamentações, tínhamos que investigar todas e faziam isso para despistar nossa atenção e cometer algum crime em outro lugar, já que não podíamos estar ao mesmo tempo em toda parte.

— Tio, por favor, juro pela minha mãe mortinha!

Acreditei na súplica do moleque. O problema era que não tinha "soldado" para mandar. Estava todo mundo em patrulha em outras áreas ou em arejamento. Reuni os Thundercats que pude o mais rápido possível e coloquei o garoto na garupa da minha moto, para servir de guia. Ele falou que o barraco do tio ficava na Comunidade Caixa D'Água. Dava até para ir a pé da base do Parque Ary Barroso, onde nós estávamos, mas não havia mais tempo a perder.

Daquela vez, eu mesmo fui à frente. O VV foi com o cabo Virmond, ambos filmando toda a ação. O Snarf, que depois do tombo nunca mais quis andar de carona, foi pilotando e, ao lado dele, vinha o soldado Salgado. Foi uma subida nervosa, cheia de gritos de "sai da frente" e muita buzinada. Estopa e Scooby iam como loucos atrás, latindo sem parar.

Finalmente chegamos ao destino. Um barraco não muito diferente dos demais, porém bem-cuidado, pintado por fora e com grades nas janelas, além da tradicional antena parabólica no topo. Pedi ao Snarf para ficar com o menino e fui entrando de arma em punho, com o resto da patrulha atrás. Eu esperava o pior, uma vez que a porta estava escancarada e não se ouvia nenhum ruído vindo do interior do barraco.

A cena que presenciamos foi dantesca. Um corpo estendido no chão, com muito sangue escorrendo da cabeça do homem que, aparentemente, tinha sido perfurada com uma picareta. Vários golpes tinham sido desferidos. Uma coisa sanguinária e cruel. Baixamos as armas e, aos poucos, fui virando a cabeça do senhor, para que a câmera pudesse captar as imagens do rosto para uma futura identificação, mas nem foi preciso. O menino havia conseguido se desvencilhar do Snarf e se atirou em cima do corpo ensanguentado gritando "tio, tio, meu Deus, o que fizeram com o senhor". Ele chorava sem parar.

Saí correndo do barraco e comecei a vomitar. Eu havia reconhecido o homem. Ele era um colaborador da FPac que passava informações de pontos onde estariam armas e drogas na favela. O coroa era tão revoltado com os bandidos que nem se preocupava com a própria segurança. Vivia andando com os militares e indo à base, apesar de o pessoal querer preservá-lo e se preocupar com a segurança dele.

Só que ele queria mais era botar para quebrar com os bandidos. Se não me engano, traficantes haviam queimado vivo, no estilo micro-ondas, seu único filho. Como agravante, o homem ainda era viúvo. Devido às informações passadas por ele, várias apreensões foram realizadas e alguns bandidos foram presos.

Limpei a boca e voltei à cena do crime. Retirei o menino quase à força de cima do tio e me ajoelhei para abraçá-lo. Eu o envolvi como se fosse meu filho. Foi um abraço forte, sincero. Ele notou e retribuiu. Senti como se o mundo me envolvesse naquele momento. Enxuguei as lágrimas que teimavam em cair de seus olhos e me lembrei de que não sabia nem mesmo o nome dele.

— Como você se chama? — perguntei.

— Pedro Andrade da Silva, mas me chamam de Pedrinho, tio.

— Sou o tenente Gavião, mas pode me chamar de Gavi. Só não pode me chamar de tio, tá?

Falei aquilo de propósito, para tentar fazer com que ele se esquecesse pelo menos por alguns instantes daquela tragédia. Ele esboçou um sorriso maroto.

— Você morava com seu tio nesse barraco aqui, na favela?

— Não, moro com minha mãe numa casa mais lá pra cima. É casa, não é barraco não, viu, tio? Quer dizer, Gavi. E não é favela, não. A gente mora numa comunidade.

Fiz que sim com a cabeça e, então, foi minha vez de soltar um sorriso meio amarelo. Finalmente começava a entender o que a Dá queria dizer durante nosso chat. Dei a mão a ele e, ao sair da casa, Scooby e Estopa vieram logo querendo brincar. Deixei o menino esfriando a cabeça com os cachorros e coordenei para que o rabecão e os peritos da Civil fossem chamados. Pedi ao VV para levá-lo para casa. Aquilo tudo havia sido demais para mim e eu não queria ver uma mulher chorando a morte do irmão. Desde esse dia, Pedrinho se tornou nosso melhor olheiro e informante.

CAPÍTULO XXI

IN VINO VERITAS

Sabe aquela música dos Titãs? "Família, família. Papai, mamãe, titia. Almoça junto todo dia..." Então, essa foi minha rotina naqueles intermináveis dias entre o Natal e o Ano Novo de 2010. Havia prometido ao Helinho que não faria nada a respeito da chifrada da Paula nesse período e mantive minha promessa.

Aproveitei para ficar de olho no que estava rolando com relação ao estabelecimento de uma Força de Pacificação para atuar nos Complexos da Penha e do Alemão. É que a ocupação e pacificação de uma área são o resultado de três fases: ações preparatórias e planejamento (isso quase não ocorreu, devido à emergência da situação em decorrência dos ataques orquestrados pelo Comando Vermelho no Rio); cerco, investimento e vasculhamento; e, finalmente, a implantação de uma UPP.

A primeira fase já havia terminado e, no dia 19 de dezembro, teve início a Operação Arcanjo I. A data do começo da investida das tropas da Brigada de Infantaria Paraquedista, que participaram dos momentos iniciais da ocupação, ficou definida para o dia 22 de dezembro. Foi essa galera que deu o pontapé inicial para os trabalhos da instalação física da base do comando da tropa, que era a antiga fábrica da Coca-Cola, abandonada havia anos devido à falta de segurança.

Fico até meio sem graça de dizer isso, mas ainda bem que, devido a meu ferimento e à falta de instrução adequada, não pude participar da Arcanjo I. Os PQDTs (se escreve PQDT, mas fala-se PQD) se foderam de verde e amarelo. Posso dizer que, pelo que me foi relatado e pelo que vi, eles trabalharam com uma estrutura — ou falta dela — de guerra. As instalações definitivas só foram estabelecidas na Arcanjo II, da qual eu participaria.

Foi estabelecido que os militares que compunham a Arcanjo I ficariam lá por um período de 12 semanas, ou seja, até 20 de fevereiro de 2011, quando eu iniciaria minhas atividades na área da Penha e do Alemão. No entanto, o período de permanência definitivo da presença de uma Força de Pacificação no local ainda não tinha sido determinado. Eu sabia que entraria em fevereiro e que talvez tivesse que voltar depois, em um possível rodízio de tropas. Enquanto isso, na noite de Natal, foram verificadas inúmeras ocorrências, fato que voltou a se repetir no Réveillon, mesmo depois da intensificação do patrulhamento.

No dia 3 de janeiro, eu estava dando graças a Deus que aquelas festas de fim de ano finalmente tinham acabado. Estava escutando rádio e tomando um bom vinho argentino como aperitivo antes do almoço, quando ouvi uma notícia que mexeu comigo. Era a primeira baixa de um membro da Força de Pacificação, mais especificamente da Força-Tarefa Santos Dumont. Foi na estação do teleférico do Alemão. Um soldado que eu conhecia por ter servido no BRABATT comigo morreu em decorrência de um disparo que, segundo o locutor, tinha sido acidental.

Isso acendeu ainda mais a minha vontade de começar logo meu treinamento, que teria início dali a dois dias, na quarta-feira, 5 de janeiro. Só que tinha o lance do meu chifre pendente. Não conseguiria encarar o Gutembergue todos os dias, durante cinco semanas, sabendo que o cara estava comendo a Paula.

Minha cabeça dava voltas. Não sabia se matava os dois, se dava só umas porradas neles, se matava só ela, ou se matava só ele. Deixar para lá, como queria o Helinho, era que não dava para ser. Ser corno, tudo bem. Acho que todo mundo, em algum momento da vida, acaba sendo. Mas corno manso, não dá!

Meus pensamentos sombrios foram interrompidos pelo telefone de casa. Demorou um pouco, mas a Paula veio com o aparelho sem fio na mão.

— É pra você.

Dei uma olhada do tipo "quem é?" para ela, mas não obtive resposta. Atendi, meio sem saco.

— Alô? Quem fala?

Porra, aquilo era inacreditável! O puto do Gutembergue me ligando em casa e pedindo para se encontrar comigo. Era muita cara de pau, mas eu tinha que reconhecer a coragem dele. Pelo menos ia dizer na minha lata que estava saindo com minha mulher. Marcamos de nos encontrar no dia seguinte. Ele queria ir a um lugar público, lógico. Insisti que fosse na minha casa. Ele deve ter se cagado todo, mas topou.

Cacete, como aquilo podia estar acontecendo comigo? O Gutembergue sempre foi um cara parceiro demais. Um puta profissional, dedicado, amigo, companheiro e fiel. Eu o conheci durante a missão do Haiti. Ele era um dos melhores e mais bem preparados militares do Batalhão Brasileiro. Quando a coisa pegava, eu recorria a ele. Sempre foi extremamente cordial e simpático. Era absolutamente adorado pelos haitianos. Aprendeu creole para se comunicar melhor com a população, especialmente com as crianças. Mas não era aquela coisa superficial que todos nós sabíamos, como *bonjou* (oi), *koman ou rele* (qual é seu nome?) ou *ou ka repete souple* (pode repetir, por favor?). Não. Ele aprendeu mesmo! Sabia muito creole e arranhava também no francês. Quando saía, nunca deixava de levar umas balas para dar a alguma criança que porventura encontrasse e nunca se meteu em nenhuma confusão.

Além do mais, era um grande militar de operações psicológicas. Sabia feito ninguém como fazer com que os haitianos mudassem de ideia sobre alguma possível desavença. Mas o período mais marcante de nossa estada no Haiti foi a época das eleições lá. O bicho pegou. Era muita disputa pelo poder de um país miserável. O objetivo era, principalmente, meter a mão no dinheiro enviado como forma de ajuda humanitária por vários países. Uma fortuna que, normalmente, era desviada. O cara virava político e enriquecia rapidinho. Qualquer semelhança com o Brasil é mera coincidência.

Durante um cerco de proteção em frente ao palácio presidencial, aquele que foi totalmente destruído pelo terremoto de janeiro de 2010, eu e o Gutembergue estávamos dentro de um dos blindados da ONU, com o enorme UN (United Nations) azul, tradicional, do lado de fora. Do alto de um desses blindados, vimos uma turba se aproximando rapidamente. Eles vinham armados de paus e pedras e não pareciam amigáveis. Meu coração disparou. Começamos a gritar pelo megafone para eles não se aproximarem mais. Havia soldados do lado de fora, a pé. Aquilo seria uma chacina. Muita gente morreria.

Nosso comandante já tinha autorizado, inclusive, o disparo de armas letais. Eu suava frio. Nunca pensei em matar alguém, principalmente em um lugar onde eu estava para levar a paz. De repente, o Gutembergue agarrou o megafone e começou a cantar o hino do Haiti. Isso mesmo! O cara mandou bem demais! O povo que estava ao nosso redor se animou e também começou a cantar e a formar uma espécie de escudo protetor para nós. A multidão que se aproximava ficou sem reação, e muitos também começaram a cantar o hino. Foi uma cena emocionante, que até hoje me faz chorar quando me lembro dela.

Estava enxugando as lágrimas dos olhos quando ouvi a Paula dizer:

— Mau, estou saindo.

Olhei para o relógio. Não podia ser! Eles iam se encontrar na véspera do meu papo com ele?! Era muita cara de pau! Fiquei alucinado. O sangue começou a subir quente pelas veias. Peguei a garrafa de vinho e tomei tudo o que faltava com a boca no gargalo mesmo — um crime, tendo em vista que era um Malbec de excelente safra e caríssimo.

Desci até a garagem e ainda deu tempo de ver a Paula saindo com o carro dela. Entrei na minha lata velha e fui seguindo de longe, para não chamar a atenção. Batata! Ela foi exatamente para o edifício que o PX havia me dito. Estacionei atrás de uma árvore e fiquei esperando. Em questão de minutos, chegou o safado do Gutembergue.

Dei um tempo, passei a mão na minha pistola, escondi na parte de trás da calça, cobri com a camisa e entrei no prédio. Disse ao porteiro que tinha uma reunião com o rapaz de branco que tinha acabado de subir, mas que não sabia o andar.

— Ah, o seu Gutembergue foi visitar a dona Paula lá no sétimo andar, sala 709.

Porra, os dois eram tão assíduos ali que o porteiro até os conhecia pelo primeiro nome e devia pensar que faziam um lindo casalzinho. Era muito para a minha cabeça. Nem esperei o elevador. Fui subindo as escadas pulando os degraus. O vinho deve ter ajudado. Eu suava muito e só pensava em pegar os dois no ato. Seria lindo. Um tiro na cara de cada um!

Cheguei à porta do 709. Não toquei campainha, nem nada. Enfiei o pé com tanta força na porta que a maçaneta fez um rombo na parede do outro lado. A prova estava ali. O Gutembergue, deitado em uma espécie de sofá, e a Paula de pé, bem perto dele. Deveria estar pronta para se despir e fazer todos os tipos de sacanagem com ele. Até coisas que nunca fez comigo!

Meti a mão no revólver e gritei:

— Vou matar você primeiro, seu safado, filho de uma puta. E depois você, sua rameira, piranha, puta de merda!

— Maurício, que isso, tá louco? Guarda essa arma! – gritou Paula, assustada.

— Sai pra lá, sua vagabunda.

Dei um empurrão tão forte na Paula que ela caiu do outro lado do sofá. Minha pistola foi parar embaixo do móvel. Na raiva, nem pensei em me agachar para pegar. Agarrei o Gutembergue pela gola da camisa, tirei ele do sofá, joguei no chão e comecei a esmurrar a cara dele com força, mas muita força mesmo. O sangue escorria por tudo que era lado. Comecei a cantar o hino do Haiti como um louco. Meu punho cerrado afundava no rosto dele. A roupa branca que ele usava ficou vermelha. A Paula gritava desesperadamente para eu parar.

— Você vai matar ele! Para, seu doido! Para! – suplicou.

— Tá pensando o quê, sua sem-vergonha? Que vai me cornear assim e ficar por isso mesmo?

Falei isso sem deixar de esmurrar a cara do Gutembergue, que já estava desfalecido. A Paula, então, se atirou em cima de mim e me jogou para o lado. Com um golpe de Krav Magá que eu havia ensinado a ela, montou em cima de mim, me neutralizou e começou a gritar:

— Seu animal! O Gutembergue é *gay*! *Gay*, tá entendendo? Ele me ajudou a montar esse consultório. Seria meu primeiro trabalho independente. Fiz tudo escondido de você, usando minhas economias. Era uma surpresa, pra você parar de dizer que eu nunca faço nada, que minha profissão é de merda. Ele tava só me ajudando a pintar e fazer os últimos retoques. Em troca, eu dou consultas grátis pra ele, que se sentia apavorado! Ele te adora, seu escroto! Não queria te decepcionar. Tinha medo de que, se você soubesse a verdade, poderia ser expulso do Exército e, o que seria pior, deixar de ser amigo dele. Depois de algumas sessões comigo, ele finalmente tomou coragem. Ia te contar tudo amanhã, antes de iniciar o treinamento na quarta. Mas você estragou tudo. *Tudo*!

Paula terminou de falar isso aos prantos e desabou no chão. Eu estava totalmente atordoado e sem saber o que fazer. Liguei para o serviço de ambulância e pedi que viessem imediatamente. Quando terminei a ligação, Paula me disse, ainda chorando:

— Sai daqui, seu monstro. Nunca mais quero ver sua cara. Nosso casamento acabou. Pode passar lá em casa e pegar suas coisas. O que você deixar para trás, vou jogar no lixo.

Ainda tentei balbuciar alguma desculpa, mas a Paula estava transtornada e foi me empurrando para fora do consultório. Fechou o que restou da porta atrás de mim.

Naquele dia, perdi não apenas a mulher, mas um excelente amigo. Aquele meu ato irracional deixaria marcas profundas na minha alma e mudaria para sempre minha vida.

CAPÍTULO XXII

DESABAFO

CONTRARIANDO TODAS AS REGRAS DE ENGAJAMENTO, CONVENCI O RESTO da tropa a seguir sem mim. Precisava muito ficar sozinho. Eles notaram e me obedeceram. Com certeza, alguém, talvez o PX, ficou de campana em algum lugar, me observando. Sentei no meio-fio e chorei. Chorei muito. Como não fazia há muito tempo. Lembrei da morte trágica do meu pai e de como aquilo mexeu comigo, dos anos de Colégio Militar do Rio e depois dos quatro anos de AMAN. Os treinamentos, a vida dura da caserna, as broncas, as desavenças, as horas sem dormir. Para quê tudo aquilo? Para terminar em uma favela carioca e ver um homem morrer ali, na minha frente, como se fosse um bicho?

Pensei no trauma para o resto da vida do Pedrinho e no fato de que eu mesmo não tinha nenhum filho para quem deixar meu legado. Teria valido a pena minha vida até ali? Pensei no Gutembergue e no que eu tinha feito. Ainda não tinha conseguido trazê-lo de volta à minha unidade e isso me corroía por dentro. Precisava dele ali, na minha frente, todos os dias, para me lembrar, para me arrepender, para sofrer, para voltar a ser humano de novo. Lembrei do dia em que conheci a Paula. Morena, linda, cabelos longos, dançando como uma princesa. Toquei o ombro dela. Ela se virou e aqueles olhos castanhos cor de mel derreteram meu coração. Ela disse "não, não quero dançar com você". Sacanagem, mas faz parte do jogo da sedução. Era aniversário da minha prima. Levei-a para a pista de dança e fingi dançar com ela, para fazer ciúme na Paula. Deu certo. Notei que ela me olhava de soslaio, com certo interesse. Dispensei minha prima, puxei a Paula pelo braço e dançamos o resto da noite. Juntos, separados, música lenta, anos oitenta... Quando começou a tocar "True", não resisti. Fui aproximando meus lábios dos dela, que refutou, mas aí veio "Careless Whispers" e foi ela quem não resistiu.

Ah, aquele primeiro beijo foi como o sutiã do comercial[4] : nunca mais me esqueci. Éramos jovens. Juramos amor eterno. Estraguei tudo. Desde o início de janeiro não a via. Nunca havíamos ficado afastados tanto tempo. Nem mesmo durante meus cursos de Guerra na Selva. Seria hora de tentar reconquistá-la?

Olhei para o alto. Achei o Rio de Janeiro bonito para caralho. Aquela gente não sabia que era um bando de privilegiados. Por Deus, pelo universo, sei lá. Mas eles não sabem dar valor. Tudo um lixo. Uma podridão. O melhor país do mundo com o pior povo do mundo. Até quando isso seria uma verdade? Até quando teríamos de fazer coro àquela música da Legião Urbana e cantar "Que país é esse?". Até quando? Senti nojo de mim mesmo. Impotência. Incapacidade de mudar alguma coisa. Tinha entrado no Exército para mudar *tudo*. Ô, cara ingênuo! Fui eu quem acabei mudando. E para pior. Pai, cadê você, meu velho? Perdi meu melhor amigo tão cedo. Perdi meu prumo.

---

4 Referência ao comercial de 1987 da Valisère, uma marca de sutiãs que se popularizou na década de 1980.

Meu velho camarada, que saudade! Convivemos pouco, mas você deixou marcas indeléveis em mim.

Era Carnaval e eu ali, triste como um samba inacabado, como um pierrô que foi abandonado por sua colombina na terça-feira. Meninos corriam com seus bate-bola. De repente, confete e serpentina atirados contrastaram com meu uniforme militar. Estava na cara: aquela era minha fantasia. A farda era minha fantasia e, como todas as outras, servia para encobrir as verdades, incertezas e medos, que ficavam, assim, guardados. Bem guardados. Naquele momento, eu deixei de ser militar. Virei gente. Povo. Peguei na mão de um dos garotos que vinha descendo o morro e comecei a dançar, como no dia em que conheci a Paula. Ali, eu entendi tudo. A vida nada mais é que um sonho. A vida é um somatório de ilusões. Dormi para esquecer.

CAPÍTULO XXIII

TREINAMENTO

Eu sei que você vai me achar um escroto, mas eu vou falar: não estou aqui para ficar escondendo nada, nem floreando as coisas. A ambulância que chamei ia levar o Gutembergue para o Hospital Lemos, no Leblon, mas exigi que o levassem para o Barra Gold. Era o mínimo que eu podia fazer por ele naquele momento.

Voei para lá para acertar tudo antes de a ambulância chegar. Mandei chamar o Epaminondas, que veio com um papo de que nossa dívida estava quitada. Perguntei a ele quanto valia o fato de não o terem enrabado. Ele não entendeu. Tive de explicar que ele, todo mauricinho que era, viraria boneca rapidinho em uma cela qualquer de Ribeirão Preto, se fosse mesmo levado em cana pelos policiais. Ele começou a reclamar e a dizer que aquilo era extorsão e o cacete a quatro. Apareceram uns seguranças. Mandei o Epaminondas tomar no cu na frente de todo mundo e tive vontade de dizer que só não arrebentava a cara dele ali mesmo porque minha mão estava inchada de tanta porrada que tinha dado na cara do Gutembergue. Quer dizer, eu não disse isso para ele, pois já tinha inventado a história de que o Gutembergue tinha sido assaltado, para não ficar mal na fita. Acabei cedendo e disse que nunca mais ele veria minha cara ali, nem em lugar algum, se quebrasse aquela para mim. Ele aceitou.

O Gutembergue estava totalmente dopado e desacordado. A Paula chegou logo depois e só me dirigiu a palavra para pedir, ou melhor, *mandar* que eu fosse embora e não aparecesse mais ali, que ela cuidaria da recuperação dele. Resolvi obedecer para evitar um problema maior.

Passei em casa, meti tudo o que eu podia em duas malas e vazei para Copacabana. Nunca fui um cara materialista. Porém, deixar minha TV de 55 polegadas com *surround sound* e *home theater* para trás doeu. No entanto, já tinha ligado o foda-se, e isso foi só mais um detalhe na minha lista.

Minha mãe, ao me ver chegar com duas malas, não entendeu nada. Eu disse que era o que eu tinha que levar para o treinamento que faria, e que a Paula teve que fazer uma viagem curta, e daí "resolvi passar meu último dia antes do início do treinamento com minha mãezona". Minha mãe ficou superfeliz e nem reparou que aquilo era uma mentira deslavada. Mais uma para minha lista do foda-se. O importante era que ela ficou feliz e eu teria algumas horas de tranquilidade para arejar a cabeça.

Tomei umas duas pastilhas dessas para dormir, caí na cama e só acordei no dia seguinte. Antes de arrumar meus bagulhos para o treinamento na quarta-feira, dei um pulo na praia. O dia estava lindo e só o mar poderia me dar a paz e a tranquilidade de que eu necessitava naquele momento. Isso e assistir a um bom filme. Mas ver qualquer coisa na televisão da minha mãe, que sequer é de tela plana, para mim, era pior do que filme dublado e entrecortado por comerciais. É isso mesmo: minha mãe também não tinha TV a cabo!

A brisa da praia de Copacabana e aquele marzão me fizeram bem demais. Fiquei metido na água por umas duas horas. Sabia que aquilo seria muito bom para minha mão inchada. Na volta, comi um hambúrguer em uma lanchonete da rua Domingos Ferreira. Teria que ficar sem aquele pequeno luxo por algumas semanas. Não sou muito de fast-food, mas um hambúrguer com milk-shake de chocolate é irresistível. Voltei ao apê da minha mãe para deixar tudo pronto para o dia seguinte.

Vale a pena explicar um pouco sobre como funcionou essa coisa de treinamento para um pessoal que não era formado especificamente para aquele tipo de missão (nós): lidar com a população de um local "pacificado", levar tiro de bandido e outras coisas. Até quem tinha ido para o Haiti, como eu, precisava passar por uma adaptação, pois diversas variantes (população brasileira que vota, ingerência de políticos locais, mídia etc.) tornavam a missão bem mais sensível e com possibilidade de desdobramentos complicadíssimos.

A coisa funcionou da seguinte forma: tão logo os contingentes ficavam sabendo que foram designados para a pacificação, era iniciado um trabalho logístico de fechar o organograma e verificar a necessidade de material, pois as unidades não tinham efetivo nem equipamento para formar uma força-tarefa sozinhas. Esse processo levava quase um mês. Depois, era o período de organização e preparação do material individual e coletivo. Normalmente, só no último mês o pessoal conseguia se dedicar mais às instruções, o que era meu caso naquele momento.

Quando cheguei à Vila Militar, ainda na madrugada da quarta-feira, notei que a garotada estava bastante motivada para as instruções, porque sabia que precisaria dos ensinamentos e habilidades aprendidas para usar lá no morro. Mesmo assim, não deixava de ser treinamento e muita suga, como dizem meus amigos marinheiros.

As funções começavam oficialmente às sete da manhã, depois da formatura, e só acabavam lá pelas quatro da tarde. A preparação e o planejamento logístico consumiam tempo para caramba e muitas vezes nós, oficiais, tínhamos que sair do treinamento para resolver problemas administrativos e logísticos — o que era um saco.

Existe uma curiosidade, por parte de meus amigos civis, em relação ao rango militar, principalmente quando se está em missão ou treinamento. Então aqui vai uma breve descrição: nem todo mundo tomava café da manhã no quartel, porque, para tal, era necessário chegar muito cedo. Eu, como estava sem família e cem por cento dedicado àquilo, tomava café, almoçava e jantava lá mesmo. Aliás, o almoço era um problema, porque a galera em peso ficava por lá para comer. O jantar era bem mais tranquilo, já que era servido só quando havia instrução noturna. Aliás, nesses dias, rolava ainda uma ceia. Não vá pensando que é ceia de Natal, pô! Veja aí embaixo no cardápio, para você entender. O aprovisionador, no entanto, era meu chapa, e toda noite reservava algo para mim, mesmo que não fossem servidos jantar e ceia em um determinado dia. Deu para economizar uma boa grana assim.

O cardápio era o seguinte:

- ***Café da manhã:*** café, leite, pão, manteiga, presunto, geleia.

Sempre havia o que chamávamos de melhoria, que variava: mingau de maisena ou vitamina de banana ou abacate, suco de laranja, banana com mel e aveia etc.

- ***Almoço:*** variava muito. Uma carne — que podia ser assada, churrasquinho, frango, peixe —, sempre acompanhada de carboidratos, tipo arroz, feijão, macarrão, ou lasanha, e sempre rolava uma saladinha. A sobremesa também era variada: frutas, arroz doce, manjar, pudim, pavê...

Por falar em pavê, *sempre* que serviam essa sobremesa aparecia algum gaiato para perguntar: "Mas é pra vê ou pra comê?" Puta que o pariu! Essa piadinha velha e batida me irritava profundamente. E, obviamente, sempre era algum babaca que falava essa merda.

- ***Jantar:*** Vide almoço, ou seja, era repeteco.

- ***Ceia:*** Vitamina, misto quente, frutas, banana com aveia e mel etc.

A verdade é que neguinho adora reclamar de barriga cheia — nesse caso, literalmente. O pessoal comia bem, sim. Inclusive, vários soldados e cabos — incluindo eu mesmo — comiam melhor do que em casa. Foi por essas e outras que o EB passou a ser um empregão no Brasil de uns tempos para cá, e quase todos querem ficar. Não tem mais essa coisa de filhinho de papai ficar preocupado porque vai servir ao Exército. Essa galerinha é logo dispensada, já que os necessitados ocupam todas as vagas disponíveis rapidinho.

Agora, todo mundo tem de passar pelo processo de alistamento. Aliás, foi durante a Arcanjo I que o jogador Neymar, que havia feito 18 anos, teve que se alistar. Imagino a babação de ovo lá no Forte dos Andradas, no Guarujá, onde ele se apresentou. Vi na TV até general indo pedir autógrafo a ele. O Exército obviamente usou isso — e vai continuar usando — para provar meu ponto de vista, ou seja, o de que todos têm que se alistar. Assim sendo, amigos e amigos dos amigos (parece até nome de facção criminosa), parem de encher o meu saco. Não tem mais aquela coisa de livrar seu filhinho do alistamento militar. Ele nem vai precisar fingir que é gay. Se ele não quiser servir, há milhares de outros que querem, e ele será dispensado automaticamente.

Mas voltando ao treinamento. É impressionante como brincadeiras do mesmo tipo que fazíamos quando alunos da AMAN, durante nossa formação, continuam basicamente por toda a vida do militar, mesmo depois de muito mais velhos. É só colocar vários juntos que você vai ver. Durante aquele treinamento, não foi diferente. Quem está de fora pode achar que é criancice, babaquice ou o que seja, mas, para nós, é uma ótima maneira de relaxar e se divertir um pouco durante períodos de tensão e cansaço intensos.

Nos dormitórios, era só alguém ver uma farda manchada que já começava a zoação de quem havia acertado quem no *paintball*. Nas instruções de imobilização, o pessoal chegava a ser meio sádico mesmo, e gostava de enterrar os cangas (parceiros) de cara no chão e torcer, até o camarada gemer de dor. "Fala, vagabundo, conta tudo, agora!", brincavam, como se estivessem em uma sessão de tortura para obter alguma informação importante, e o coitado confessava qualquer coisa para sair do incômodo da brincadeira. "Tá bom, tá bom. Eu confesso. Fui eu quem comeu o pacote de biscoitos do Euclides!"

Mas nem só de diversão vive o homem. Houve muito treinamento específico e de áreas não muito comuns a nós militares, como tiro de armamento não letal, atuação como tropa de choque em operações de controle de distúrbios, desobstrução de vias públicas e realização de operações de busca e apreensão.

Na área jurídica, aprendemos muito sobre legítima defesa, lei das drogas, crimes comuns, crimes militares em tempos de paz, lavratura de auto de prisão em flagrante, quase todos os tipos de prisões e mandado de busca e apreensão.

Nas salas de aula e no papel, tudo lindo. Só que a realidade foi bem diferente, como o leitor acompanhará mais adiante. É como a Constituição do Brasil: belíssima, porém muitas vezes inviável e não cumprida.

Entre brincadeiras, instruções de tiro, regras de segurança e muito TFM (Treinamento Físico-Militar), o tempo foi passando e, quando me dei conta, já era hora de partir para a Penha/ Alemão. Praticamente não saí da Vila Militar durante aquelas cinco semanas. Não queria ficar com minha mãe em Copacabana, para evitar que ela me perguntasse sobre minha separação da Paula, tampouco queria ter tempo de ficar me lembrando do ocorrido com o Gutembergue.

A Arcanjo I, teoricamente, tinha sido responsável por operações de retirada de veículos abandonados (carcaças), por estabelecer contato com as escolas locais e por esclarecer os objetivos da FPac, realizar palestras, desenvolver projetos educacionais e até realizar a chamada Operação Zoo, que teve como objetivo retirar os diversos animais que circulavam livremente pelas ruas das favelas, muitos deles abandonados pelos donos que foram morar nos apartamentos construídos pelo governo. E não estou falando apenas de cães e gatos, mas também de cavalos, porcos e até cabritos. Mas, depois, vi *in loco* que muita coisa ainda precisava ser feita. A verdade era que o trabalho era gigante e os líderes comunitários, volúveis, então percebemos que as necessidades nunca acabavam de fato.

Com tudo que meus companheiros da Arcanjo I realizaram, que não foi pouco, e com o treinamento descrito acima, pensei estar pronto para encarar aquele enorme desafio na minha vida. No entanto, amigo, ninguém consegue se preparar o suficiente para uma situação como a dos Complexos da Penha e do Alemão. *Ninguém*!

CAPÍTULO XXIV

VASQUINHA

O ASSASSINATO DAQUELE SENHOR, DA MANEIRA COMO ACONTECEU, ME deixou chocado. Era terça-feira de Carnaval e decidi correr o risco, ver se a Dá respondia, então lhe enviei um e-mail. Queria saber se ela tinha alguma coisa a ver com aquela brutalidade toda. Para a minha surpresa, ela respondeu quase de imediato. Pedi para conversarmos pelo chat.

> Não tive nada a ver. Não quero ser como o Fernandinho Beira-Mar e outros que saem da comunidade, mas continuam dominando o lugar à distância, dando ordens de dentro de presídios, mandando fechar o comércio. Eu, não. Saí não foi por causa da invasão. Isso só acelerou o processo. Tenho outras prioridades na minha vida, atualmente. E tem mais: meu ódio sempre foi direcionado aos policiais, não aos moradores. Mas que isso sirva de lição para você, que é novato nisso: X9 bom é X9 morto.

Mas ficou claro pra mim que isso foi encomenda, que ainda há traficantes no pedaço e que esses bandidos controlam muita coisa no morro.

Claro, seu otário. Não se acaba com a pobreza matando os pobres, da mesma forma que não se acaba com a bandidagem matando os bandidos. Ainda mais quando deixam que eles pulem fora para outra comunidade.

Eu tinha que bater um papo sério com o pessoal da inteligência. Tínhamos que encontrar onde essas lideranças se escondiam, mesmo que fosse fora dali.

E quais são essas suas novas prioridades?

Um dia, quando você souber da minha história, vai entender. Por enquanto, sugiro que se embrenhe mais pelas ruas e becos da Penha e do Alemão. Já conheceu o Carteiro Maneiro? E a Vasquinha? Tem gente muito boa aí, não é só bandido, não.

Ela falou aquilo e saiu do chat. Ainda tentei reconectar, mas sem sucesso. Sabia que, para me aproximar da Deborah, teria que me embeber daquela vida e conhecer seus moradores. Eu já tinha iniciado esse processo, mas precisava acelerá-lo. Achei que fosse importante começar do começo e tive uma ideia. Fui catar o PX e falei para que ele pedisse uma reunião com o tio Júlio no dia seguinte.

— Reunião?

— É, lá na casa dele. Vamos eu, você, o VV e o Snarf.

— Porra, Gavi, amanhã é Quarta-Feira de Cinzas, meu tio vai estar de ressaca.

— Diz pra ele que vamos na hora do almoço e que vamos levar o rango. Pede pra ele explicar melhor como teve início a favelização do Rio, o surgimento das facções criminosas e tudo mais que ele queira contar pra gente sobre o tema. O cara adora uma aulinha. Não vai perder essa de jeito nenhum.

— Pode deixar.

Já mais perto da base, dei um assovio para chamar os cachorros. Sabia que o Estopa e o Scooby deveriam estar pelas redondezas, mas, na realidade, queria mesmo era ver se o Pedrinho vinha junto. Deu certo.

— Pedrinho, chega aí — chamei.

— Fala tio, quer dizer, seu Gavi.

— É só Gavi, ô, Zé Ruelinha. Vem cá, você conhece um tal de Vasquinho e um tal de Carteiro Maneiro?

— Todo mundo aqui conhece esses caras. O Carteiro só deve aparecer amanhã à tarde. O correio não abre no Carnaval. E é Vasquinha, e não Vasquinho. Ela deve tá por aí, armando alguma, como sempre.

— E por que chamam ela assim?

— Ah, isso é melhor cê perguntar pra ela.

— Quer ganhar uns trocados?

— Pô, demorô. Tem que fazer o quê?

— Traz a Vasquinha aqui. Quero levar um lero com ela.

— Xá comigo! Vou achar ela e trago aqui.

— Beleza.

Passei um rádio para o VV e disse para ele se encontrar comigo. Mandei chamar o Snarf também. Eles vieram rápido.

— Olha só — comecei. — Amanhã vou inventar pro Alceu que a gente tem que desenrolar alguma coisa administrativa fora daqui. Quero ir na casa do tio Júlio ter uma aula sobre bandidagem e gostaria que vocês fossem comigo. Topam?

Eles aceitaram na hora. Já haviam tido o gostinho de conhecer o professor Pardal, quer dizer, o tio Júlio, e gostaram do que viram.

— Agora, em relação ao assassinato do tio do Pedrinho: está na cara que aquilo foi coisa encomendada. O que vocês têm pra me passar a respeito do comando do crime?

Foi o VV quem respondeu:

— As lideranças que restaram estão em algum lugar próximo daqui, fora do Alemão e da Penha. Com exceção daquela mulher que quase matou a gente e que controlava o tráfico. O nome dela é Deborah Ann, é tipo uma gringa, sei lá, alguma coisa assim.

Meu coração bateu forte. Ele tinha iniciado aquilo, então não soaria estranho se eu perguntasse mais sobre ela.

— Alguma notícia sobre o paradeiro dela?

— Infelizmente, não — disse o Snarf. — Parece que ela pipocou pra longe daqui, ao contrário de outros meliantes.

— Porra, Snarf, meliante é coisa de legenda de filme americano.

Todos rimos e o VV continuou:

— Tenente, o que nós estamos vendo é que aqui ainda tem a presença de integrantes das organizações criminosas que vêm do CV, só que eles são de difícil identificação por falta de antecedentes criminais, entende? Há muitos menores de idade e mulheres também.

— Menores e sem antecedentes criminais, eu entendo, mas e as mulheres? O que que pega? Manda revistar todo o mundo, caralho.

— Não rola porque faltam mulheres na FT, tenente.

— Falta de estrutura do caralho!

O VV prosseguiu:

— O que eles fizeram? Mantiveram muito do organograma que tinham antes, mas reduziram os seguranças armados de fuzil. Esses caras passaram a usar revólveres e pistolas e multiplicaram o sistema de vigilância pra alertar com mais antecedência sobre a aproximação das nossas patrulhas.

Aí foi a vez do Snarf interceder:

— Tenente, eu estava preparando um relatório mais completo pro senhor, mas já que vocês tocaram no assunto, é o seguinte: descobrimos um sistema que esses putos estão usando, é uma campainha. Ela teoricamente serviria para chamar um motoboy, mas é tudo mentira.

— E que porra de campainha é essa, Snarf?

— Quando eles apertam o botão, a campainha toca no beco de trás, onde antes era a boca. Aí eles fogem quando a tropa tá se aproximando, por isso é difícil chegar de surpresa, entende?

— Temos que acabar com essa zona. Vamos organizar uma patrulha e estourar essa porra. Amanhã não dá, mas vamos fazer isso na quinta.

Mal terminei a frase, ouvi um grito:

— Gavi, vê só quem eu encontrei logo aqui na esquina!

Era o Pedrinho, acompanhado por uma moça que aparentava ter uns 17, 18 anos no máximo.

— Chega aí, moleque — chamei.

O Scooby e o Estopa foram ao encontro deles. Ambos fizeram festinha nos cachorros e vieram até nós.

— Taí o que cê queria, tenente. Foram os dez real mais fácil da minha vida!

— Pô, quem falou em dez reais? Falei que ia te dar um dindim, só isso. Toma aqui cinco, e se dê por satisfeito — disse isso e me virei para a moça: — Oi, tudo bem? Você que é a Vasquinha?

— A seu dispor, meu tenente. Em que posso servi-lo?

— Primeiramente, queria saber por que esse nome. Tô curioso.

— É que eu consigo tudinho aqui na base do papo, simpatia mesmo, morô? Aí muita coisa acaba saindo de graça ou quase grátis. A galera não perdoa, né, meu tenente? Começaram a dizer que eu só ia na aba, no 0800, na faixa. E qual o time que tem uma faixa bem no meio do peito?

— O vasco!

— Pois é, aí virei a Vasquinha. E olha que eu sou Botafogo, hein? Mas tudo bem. Pelo menos as cores são iguais.

Além de simpática, ela era engraçada.

— Uma pessoa conhecida sua sugeriu que eu falasse contigo, já que conhece tudo aqui, pra você me dar uma ajuda, me levar nos lugares...

— Tô dentro. Mas o senhor tem que me fortalecer! Tenho que levar o pão pra casa, né, meu tenente? Tenho uma filhinha pra criar...

— Tá legal. A gente acerta. Podemos começar agora?

— Já é!

Meti a mão no bolso e tirei meu celular quebrado.

— Bem, me leva, então, em algum lugar aqui que dê para consertar isso.

— Vamo nessa. Vou te levar lá na rua Aimoré.

Subimos eu, o VV, o Snarf, o Estopa, o Scooby e a Vasquinha no marruá para ir até a tal rua Aimoré. Ela realmente conhecia todo mundo e, com sua simpatia e cara de pau, ia angariando amigos e ganhando uma coisinha aqui, outra ali. Era muito divertido vê-la em ação. Passando por um ponto de ônibus, ela nos contou que raramente pagava a passagem. Quando o motorista era conhecido, ela ia entrando na maior, sem cerimônia; se a rota fosse nova para algum desavisado, lá ia a Vasquinha mandar o seu caô de que não tinha dinheiro para pagar a passagem, que tinha uma filha pequena em casa. Acho que o sujeito, mais do que pena dela, queria mesmo era se livrar do ouvido alugado e liberar a roleta. Quando estávamos passando em frente à padaria Sonhos de Portugal, no Campo do Ordem, ela disse que queria tomar um cafezinho. Entramos todos.

— Oi, seu Manel, tudo bem? Me vê aí uma média e pão com manteiga. O senhor já sabe como eu gosto, né? Mais café que leite, e o pão torradinho e com pouca manteiga.

— Pode deixar — falou o senhor, com aquele tradicional sotaque português.

O cheiro dos pães saindo do forno àquela hora deixou todos com vontade de comer, e cada um fez seu pedido. Aí chegou a hora de pagar.

— Seu Manel, o meu é cortesia da casa, né?

— Mas por quê, ô, Vasquinha?

— Ora pois, porque eu trouxe três novos clientes pro senhor. Tô te fortalecendo! É a minha comissão.

Era difícil ficar de mau humor perto da Vasquinha.

Saímos da padaria. Quando estávamos perto do Beco da Rainha, escutamos uma cantoria que era mais ou menos assim: "Sete já vai, Sete já vai, Sete já vai, para sua banda ele vai. Adeus, terreiro de umbanda, não posso mais demorar, pois quando a sua banda chama, ele vai, ele vai, mas torna a voltar."

Não sei por que decorei aquilo, mas os versos ficaram gravados na minha cabeça. Havia um grupo de pessoas, quase todas vestidas de branco, reunidas em um terreiro, como diz a letra da música. Elas cantavam, fazendo o ritmo com palmas. No centro, havia uma mulher que parecia estar recebendo uma entidade naquele exato momento.

Desde que minha babá Irene — que me fez ser torcedor do Salgueiro — me levara a um terreiro de candomblé, em Caxias, nunca mais tinha pisado em um lugar como aquele. Eu era pequeno e toda a atmosfera mística — as roupas, os charutos, as comidas para os santos; enfim, tudo — me impressionou muito.

— Vasquinha, vamos entrar aqui um minuto — pedi.

— Ih, seu tenente, tô foraça. A mãe de santo daqui, aquela que tá dançando e dando voltas bem lá no meio da roda, me mete muito medo. Vou cuidar do seu telefone e depois a gente se vê.

— Tenente, eu não quero deixar a menina seguir sozinha. Vou acompanhá-la.

— Tá se cagando de medo, né, Snarf? Não precisa inventar desculpa, não. Aproveita e segura aí minha pistola e meu ParaFAL, porque não se entra armado em recinto religioso.

Entrei no terreiro com o PX e o VV.

Era impressionante como aquela música e aquele ambiente envolviam as pessoas e, quando dei por mim, estava também cantarolando alguns versos e batendo palmas. De repente, a mulher, que já tinha tomado umas duas garrafas de cachaça barata bem ali, na cara de todos nós, foi se aproximando de mim e me puxou para perto dela. PX e VV fizeram menção de se interpor entre nós dois, porém eu disse que estava tudo bem. Alguém passou um charuto aceso para a mulher, que continuou com a garrafa de pinga na outra mão. Ela dava baforadas fortes e tomava a bebida em goladas. Depois, começou a falar, com uma voz e um jeito muito diferente:

— Misifio, como se chama?

Alguém veio por trás de mim e me disse para cumprimentar a mulher, chamando-a de "Seu Sete" antes de responder. Segui as instruções.

— Boa tarde, Seu Sete. Me chamo Maurício Gavião.

A mulher, então homem, colocou a mão no meu peito, mais precisamente sobre meu coração. Dei um passo para trás. Ela-ele riu.

— Se susta não, misifio. Seu Sete faz má não. Misifio tem coração partido. Duas muié. Uma com cabelo cor de piche, otra com cabelo de fogo.

A entidade, usando o corpo da mulher, começou a fazer um "hum, hum, hum, hum" que durou vários segundos. Aquilo me deixou preocupado. Até que ela finalmente falou:

— Vai ter criança nesse *triango*. Coisa boa não vai sair daí.

Não entendi nada, mas continuei prestando a maior atenção.

— Misifio anda em corre-corre de duas roda. Cuidado, muito cuidado. Também vem tragédia por aí, coisa feia, vai te chatiar, e muito, mas vai mudar coisa na tua vida. Fica tranquilo que tem um arcanjo forte te protegendo.

Quando eu tomei coragem para perguntar alguma coisa, a mulher começou a balançar e girar novamente, dando baforadas ainda mais fortes e tomando mais goles de cachaça. Rodou, rodou, até cair no chão. Uma moça, também de branco, que estava na roda, a ajudou a se levantar. A mulher se dirigiu novamente a mim, agora falando normalmente, sem nenhum sinal de embriaguez:

— Meu filho, sou a Mãe Sebastiana de Angola. Não sei o que Seu Sete falou pra você, mas preste bastante atenção: é uma entidade fortíssima e que acerta quase tudo. Muito respeitado e querido entre a gente. É só um conselho. Pode ir em paz. Se quiser deixar uma contribuição para o nosso lar, por favor, coloque naquele garrafão que tá na saída do terreiro.

Fui saindo de mansinho, seguido pelo VV e o PX. Coloquei vinte reais no garrafão. Estava tão bolado que não dei uma palavra no caminho de volta à base. Quando estávamos quase chegando, escutei, vindo de um rádio do Bar da Fúria, que tinha a estrela do Botafogo pintada na entrada: "A cigana leu meu destino, eu sonhei. Bola de cristal, jogo de búzios, cartomante, eu sempre perguntei: o que será o amanhã? Como vai ser o meu destino? Já desfolhei o malmequer, primeiro amor de um menino..."

Coincidência?

CAPÍTULO XXV

O ALCEU ME FODEU

Acordei com o telefone tocando. Sonolento, olhei o identificador de chamadas, que indicava o nome da Paula. Nem pude acreditar.

— Oi, meu amor, que bom que você ligou — atendi.

— É uma emergência. Vem aqui pra casa imediatamente.

Vesti-me o mais rápido que pude. Pensei na reunião na casa do tio Júlio, mas ele e todos os demais entenderiam. A família sempre vinha em primeiro lugar. Meu carro estava no mecânico. Peguei uma das motos da minha unidade e me mandei. No caminho, fui pensando no que me dissera a Mãe Sebastiana de Angola. Aquela emergência seria a tal tragédia? Eu já estava em um "corre-corre de duas rodas", a moto. Fiquei boladíssimo. O que me esperaria no nosso apartamento?

Como era manhã de Quarta-Feira de Cinzas, quase não havia trânsito e cheguei rapidinho. Peguei o elevador e bati na porta. Paula abriu, aparentemente calma e vestida de forma deslumbrante, como eu há muitos anos não via. Era uma espécie de *babydoll* preto de alcinhas, (mal) cobrindo uma calcinha maravilhosa, também preta; havia umas flores na parte da frente e ela estava sem sutiã. Coisa de Victoria's Secret mesmo! Ela nem me deixou abrir a boca: me agarrou pelo braço e me puxou para dentro do apartamento.

Ainda na sala, vocês não vão acreditar, porque eu também não acreditei. Quem estava lá? Quem respondeu Deborah Ann merece um pirulito, porque vai ter imaginação assim na puta que o pariu!

Mas era ela mesmo! Simplesmente sensacional, trajando um corpete vermelho, com uma cinta-liga que segurava meias de tirar o fôlego. Fiquei tão sem ar que não consegui dizer uma só palavra para expressar um dos maiores sustos da minha vida.

A profecia (sei lá se é assim que se chama) da mãe de santo estava quase concretizada, porque ali estavam o cabelo cor de piche (os negros, da Paula) e os cor de fogo (os avermelhados, aliás, menos avermelhados do que na primeira vez em que a vi no morro, da Dá). Só faltava a história da criança. Eu, hein?! Aquelas duas gatas fantásticas e de roupa íntima na minha frente, e eu pensando em macumba?

A Deborah se virou para mim e, no seu melhor estilo mandona, disse:

— Fica quietinho aí e só observa, sem dar nenhum pio.

Eu não estava pensando mesmo em falar nada, então foi fácil aceitar as ordens dela, que, logo depois de dizer isso, puxou a Paula para o sofá. As duas ficaram ajoelhadas, uma de frente para a outra. Começaram uma espécie de alisamento mútuo de cabelos. A Paula, então, puxou o rosto da Deborah para perto do seu e os lábios das duas se tocaram. Era uma troca de línguas e carinhos que me fez pensar no quanto uma mulher é bem mais gentil e suave com outra do que um homem. Acho que, por isso, muitas mulheres experimentam se relacionar com outras mulheres.

Teorias à parte, quando as alças do *babydoll* da Paula foram delicadamente abaixadas pela Dá, que, por sua vez, teve o corpete desabotoado com uma agilidade impressionante pela Paula, foi uma visão dos deuses.

Ambas ficaram só de calcinha: uma vermelha e a outra preta. Dá-lhe, Mengão!

Não pude deixar de prestar atenção às duas tatuagens da Deborah Ann. O desenho colorido que parecia uma borboleta saindo de seu casulo e abrindo as asas para o primeiro voo ficava na base da coluna. Os americanos chamam as tatuagens nesse local específico de *tramp stamp*, ou seja, o selo da vagaba. Pela má fama que esse tipo de tatuagem recebeu, conheço muita mulher que já passou pelo doloroso processo de remoção. Dizem que dói para cacete.

Porém, a tatuagem que mais me chamou a atenção foi uma na nuca, que pude ver quando a Paula levantou o cabelo avermelhado da Deborah. Era um índio com cocar, tipo os peles-vermelhas dos filmes de faroeste. Já tinha recebido um estudo do pessoal de inteligência e aquilo era um símbolo claro de que ela era parte do Comando Vermelho.

Deborah, como se estivesse me dando seu lugar, disse:

— Anda, come tua mulher, agora.

Obedeci com prazer. Gozei rápido.

Em seguida, a Dá disse para a Paula:

— Viu? É assim que você consegue o que quer. O sêmen dele tá aí dentro e você num período hiperfértil. Quem é que não vai te dar um filho agora? Quem?

Ali estava a tragédia. Era a peça que faltava. O triângulo amoroso e a tal criança de que a Mãe Sebastiana falara. Fiquei muito puto da vida, mas, quando ia falar alguma coisa, ouvi um choro de bebê vindo do quarto. De quem era aquele bebê? O choro aumentou cada vez mais e eu já imaginava meu futuro dali a nove meses: trocar fraldas com merda para tudo quanto era lado. Meu Deus, socorro! O choro chegou a um nível insuportável.

O volume ficou tão alto que... Acordei.

Nem adianta ficar chateado comigo. Para mim, aquilo tudo foi tão real, mas tão real, que despertei todo gozado. Eu continuava escutando um choro de criança, porém de verdade mesmo. Abri a porta e vi a Vasquinha do lado de fora com o bebê chorão no colo e o Estopa e o Scooby brigando por um osso.

— Que isso, Vasquinha? Pensei que sua filha fosse maiorzinha.

— Sim, ela tem três aninhos. Este aqui é o filhote da dona Mariana, do restaurante Coma Bem. Sacomé, né? Quarta de Cinzas, a mulher queria dormir até mais tarde e eu, em troca de uns rango lá, tô cuidando do Alecssandrinho. Aliás, meu tenente, já comeu lá no Coma Bem?

— Não. Você tem que me levar lá, qualquer hora dessas. Mas o que você tá fazendo aqui tão cedo?

— É que, como não encontrei mais o senhor ontem, queria devolver logo o seu telefone.

— Beleza. Quanto te devo?

— Um galinho foi o que o Josué dos Fios cobrou. Tá aqui a nota. Pra mim, qualquer fortalecimento já é, porque gostei de tu.

— Peraí.

Entrei, peguei 75 reais e dei para a Vasquinha.

— Pode dizer lá pro Josué dos Cabos que cinquenta reais pra esse conserto tá muito caro.

— É Josué dos Fios, meu tenente. Podexá que eu dou teu recado. Vou nessa, que tenho que dar uma mamadeira pra esse menino. Ele toma mais leite que um bezerro!

Queria ver se tirava mais uma soneca, mas o telefone tocou. Daquela vez, era real e era um número não registrado.

— Alô, quem fala?

— Tenente Gavião?

Ele nem precisava se identificar.

Nunca mais esqueceria daquela voz na minha vida.

— Gutembergue! Que surpresa, meu amigo. Como vão as coisas?

— Gavião, tá tudo uma merda. A história da minha homossexualidade vazou e tô sofrendo um *bullying* insuportável aqui no quartel.

— Puts, não brinca. Que merda!

— Estão me sacaneando geral. De tudo que é jeito. Pelo amor de Deus, você tem que me tirar daqui o quanto antes.

— Acredite, tô fazendo das tripas coração, mas alguém tá emperrando sua transferência pra cá. Vou continuar insistindo. Aguenta firme aí.

Desliguei e me meti no banheiro para tomar uma chuveirada. Quando saí, com a toalha enrolada na cintura, o PX estava me esperando.

— Gavi, o Alceu tá te chamando lá no PC.

— Só me faltava essa! O que esse puto quer comigo? Logo hoje que temos a reunião lá na casa do tio Júlio?!

— Sei lá, mas vamos logo, porque você sabe que ele não gosta de esperar.

— Vamos? Você também?

— É. Ele chamou nós dois.

— Que bom! Ele te adora. Pelo menos assim não vou ficar sozinho com esse Zé Mané.

Chegamos ao Posto de Comando do coronel Alceu Cornélio, que mandou logo que entrássemos.

— Demorou, hein, tenente? Tava comendo alguém? — perguntou para mim, com aquela classe peculiar.

— Não, senhor. Vim o mais rápido que pude.

— Coronel, quer que eu espere lá fora?

— Não, pode ficar, tenente Pedro Paes. É bom que ouça isso, porque vai afetar você também.

— Sim, senhor.

— O negócio é o seguinte: tivemos de fazer algumas mudanças em relação ao pessoal, devido às imposições da FPac de espalhar mais gente pela favela. Os Grupos de Combate da nossa Força-Tarefa agora vão passar a ter seis homens, e isso inclui o grupo de comando da sua companhia também, com quem você faz suas incursões e patrulhas. Vou até deixar você escolher quatro, mas os outros dois já estão aí do lado de fora, e eu quero que eles entrem pra se apresentar pra você.

— Mas, coronel, todo mundo sabe que o efetivo mínimo de uma equipe para operar nesse ambiente tem que ser de oito homens — falei.

— Vem cá, você tem problema de audição? Não entendeu o que eu acabei de dizer? É determinação da FPac!

— Coronel, é que isso pode ser perigoso. Além do mais, não queria excluir o tenente Pedro Paes, o sargento Valverde, o sargento Snarf, quer dizer, Maldonado, e o tenente Gutembergue. Aí já somos cinco — tentei argumentar.

Ele soltou uma gargalhada forte, estridente e altamente irritante.

— Você ainda tem esperança de trazer esse cara para cá?

— Não entendi, coronel.

— Não se faça de ingênuo, seu Gavião. Toda FPac já sabe que o Gutembergue é homossexual! Nem adianta, ele não pisa aqui! Imagina ele no banheiro, manjando a rola dos outros! O pessoal vai ficar puto com isso. Ninguém pode ser obrigado a conviver em um grau de intimidade desses, sabendo que pode ser objeto de desejo do outro. É justamente por isso que homens e mulheres têm banheiros separados! Esse é o grande problema dos homossexuais nas Forças Armadas! Encontrar o espaço de cada um.

— Mas, coronel, ele é muito treinado, tem missão no Haiti, é perfeito pra vir para cá.

— Gavião, para de insistir, se não vou começar a interpretar essa porra de outro jeito, ok? Não tem discussão. Não quero militares com esse perfil aqui na FT! Fim de papo. Vai trazer mais problema do que ajudar.

Caramba, como é que eu daria aquela péssima notícia ao Gutembergue?

— Coronel, por falar nos meus homens, hoje temos...

— Peraí, ô, Gavião. Qualquer coisa que vocês forem fazer hoje, já tem que incluir os novos membros da família. Tenente Pedro Paes, manda os dois que estão esperando aí fora entrarem.

Quando os caras apareceram, tive mais uma surpresa: um deles era uma mulher. Era mesmo para me ferrar que aquele corno estava fazendo aquilo. Ele sabia que ter uma mulher na unidade era uma espécie de desconforto. As brincadeiras teriam que ser reduzidas, as missões teriam que ser menos perigosas, e isso era um problema. Não gostei nadinha daquela ideia.

— Sargento Carlos Eduardo e sargento Maria Helena, apresento o comandante da nova unidade de vocês, os Thundercats, que agora vão virar Thundergatinhos — disse, soltando uma ressoante gargalhada.

Eu odiava aquele bosta.

— Estão todos dispensados e, tenente Gavião, quero os dois engajados em qualquer missão a partir de agora.

— Sim, senhor, coronel.

Prestei continência e me retirei muito puto da vida. Aquilo ia ter volta.

CAPÍTULO XXVI

SIGLAS E APELIDOS

Saí do PC do Alceu bufando de raiva e, apesar de saber que os dois novatos não tinham nada a ver com a história, como sempre acontece nessas situações, acabei direcionando minha frustração para o lado mais fraco. Como estávamos todos saindo para o arejamento, pedi ao PX que *brifasse* ambos sobre nossa visita à casa do tio Júlio. Disse ao Snarf para pegar o carro dele, e eu ia pegar o meu, para podermos ir os seis juntos. Eu estava preocupado com o Gutembergue e tentei falar com ele, mas não tive sorte. Decidi dirigir o carro porque queria dar uma parada estratégica antes de chegar ao edifício do tio Júlio. O PX veio comigo e os outros quatro foram no carro do Snarf.

— Vai pra onde, cara? A casa do tio Júlio é pro outro lado.

— Tô sabendo, brô. É que tenho de parar num lugar antes, rapidinho.

— Onde, porra?

— É uma parada aí. Deixa quieto.

— Caraca, Gavi, tá cheio de mistério ultimamente.

— Tá, tá legal.

Fui na direção do Cosme Velho. Depois de mais ou menos meia hora, eu ainda estava sem dar uma palavra. Quando o PX viu aquele brasão com um punhal enterrado em uma caveira bem grande na entrada, não se conteve.

— Caralho, Gavião, o que você veio fazer na sede do BOPE?

Não respondi e me dirigi ao soldado que estava na entrada.

— Bom dia. O tenente Barbosa Silva está?

— Bom dia. Está, sim, senhor. Qual é a sua graça?

— Hoje não tô pra brincadeira, portanto tô sem graça. Meu nome é Gavião. Diz pra ele que é o tenente Gavião que tá aqui. O carro aí de trás tá comigo.

— Pois não, tenente. Só um minuto.

O soldado confirmou que o BS estava lá, nos indicou onde estacionar e como chegar à sala dele. Eu disse ao PX que não ia demorar. Saltei e todos os que estavam no outro veículo me olharam com cara de "não entendi". Não falei nada e fui a passos largos para a sala do BS.

— *Força e Honra*, meu camarada! Sinceramente, não pensei que fosse encontrá-lo aqui numa Quarta-Feira de Cinzas, antes do meio-dia. Esse BOPE é mesmo diferenciado — eu disse, dando uma bela e providencial babada de ovo.

— Você é sempre engraçadinho, né, não? Porra, pra ter vindo até aqui, deve ser um favor daqueles. Quem foi o amiguinho que pegaram no teste do bafômetro?

— Teste de bafômetro de cu é rola, rapá! Eu não livro ninguém de dura assim, não. Você devia me conhecer melhor.

— Então a que devo a honra da visita de um fodalho Caveira do Exército do Brasil aqui na minha humilde unidade?

— Nada a ver isso, BS. Eu tenho muito respeito pela PM de modo geral e sei que tem muita gente boa, decente e honesta aqui. Mas tem uns que fazem cada cagada...

— E no Exército não, né?

— Cara, deixa isso pra lá e vamos ao que interessa.

— *Shoot.*

— Se eu te der um endereço de e-mail, você tem como ver de onde saiu, de que cidade?

— Hum, aqui, exatamente, não, mas tenho uns amigos na PF que podem quebrar essa. Do que se trata? Tá querendo ver se a mulher tá te chifrando?

— É, mais ou menos isso. Acho que ela tá trocando mensagens com um cara fora do Rio e queria saber de onde ele tá escrevendo.

— Porra, você, além de tudo, agora é corno? — disse ele, gargalhando. — Tudo bem, eu quebro essa pra você, mas vai ficar me devendo uma. *You owe me big*! Vou ter que pedir esse favor a alguém maior na Federal.

— Porra, BS, tu é cheio de lero-lero mesmo, né? Tá bom, cara. Te devo uma. O que é que tenho que te dar pro cara da PF localizar de onde saiu o e-mail?

— Bom, só o endereço eletrônico não adianta nada. Vou precisar de uma troca de e-mail entre eles.

— Consegui roubar um e-mail dele vindo para ela. É uma coisa curtinha.

— Não importa. Tamanho não é documento — falou, começando a rir de novo. — O que preciso é do IP. Encaminha essa mensagem pra mim.

— Tenho aqui no celular. Posso te passar agora. Qual é teu e-mail?

— O que eu acesso mais é bs171@gmail.com.

Não aguentei. Comecei a rir.

— Porra, esse e-mail é perfeito pra você.

— *Whatever, my friend.* Quando a curra é inevitável, relaxa e goza. Todo mundo sabe desse meu apelido, então, como diz aquele outro velho ditado, foda-se! No Curso de Operações

Especiais, meu número era 17. Mas me pegaram dando um golpe: levei um saquinho de amendoim escondido no bolso quando não podia. Daí me ferrei todo. Passei uma noite inteira dentro d'água, numa cachoeira da Serra de Madureira, quase morri de hipotermia, mas aprendi a lição. A galera, de sacanagem, acrescentou o número um no final, e passei a ser o 171. Pegou!

Abri meus e-mails no celular e encaminhei para ele o primeiro que a Deborah Ann me mandou. Como ali não continha nenhuma pista, ele ia ficar achando que aquela história de corno era verdadeira. O que importava era ele me dizer onde ela estava.

— Pode deixar que vou conseguir essa informação pra você, mas vê lá se não vai cometer nenhum crime passional, hein?

— *Tea with me.*

— Quê?

— Xá comigo.

Nós dois rimos.

— Barbosinha, vou ficar te devendo essa, depois a gente vê como acerta — falei.

— Tranquilo, camarada! Qualquer rodada na Centaurus ou 4X4 é bem-vinda!

— Ok, meu irmão, depois a gente combina. *Força e Honra*!

— *Força e Honra*!

A gente se despediu e eu fui para o carro com as esperanças renovadas. Sentei no banco do piloto e, novamente, sem dizer nada, girei a chave na ignição e parti em direção à casa do tio Júlio. Parei na Pizzaria Recanto da Itália e comprei algo para comer, já que eu havia prometido o rango.

Quando chegamos, estacionei o carro (o Rio de Janeiro na Quarta-Feira de Cinzas é uma maravilha!) e nos encaminhamos para a portaria.

— Tenente, não acredito! Minha bisavó mora aqui — falou o sargento Carlos Eduardo. Será que a gente pode dar uma passadinha rápida no apartamento dela? Faz muito tempo que não a vejo. Prometo que não demoro nadinha.

Olhei para o PX, que olhou de volta para mim, como se dissesse "ué, você se desviou da nossa rota para fazer não sei o quê no BOPE, por que ele não pode?". Assenti com a cabeça, mas disse que esperaríamos do lado de fora. Ele insistiu muito. Disse que seria uma honra para a dona Mercedes conhecer quem trabalhava com ele e blá-blá-blá. O cara já tinha metido a cabecinha, por que não deixar ele colocar o resto?

Pegamos o elevador e descemos no quinto andar. O Carlos Eduardo bateu na porta com força, mas ninguém atendeu. Ele continuou batendo e nada. Eu estava muito agradecido que a velha não estivesse em casa, mas, depois do cara quase colocar a porta abaixo, a maçaneta girou e foi aquela surpresa. Acontece que a bisavó do Carlos Eduardo era a velhinha que entrou no elevador no dia em que saímos de madrugada da casa do tio Júlio para ir para o Alemão. Eu, o PX e o VV nos entreolhamos e trocamos um sorriso maroto.

— Vó bisa, que saudade! — disse o Carlos Eduardo, dando um forte abraço na coroa.

— Caco, meu bisneto favorito! Quanto tempo!

Caco?!?! Ali estava a solução para aquele nome enorme. Dali para frente, o sargento Carlos Eduardo seria apenas Caco. Ele nos apresentou à velha, que nos olhou com cara de quem já tinha nos visto em algum lugar. Eles conversaram por alguns minutos — aos gritos, porque ela era quase cem por cento surda, lembra? — e a senhorinha nos ofereceu café com biscoitos, que acabamos aceitando.

Enquanto tomávamos uma xícara de café, a velha devia ter tomado umas três doses de tequila. Isso mesmo, tequila! A coroa devia ser descendente do imperador asteca Montezuma. Será que esse era o segredo da longevidade da coroa? Pô, ela devia ter uns 150 anos e estava muito bem, com exceção da audição.

Eu, com 31, devido ao peso dos equipamentos (colete balístico nível três, camelbak, pistola, ParaFAL, carregadores sobressalentes, spray de pimenta, granadas de efeito moral, rádio etc.) e a forma de atuação (turnos de mais de seis horas de pé ou andando), acabei com dores astronômicas na coluna, principalmente na região lombar. E também nos joelhos e tornozelos. Por isso, eu e metade da FT acabamos sempre morrendo no anti-inflamatório. É um tal de trocar Voltarem e Diclofenaco entre a gente que você não faz ideia. A gostosa da sargento Andréa até distribuía, lá na enfermaria da base, mas o estoque acabava rapidinho, não só por causa dela, mas porque a gente recebia pouco mesmo. Aliás, tinha que me lembrar de comprar uma caixa de Tandrilax na farmácia que ficava perto da base na Penha...

O PX deu um toque de que o tio Júlio estava nos esperando. Na hora da despedida, a bisavó do Caco o puxou para um canto e, pensando estar sussurrando, falou bem alto:

— Meu filho, esses meninos que você trouxe aqui são impossíveis. Outro dia eles desceram comigo, alguém soltou um tremendo pum, ninguém pediu desculpas e ainda quase me expulsaram do elevador. Você sabe que essas coisas de flatulência em público não vão comigo, né?

(Nota do autor, ou seja, minha mesmo. Aliás, do Wikipédia: flatulência ou flato [do latim *flatus*, sopro] é uma ventosidade anal que pode ser ruidosa ou não e tem um cheiro fétido. Tem origem nos gases que são ingeridos juntamente com a comida e, minoritariamente, nos gases acumulados durante o processo de digestão dos animais, na etapa de decomposição dos resíduos orgânicos dentro do intestino. Um desses processos é a fermentação de carboidratos por bactérias. A intensificação da flatulência pode ocorrer em pessoas ansiosas, que falam ao comer ou que comem muito depressa, ou em pessoas que sofrem de parasitoses intestinais.)

O Caco e a Maria Helena (porra, outro nome composto) não entenderam nada, mas nós quatro rimos à beça. O VV disse que depois explicava. Despedimo-nos e pegamos novamente o elevador, daquela vez para o décimo andar. O tio Júlio, como sempre, nos recebeu extremamente bem. Já estava com um projetor preparado e cadeiras a postos. Entreguei as pizzas e os refris, e ele, sem muitas delongas, iniciou sua apresentação.

— Vou começar com uma pergunta simples. De onde vem o nome favela?

Caramba, o tio Júlio é mesmo muito fera. Eu já estava trabalhando na Penha/Alemão há algum tempo e nunca tinha pensado em procurar saber a origem dessa palavra. Pensei que ninguém ia responder, mas a Maria Helena levantou o braço, como se estivesse em uma sala de aula. O tio Júlio, que é um gaiato de marca maior, deu continuidade à cena.

— Pois não, senhorita da terceira fila.

— Sei que é derivado de uma planta, mas não lembro o nome em latim.

— Muito bem! Ponto para a senhorita. Como é mesmo seu nome?

— Maria Helena.

— Muito bem! Ponto para a senhorita Maria Helena, mas a resposta não está completa. A origem do termo *Cnidoscolus quercifolius*, ou a popular "favela", vem da Guerra dos Canudos, no final da década dos anos 1890.

A Maria Helena levantou a mão de novo.

— Sim, senhorita?

— Posso falar a respeito?

— Não acho que vem ao caso, uma vez que todos aqui são militares e deveriam saber tudo de trás pra frente sobre esse episódio da História do Brasil.

Gostei que o tio Júlio deu uma cortada nela, que já estava ficando muito marrenta. Aliás, taí um bom apelido para ela: Mahe (o "h" tem que ser pronunciado como no espanhol, ou seja, fica Marre, as iniciais do nome dela e também de marrenta). Gostei.

— Seguindo. A cidade de Canudos, que fica na Bahia, foi estabelecida entre morros, um deles chamado de Morro da Favela, devido à quantidade dessa planta espinhenta que havia no lugar, à época. Pois bem: alguns soldados, ao regressarem para suas cidades de origem, em especial o Rio de Janeiro, isso lá pelos idos de 1890, se instalaram em construções provisórias, no lugar onde hoje é o Morro da Providência, ou da Favela, que é oficialmente a primeira favela brasileira. Mas essa denominação, favela, só passou a ser usada mesmo a partir de 1920, para designar habitações sem infraestrutura, improvisadas e nos morros.

— Mas por que isso, seu Júlio? Esses soldados não voltaram como heróis? — perguntou o VV.

— Que nada! Isso é Brasil, filho. E ainda deixaram de receber seus soldos, porque já não faziam mais parte do quadro do Exército. Esses militares exigiram do governo a casa própria como premiação por sua participação na guerra, mas isso nunca aconteceu e, como ocorre até hoje com as pessoas que não têm posses, tiveram que improvisar algo. O governo, sem verba, acabou autorizando esse tipo de construção e, ainda em 1897, outra dessas áreas com construções impróprias surgiu, que foi a do morro de Santo Antônio, no Centro do Rio.

A Mahe levantou o braço outra vez e começou a gritar:

— Eu, eu, eu!

— Pois não, minha filha — disse o paciente tio Júlio.

— Depois, essa favela, já na década de 1960, foi destruída pra que pudesse ser construído o Aterro do Flamengo.

— Muito bem. Agora, esse é um problema que está longe de ser só do Rio de Janeiro. É um fenômeno mundial, e a ONU estima que até 2020 haverá um bilhão e meio de pessoas vivendo em favelas no mundo todo e, destes, 53 milhões no Brasil e mais de 160 milhões em toda a América Latina. Essa favela moderna, vamos dizer assim, a que vocês conhecem bem, ganhou força na década de 1970, quando muitas pessoas deixaram o campo para vir para a cidade, o famoso êxodo rural. Como não havia tantos lugares para onde ir, essa gente toda acabou parando nos morros cariocas.

— Tio Júlio, tudo bem que essas áreas, como praticamente não geravam receita para os governos porque não havia cobrança de impostos, passaram a ficar de fora dos investimentos em infraestrutura e etc. Mas, quando não tem a presença do Estado, todo mundo sabe, alguém vai tomar conta e, no caso das favelas do Rio, essas áreas acabaram ficando à mercê dos bandidos. Quer dizer, antes eram os malandros. Como chegamos a esta situação quase insustentável de hoje em dia? — perguntou o PX.

— Olha, como você bem disse, a coisa foi indo aos poucos e esses bandidos, que antes eram até vistos com romantismo ou até mesmo com um sentimento de pena pela população, os malandros, como você chama, foram substituídos pelos traficantes. Essa ascensão, se é que posso chamar assim, veio no vácuo do crescimento do consumo de drogas no país, atingindo todos os grupos e níveis sociais. Onde há demanda, há oferta. Lá na década de 1880, a matéria-prima da cocaína, a folha da coca, já era consumida em forma de chá, como até hoje acontece na Bolívia, por exemplo. Vocês podem até achar graça, mas esse chá era conhecido como melhorador do humor.

Todos rimos.

— A comercialização era livre e, também nessa época, a cocaína passou a ser processada pela indústria farmacêutica pro uso como anestésico, estimulante mental e do apetite, tratamento para asma, para problemas digestivos e até mesmo como afrodisíaco. Mas se popularizou mesmo quando foi descoberta sua potência elevada ao ser injetada.

— Tio, mas isso foi nos Estados Unidos. E aqui no Brasil? — questionou o PX.

— Burguesinhos brasileiros começaram a usar a cocaína, como tudo naquele tempo, um pouco mais tarde, lá pelos anos de 1914-1915. Mas, como já falei, a droga só entrou mesmo no país nos anos 1970. E, nos anos 1990, extrapolou e saiu dos círculos do jet set pra ganhar as ruas e ser consumida até por gente da classe baixa, pois o preço caiu muito, devido à maior oferta do produto no mercado. Mas aí os traficantes já tinham se organizado.

— Tio Júlio, lá na nossa área o controle era feito pelo Comando Vermelho. Podemos nos concentrar nesse grupo em particular? — perguntei.

— Claro, mas não sei se vocês vão gostar muito de saber como foi a fundação do Comando Vermelho. De tudo de bom que os militares fizeram estando no poder, essa parte, realmente, foi um erro estratégico.

— Que parte? — perguntou o Snarf.

— Lá vem a história do presídio da Ilha Grande... — lamentei.

— Infelizmente, é isso mesmo. Os governos militares cometeram o erro crasso de juntar num mesmo lugar bandidos comuns com presos políticos, gente que estudou a fundo o

Manual da guerrilha urbana, por exemplo. O Comando Vermelho Rogério Lemgruber, sobre quem posso falar melhor depois, mais conhecido apenas como Comando Vermelho, foi criado em 1979, na Ilha Grande, próximo a Angra dos Reis, onde estava localizado o presídio Cândido Mendes, o mesmo de *Memórias do cárcere*, de Graciliano Ramos. No livro, ele conta, entre outras coisas, sobre a entrega de Olga Benário à Gestapo. Mas essa história também fica pra outro dia.

— É um excelente livro. Eu recomendo — disse Maria Helena, já à vontade.

— Prosseguindo: integrantes de uma organização criminosa conhecida como Falange Vermelha estavam presos lá. Os caras eram selvagens e praticavam todo tipo de crime. Houve, então, um racha e surgiu uma facção descendente da Falange Vermelha. Eram pequenas células soltas, e com um líder que não conseguia organizar o grupo. Foi o convívio desse pessoal com os presos políticos que levou William da Silva Lima e outros presos a formar o Comando Vermelho. Dizem que ele foi também o fundador da própria Falange Vermelha, anos antes, mas isso não é confirmado. Depois, surgiram outros líderes importantes, como Rogério Lemgruber, o Bagulhão. Mas ele gostava mesmo é de ser chamado de Marechal.

— E esse cara saiu de onde? — perguntou o VV.

— Ele foi criado na Favela do Sapo e lá se transformou no chefe do narcotráfico local. Foi preso e levado pra Ilha Grande, onde tinha um presídio de segurança máxima, e terminou como o maior líder, sem jogo de palavras, do crime organizado do Rio, mesmo tendo passado a maior parte de sua vida atrás das grades. Como uma espécie de homenagem, depois da morte dele, em 1992, as iniciais de seu nome passaram a fazer parte do nome da facção criminosa, ou seja, Comando Vermelho Rogério Lemgruber, CVRL, ou simplesmente CV.

— Esse CVRL está em tudo que é pacotinho de maconha e cocaína que esses safados vendem na Penha e no Alemão, e não falta parede e muro com essa pichação nos dois complexos — disse o Snarf.

— É uma forma de marketing, de perpetuação da marca. É uma das muitas táticas aprendidas pelos bandidos graças ao seu convívio com os presos políticos, e que começaram a ser implementadas no início da década de 1980 pelos primeiros foragidos de Ilha Grande. Por exemplo, uma das primeiras medidas adotadas pelo Comando Vermelho foi a instituição do dízimo. Era uma espécie de caixa comum, alimentado pelos proventos arrecadados nas atividades criminosas isoladas de quem estava em liberdade. Esse dinheiro era usado de várias maneiras, como para financiar tentativas de fuga, mas também para melhorar as condições de vida dos presos, espalhando a corrupção por toda a cadeia. Eles começaram a organizar e praticar inúmeros assaltos a bancos, empresas e joalherias. Entre os integrantes da facção que se tornaram notórios depois de suas prisões, segundo as autoridades, estão o Fernandinho Beira-Mar, o Elias Maluco e o Marcinho VP. No início dos anos 1990, o Comando Vermelho influenciou, e muito, a criação da principal facção criminosa de São Paulo: o Primeiro Comando da Capital, ou PCC. Houve, ainda, um braço do CV, que depois foi reincorporado, o Comando Vermelho Jovem.

— Pô, tio, então é difícil enfrentar esses caras, não? — disse PX.

— É uma missão difícil, mas não impossível. Ainda bem que entre eles acontece muita disputa. Os principais grupos rivais do Comando Vermelho são o ADA e o TCP. É uma disputa regional de poder.

O tio Júlio ainda ficou horas com a gente, mostrando fotos, organogramas e livros sobre o tema. Saímos da casa dele à noitinha, todos um tanto céticos quanto ao possível êxito da nossa missão na Penha/Alemão, mas com uma certeza: ainda havia muito bandido escondido por lá e nas redondezas, e faríamos o possível para desmontar qualquer célula ou estrutura que porventura ainda estivesse de pé. Afinal, éramos ou não éramos os Thundercats?

CAPÍTULO XXVII

BECO DE TRÁS

FIQUEI PENSANDO NA HISTÓRIA DO SURGIMENTO DA FALANGE VERMELHA e do CV. Imaginei os primeiros contatos no presídio, as desconfianças, discórdias, acordos e armações entre os presos políticos e os comuns, até a coisa azeitar. Lembrei das séries de TV que assisti e que têm a ver com cadeias e presídios, as americanas *OZ* e *Prison Break*, e a mexicana *Capadocia*. Nenhuma delas, obviamente, passa perto de uma trama como essa, porque não é a realidade desses países. Aí me imaginei dirigindo uma série e pensei no Rodrigo Santoro interpretando o Lemgruber e no Bruno Gagliasso como Fernandinho Beira-Mar. Imaginei também a Deborah Secco e a Juliana Paes como mulheres ou amantes deles, chegando à Ilha Grande para suas visitas conjugais. Daria um seriado do cacete! Assim, sonhando acordado, adormeci.

Na manhã seguinte, fui rápido para o rancho. Havia combinado com o resto dos Thundercats de nos reunirmos lá para discutir a missão no Beco de Trás e acabar com aquela farra da campainha. Convencionamos chamar Beco de Trás porque ficava atrás do famoso Beco da Rainha, onde sempre rolava um problema. Para quem não sabe, um tenente antigão como eu, quase capitão, acaba mandando para caramba. Eu, por exemplo, comando 150 homens. Ou você pensou que eu estava restrito à minha unidade?

Desses 150, disponho de uns oitenta para jogar na rua quando quiser. Pensei, então, em fazer um martelo & bigorna, que é quando um pelotão cerca e outro vasculha a área. Ao sabor do tradicional café com leite e pão com manteiga, perguntei ao Snarf se ele tinha brifado o Caco e a Mahe sobre a nossa investida e ele assentiu com a cabeça. Foi então que notei que ambos — Caco e Mahe — estavam com cara de quem não tinha dormido nada.

— Caramba, o que aconteceu com vocês? Passaram a noite em claro?

— Nada, não, tenente — respondeu o Caco.

Eu sabia que, provavelmente, tinha rolado o tradicional ritual de iniciação entre os sargentos, já que ambos eram novatos ali. Essas brincadeiras incluem passar por um corredor polonês, receber spray de pimenta no rosto, pagar flexões e outras coisas. Para quem é de fora, pode parecer até judiação ou maldade, porém isso ajuda muito a estreitar os laços de camaradagem, como já expliquei no capítulo em que falei do meu treinamento para entrar na FPac. Resolvi matar o papo por ali. Aquilo era uma espécie de *don't ask, don't tell* das Forças Armadas no Brasil. A merda era quando alguns babacas se excediam, dando vazão às suas taras, e alguém se machucava, morria ou se considerava humilhado e ia para a imprensa.

Ali mesmo, dei início ao planejamento da ação. Mas tinha que prosseguir em outro lugar. Peguei uns pedaços de pão para o Scooby e o Estopa, que sempre estavam pelas redondezas na hora das refeições, e saí com um grupo, que incluía dois tenentes comandantes de pelotão e o sargento comandante do GC. Fomos para a Sala de Operações, onde havia uma foto gigante da Penha. Era uma coisa impressionante! Ali era onde se tinha noção da pica voadora que era aquele lugar.

A Penha é um bairro residencial envolvido por morros em formato de ferradura, que começa no Morro da Caixa D'Água e termina na Igreja da Penha. Nas extremidades, temos as comunidades do Caracol, Chatuba, Grotão da Penha, Vila Proletário da Penha, Vila Cruzeiro e Morro do Cariri (ou Merendiba). Mas, de lambuja, nossa área de pacificação abraçava o outro lado do morro, englobando os Morros da Fé, Frei Gaspar e Sereno.

Os cães nos seguiram, pegando as migalhas que eu ia jogando pelo caminho, como se fosse uma cena de *João e Maria*. Sei que as pessoas gostam dessas raças de cachorro mais modernas, como pugs e lulus da Pomerânia, mas eu gosto mesmo é de vira-latas como o Scooby e o Estopa. São cachorros extremamente fiéis e sensíveis.

Na Sala de Operações, mostrei e expliquei com detalhes o posicionamento e a direção do vasculhamento. Ia solicitar um helicóptero para sobrevoar a área e acompanhar tudo de cima, mas preferi ir com meus homens por terra mesmo, já que era a primeira vez que organizava ali uma ação daquela magnitude.

Fiquei aguardando os dois tenentes me "darem o pronto" dos seus pelotões embarcados nas viaturas e fiz a última conferência da sincronia das ações. Depois disso, eu e os Thundercats montamos nas nossas XRE 300 e partimos para o Beco da Rainha. Eu chegaria com o pessoal do martelo pela José Rucas e desembarcaria a galera na Praça São Lucas. Mas, para iniciar o vasculhamento, teríamos que aguardar o sinal do pessoal da bigorna que, para cercar por trás, daria a volta na Igreja da Penha e pegaria o outro trecho da José Rucas, desembarcando no entroncamento com a rua Divinéia (que mais parece um beco).

No caminho, eu fui salivando diante da possibilidade de ferrar com aqueles bandidos. Certamente pegaríamos algum peixe graúdo também, que poderia dar informações, depois de receber muita porrada, é claro, sobre onde poderíamos encontrar outras lideranças que cismavam em continuar atuando na região.

Notei que o Snarf estava mandando um tremendo caô para cima da Mahe. Caracas, o Snarf come até poste! Fez sombra, o cara está mandando bala. Tinha que me lembrar de dar um toque nele. Como diz um amigo meu, perto de casa e do trabalho não se mostra o caralho.

Depois de 15 minutos, chegamos à área onde haviam informado que estava rolando a ciranda da campainha, assim como o consumo e tráfico de drogas. E o que encontramos ali? *Nada*! Sabe a época do colégio, quando o diretor anunciava uma visita e todo mundo corria para deixar a sala de aula limpinha e arrumadinha? Pois é, parecia isso. Um lugar deserto, sem nenhuma alma para contar a história.

Fiquei com aquela cara de bunda característica dessas situações e mandei a galera debandar, mas não sem antes arrancar raivosamente todos os fios que permitiam que aquela campainha tocasse. Minha vontade era tacar fogo em tudo, como os soldados russos fizeram antes da invasão de Napoleão, mas acabar com os cabos, naquele momento, estava de bom tamanho.

Aquilo me deixou muito tenso. Eu precisava espairecer. Fazia tempo que não praticava Krav Magá e queria ver se a academia do Dimitri, em Del Castilho, ficava muito longe. Pedi ao Snarf para ir buscar o Pedrinho ou a Vasquinha para me dar uma mão nisso. Já era hora do rango e fui bater um enroladinho de carne com farofa e salada no rancho, junto com o PX, e aproveitar para ver as notícias na TV. Aquele era o meu costume na hora das refeições. Como sempre acontecia nesses dias pós-carnaval, as reportagens eram sobre pessoas voltando de não sei onde, estradas lotadas, coisa e tal.

Começou o noticiário e a apresentadora anunciou as manchetes do dia, que os jornalistas, como o Helinho já tinha me dito antes, chamam de escalada. "Feriadão nas estradas foi o mais violento desde 2003. Preços dos remédios controlados pelo governo vão aumentar até seis por cento no final do mês. Liberado repórter brasileiro preso há oito dias na Líbia. Jornalistas da BBC contam como foram torturados por Kadafi." Mas foi a última notícia que me chocou e chamou a atenção: "Coronel do Exército morto a tiros na porta de casa."

— Putz, PX, será que a gente conhece? — perguntei.

— Pode ser... Olha! Estão começando o jornal com essa notícia.

A apresentadora continuou: "O coronel do Exército Oriosto Cavalcante foi encontrado, agora pela manhã, morto, com o corpo perfurado por balas, em frente à casa dele, no bairro Realengo, no Rio de Janeiro..."

— Caralho, Gavi, é o Cavalcante...

— Psiu! Peraí!

"A polícia acredita que esse tenha sido mais um ato desesperado de bandidos e traficantes cariocas, como uma forma de represália à atuação das Forças Armadas nos morros do Rio, principalmente nos complexos da Penha e do Alemão. Este já é o quarto caso de militares assassinados da mesma maneira na cidade nos últimos dez dias. A polícia ainda não tem pistas dos assassinos. Pelo menos cinco pessoas morreram devido aos acidentes na volta do feriadão..."

— Gavi, eu não acredito! — o PX falou. — Eu servi com o Cavalcante em João Pessoa. Um cara muito bacana. Decente ao extremo.

— Ele não tava pra ir pra reserva?

— Tava. Era coisa de dias ou algumas semanas, no máximo. Isso é muita sacanagem. Tô muito triste com a notícia.

— E tem gente que ainda pensa que é frescura minha quando proíbo de sair da base de uniforme. Tá vendo aí? Porra, que merda!

— Antes, os PMs e militares que moravam nas favelas tinham que esconder o uniforme com medo de represálias dos traficantes. Agora, o medo é de andar fora do morro com uniforme. Que bosta de cidade! Vou falar com o Alceu que quero ir ao enterro do coronel Cavalcante.

— Claro, camarada.

Terminamos os enroladinhos naquela tristeza total. Depois daquilo é que eu precisava mesmo dar umas porradas em alguém, ainda que fosse só em treinamento. O Pedrinho apareceu com outro moleque e o apresentou, dizendo que se chamava Marcelo, mas que todo mundo o conhecia como Monkelo. Perguntei se ele sabia chegar à academia Max Forma, na Dom Helder Câmara. Além de ser perto, o instrutor era o Dimitri, ex-militar e meu parceiro de treinos na Federação de Krav Magá. O garoto disse que conhecia o caminho, subimos na viatura e fomos até lá só para fazer uma ronda e passar na porta, já que era pós-carnaval e a academia estaria fechada.

Estávamos retornando à base de marruá, pela rua Lobo Júnior, e o Pedrinho não parava de falar. O moleque era muito legal e um ótimo contador de causos. Tenho certeza de que, se ele não tivesse nascido naquelas condições, poderia ser uma mente brilhante para o país. É aquela coisa: você pega uma criança nascida na favela e a leva para ser criada dentro do Palácio de Buckingham, e ela sai de lá um lorde. Por isso gosto do Jean-Jacques Rousseau, que disse que "o homem é um produto do meio".

Quando chegamos à entrada da base, no descampado em que o pessoal joga vôlei, pude observar uma aglomeração ao redor do lugar. Lá no meio, estava rolando um treinamento de muay thai entre um homem e uma mulher. O Pedrinho engatou uma explicação:

— Tenente, cê vai gostar desse cara. Ele dá aula de muay thai na Vila Olímpica Carlos Castilho, lá no Complexo do Alemão. O Capitão Polillo, comandante da 2ª Companhia, é que me pediu pra indicar alguém para vir puxar uns treinos pra quebrar a rotina da missão.

— Pedrinho, me chama de Gavi, pô. Tá falando difícil pra cacete hein, moleque?

— Pô, tenho estudo, né?

— E, por falar nisso, por que é que vocês dois não estão na escola?

Senti uma troca de olhares de cumplicidade entre os garotos.

— É que as aulas só voltam na segunda, tenente, por causa do Carnaval, sacomé, né? — respondeu rapidamente o Monkelo.

— Mas, Gavi, deixa eu te contar — continuou Pedrinho. — O Demolidor, como a gente gosta de chamar ele, foi soldado PQD do Exército por uns sete anos. Era atleta, corria quatrocentos metros e tudo, e faz muay thai desde a minha idade. Ele me disse que lá pelos dezoito também foi aprender jiu-jitsu, porque era muito brigão e vivia se metendo em merda, acabava no chão e ficava no prejuízo. Não sei se ele contou isso pra eu me animar a entrar nas aulas, sei lá.

— Legal. Vou levar um lero com ele.

Chegamos à quadra e foi aí que eu entendi o motivo da aglomeração. A mulher que estava tendo aula com o Demolidor era a gataça da sargento Andréa, da enfermaria. De uma caixa de som, ouvia-se bem alto a música "Kátia Flávia", do Fausto Fawcett e os Robôs Efêmeros. Aquilo era muito velho, mas muito engraçado também, e tinha tudo a ver com a cena: "Kátia Flávia. É uma louraça Belzebu. Provocante. Uma louraça Lúcifer. Gostosona. Uma louraça

Satanás. Gostosona e provocante. Que só usa calcinhas comestíveis e calcinhas bélicas. Dessas com armamentos bordados."

Claro, o apelido dela era Andréa Louraça, que alguém deve ter tirado da música. Era um bando de soldados ao redor da quadra, babando. Também, não era para menos. A Andréa passava dos limites da gostosura. Loura meio oxigenada, é verdade, com *pectus farctus* e *coxobus suculentus.* De shortinho e lutando Boxe, você pode imaginar o rebu entre a rapaziada.

— Muito bem, muito bem, acabou a farra. Todo mundo de volta pros seus afazeres.

Foi um muxoxo só. O som foi desligado e a galera foi regressando às tarefas, arrastando os pés e reclamando muito.

— Ô, Demolidor! Chega aí, quero te apresentar um parceiro meu que manda muito bem — gritou o Pedrinho.

Deu para ver que o Demolidor deu alguma instrução para a sargento Andréa e veio ao nosso encontro.

— Oi, tudo bem? — ele se apresentou. — Meu nome é Juvenal Leite, mas todo mundo só me conhece como Demolidor, professor de artes marciais lá do Alemão.

— Olá, sou o Gavião, tenente da FPac. O Pedrinho aqui me disse que você já foi PQD.

— É verdade, tenente. Cheguei a fazer o Curso de Comandos no Camboatá, mas, como era atleta e ganhava muitas medalhas, o comandante do quartel do 26° BI PQDT, Regimento Santos Dumont, não deixou que eu fosse transferido para o 1° Batalhão de Forças Especiais. O senhor sabe como são essas coisas, né?

— Me chame de "você", por favor.

— Tá bom. Você sabe que o desempenho de uma unidade em olimpíadas militares é um tremendo marketing pro comandante e pra própria unidade, né?

— Sei bem. Mas e depois de sair do Exército, o que você fez?

— Pô, tenente, me meti num monte de merda lá na Rocinha, onde eu morava.

— Mas que tanta merda foi essa que você andou fazendo?

— Na real, cheguei lá como segurança de boca de fumo comum. Quando descobriram que eu era PQD e Comandos, fui promovido rapidinho e, em pouco tempo, já era responsável por todo sistema de segurança e vigilância da Rocinha. Treinava e organizava o pessoal com as técnicas do Exército, reconhecia as rotas de fuga pra Floresta da Tijuca e os pontos de pernoite quando a polícia fazia as operações no morro. Claro que nossos X9 na PM batiam tudo, né?

"O Chico ficava muito impressionado, pois os deslocamentos eram padrão! Esclarecedores na frente e atrás. Montávamos a área de pernoite na floresta tipo alto-guardado mesmo, com segurança em 360 graus e as nossas redes no centro. Colocávamos latinhas com pedrinhas dentro, circundando tudo e amarradas em cordel de tropeço para fazer barulho se alguém se aproximasse. Depois da operação, a gente retornava pra favela e tudo voltava ao normal. Um dia, emitiram um mandado de prisão e acabei sendo preso numa blitz na Barra. Por excesso de autoconfiança, dei mole e me pegaram fora da favela. Fui parar em Bangu I, mas fiquei só nove meses e acabei sendo solto por falta de provas, porque ninguém ia testemunhar contra mim, né? No final, até que foi bom, acho que hoje não estaria vivo se continuasse nessa vida. Os caras que me chamaram estão todos a sete palmos debaixo da terra."

— Que barra!

— Pois é. O filho nasceu, como se diz por aí. Quer dizer, fiquei lá por nove meses. Treinei pra caramba lá dentro. Pelo menos isso foi bom. Hoje, sou querido e visto pelas crianças aqui da comunidade com muito respeito. É que cheguei a ser campeão brasileiro, depois fiz um curso de instrutor e comecei a dar aulas.

Nesse meio tempo, a gostosona da Andréa já tinha se aproximado de nós e falou:

— Tenente, posso garantir que as aulas dele são muito boas.

— A sargento Andréa é minha aluna assídua aqui, tenente. Ela mora em Higienópolis e frequenta nossos treinos. Muito boa, em todos os sentidos.

O cara sentiu que falou besteira e pediu desculpas. Fingi que não ouvi.

— Demolidor, quero te propor uma coisa. Já ouviu falar em Krav Magá?

— Muito pouco, tenente.

— Krav Magá é uma defesa pessoal usada pelas Forças de Defesa de Israel. A intenção é ser simples, rápido e objetivo na eliminação das ameaças. Não tem nada de regras, nem competições.

— Mas e aí? Luta de pé ou no chão?

— De qualquer maneira. Você precisa conseguir se livrar de qualquer ameaça, entendeu?

— Ah, sei, tipo MMA?

— Bom, como eu falei, o objetivo não é trocar porrada, é resolver a situação da forma mais rápida e com o mínimo esforço.

— Não tô acreditando muito. Vou acabar pedindo pra fazer um teste.

— Isso pode ser perigoso. O pessoal do quartel que treinou pra vir pra missão já sabe.

— Sem problema, tenente, nada mais me impressiona nesse mundo. Já fui para o inferno em Bangu I, voltei, e sou Comandos como você. Confio nessa carcaça.

— Ok, vou fazer uma demonstração simples. Andréa! Volta aqui e traz o estojo de primeiros socorros.

— Que isso, Gavião?! Que exagero!

— Nada disso, é precaução. Vamos lá: você me ataca como quiser e eu vou tentar mostrar como funciona nossa filosofia. Se você não se identificar com o sistema, não tem problema, ok?

— Já é!

Tomei posição de base e levantei a guarda. Assim que ele fez a mesma coisa, mandei uma bomba no meio das pernas. O campeão caiu no chão berrando.

— Puta que pariu! Que merda é essa? Você disse que *eu* ia atacar! Caramba, tenente, isso vale?

— Peraí, coloca essa bolsa com gelo — disse a sargento Andréa. — Nessa região não dá para massagear...

— Tá de sacanagem? Gelo no saco? Que mais você vai propor? Injeção na córnea? — perguntou o Demolidor.

— Foi pra você entender a filosofia. Se eu soubesse que você ia me atacar, eu poderia ter a iniciativa das ações, entende? A surpresa também faz parte da estratégia. Além do mais, não temos regras, lembra? Por isso eu disse que seria perigoso fazer um teste. Se eu atacasse sua garganta, você podia ter morrido; se fosse nos olhos, talvez tivesse ficado cego. Isso é Krav Magá.

— O nome dessa porra, pra mim, é crocodilagem, briga de rua ou qualquer coisa assim.

— Bem, temos um sistema de treinamento muito bem estruturado, que foi criado por Imi Lichtenfeld, depois de brigar muito na rua, defendendo os judeus, sempre em minoria, das perseguições nazistas na Europa. Depois, Imi se estabeleceu na Palestina, participou da independência de Israel e passou a treinar as tropas israelenses. Essa técnica chegou na América Latina em 1990, e hoje é um sucesso nas tropas especiais, não só do Brasil, mas de todo o mundo. Além disso, milhares de civis passaram a treinar por causa da violência das metrópoles.

— Pô, o cara é casca grossa, aí! Mandou bem demais — falou o Pedrinho.

— Mas qual é a proposta, tenente? — perguntou o Demolidor, ainda deitado no chão.

— Eu daria aulas de Krav Magá pra você e, em troca, você daria aulas de boxe e jiu-jitsu pra nossa Força Tarefa, e organizaria um campeonato aqui na base. Acho que, assim, a gente dá uma motivada no pessoal e quebra a rotina da missão. Quando você não vier, eu ensino técnicas de Krav Magá pro pessoal.

— Já é! É nós na fita, Gavião. Tá fechado.

— Podemos começar agora? Tô precisando dar uma malhada.

— Demorô.

Comecei a instrução de Krav Magá e logo apareceu um monte de gente para ver. Achei aquilo reconfortante e me senti muito bem. O Demolidor tinha uma prancheta com uma lista para o pessoal da FT se inscrever para ter aulas grátis. Na saída, dei uma olhada e vi que muitos se inscreveram para ter aulas conosco, inclusive a Andréa.

CAPÍTULO XXVIII

SEXO, VERDADES E VIDEOTAPE

Acordei e me dirigi ao banheiro, pensando que já estava no Alemão há mais ou menos um mês. Sentei no vaso para aquela belíssima cagada da manhã.

Sentado, ouvi golpes na porta. Porra, aquilo já estava virando rotina, e me deixava cada vez mais puto. Amarrei uma toalha na cintura e fui ver quem era.

Abri a porta e, para minha surpresa, era o Gutembergue.

— Gavião, desculpa ter vindo te procurar aqui, mas minha situação lá no quartel tá insustentável.

Ele foi levantando a camisa e eu pensei: "Ih, caramba, o que será que esse cara tá querendo?" Mas o Gutembergue queria mesmo era me mostrar as marcas dos golpes que ele tinha levado por conta do *bullying*.

— Gutembergue, eu me sinto um bosta, mas tô com as mãos atadas — confessei. — Tentei falar com você várias vezes, mas não consegui.

— É que nem telefone eu atendo mais quando tô lá, Gavião. É muita sacanagem comigo, e por qualquer coisa.

— O coronel Alceu não quer deixar você vir pra cá de jeito nenhum. Sei que é o que você queria, mas vou procurar outras possibilidades. Você gostaria de voltar pro Haiti?

— Honestamente, não. Aquilo lá me deixou traumatizado, mas faço qualquer coisa pra sair de onde eu tô.

— Tudo bem. Me dá um tempo, eu prometo que vou resolver isso pra você. Gutembergue, posso te perguntar uma coisa?

— Claro.

— Como tá a Paula? Eu sei que vocês ainda se veem.

Não deu tempo de ele responder. O Snarf chegou, dizendo que já estavam me esperando na sala de reuniões para dar início às apresentações de vídeo. É que eu tinha trazido do Haiti uma prática que havia instituído lá. Na verdade, foi ideia do Valverde. Depois de alguns dias de filmagens durante nossas patrulhas, nos reuníamos para uma análise das imagens mais importantes.

Tive que dispensar o Gutembergue e disse que cuidaria do caso dele. No caminho, fui batendo um papo com o Snarf, que era um cara ponta firme demais. Ele me perguntou o que o Gutembergue estava fazendo ali e eu expliquei mais ou menos, mas mudei logo de assunto.

— Ô, Snarf, eu já percebi seu olho grande pra cima da Maria Helena. Vê lá o que vai me arrumar, hein?

— Que isso, tenente? A gente só tá se conhecendo. É bom ser amigo das pessoas com quem trabalhamos, não é?

— É, mas só se parar por aí. Isso pode dar merda e você sabe muito bem disso.

— Pode deixar, tenente.

— Por falar nisso, como é que a galera tá fazendo pra se aliviar? Porra, notei que cada vez mais gente tá pedindo dispensa nos fins de semana, mas acaba ficando por aqui mesmo. O que tá rolando?

— O que tá rolando, tenente? Putaria, ué! É uma fudelança só! Os caras enclausurados aqui e as meninas, que por anos ficaram sob o jugo dos marginais, só como vadias deles, agora estão se abrindo e liberando, literalmente.

— E não dá pra acabar com isso, não?

— Pô, tenente, muito difícil. E será que é mesmo prudente proibir isso? Não é melhor que o militar fique aqui, numa área sob nosso controle, do que sair por aí procurando putas ou sei lá o quê?

— É, mas isso pode dar merda algum dia. Onde é que rola a fudelança?

— Como a galera sabe que é proibido, é difícil ver as pessoas se arrochando em becos e vielas. Mas, à noite, no Parque Ary Barroso, rola de tudo.

— E como eles entram lá? Aquilo ali é cheio de grade!

— É, cheio de grade com buraco entre as barras de ferro.

Interrompemos a conversa porque chegamos à sala de reuniões para a apresentação dos vídeos. Todos se levantaram quando entrei. Fui me acomodar lá na frente, ao lado do VV. O Snarf foi se aboletar ao lado da Mahe. Porra, isso não ia acabar bem! Uma pena o PX ter que ir ao enterro do coronel Cavalcante. Ele era dos que mais desfrutavam dessas sessões de vídeo. O sargento Assis, então, deu início aos trabalhos.

— Tenente, antes da apresentação dos vídeos, há alguns aspectos burocráticos a tratar — ele falou.

— Fala.

— Bom, primeiro a referência elogiosa ao 3º sargento Eduardo Castanhedo da Costa, pelo seu desempenho como auxiliar da 1ª Seção da Força-Tarefa REI. O texto diz: "A oportunidade ímpar de participar de uma operação real, com repercussão internacional, possibilita a demonstração e o desenvolvimento de diversos atributos inerentes à carreira das armas etc. Possuindo características como disciplina e iniciativa, o sargento Eduardo Castanhedo agiu sempre em busca da conciliação dos interesses do comando com as necessidades da tropa, trazendo assessoramentos bastante oportunos, blá-blá-blá. Ao término da Operação Arcanjo I, e ao observar as demonstrações de profissionalismo e dedicação, agradeço o valoroso apoio prestado pelo sargento Eduardo Castanhedo a este Chefe de Seção. Incito-o a manter sua dedicação e responsabilidade durante toda a sua carreira, e desejo sucesso profissional e pessoal em sua vida. Deus o abençoe! *Cara de tigre*!"

Todos na sala responderam: *Rei*!

— Isto é pro major Gonçalves Neto assinar, por favor.

— Ok. O que mais?

— Tenho aqui uma autorização de licença paternidade de cinco dias pro soldado Torquato Olivério, da 1ª SUOPES, e também uma concessão de luto de oito dias ao cabo Daniel Jimenez, da 2ª SUOPES.

— Deixa eu assinar logo isso. Algo mais?

— Uma última coisa: duas partes por má conduta. O 1° sargento Marcelo Lima Sobrinho, da 3ª SUOPES-FT Sampaio, por não ter se apresentado ao término da dispensa no dia 25 de fevereiro. Ele deve ficar detido disciplinarmente por oito dias. O outro é o cabo Gumercindo Atanásio Vieira, da 2ª SUOPES-FT Sampaio, por ter se dirigido de forma desrespeitosa ao superior hierárquico.

— Espero que isso sirva de lição aos dois. Podemos passar, finalmente, aos vídeos?

— Pois não, tenente. Vamos mostrar ao senhor uma seleção do que consideramos os melhores trechos de duas semanas pra cá. Tem vários clipes de desacato à autoridade e desrespeito à tropa, mas o senhor já sabe que a maioria das pessoas ou foi paga pelo tráfico, ou está descontente com nossa presença aqui porque perdeu o poder que tinha ou o ganha-pão com as drogas. Preferimos deixar esses vídeos de fora, mas há um em especial que eu gostaria de mostrar.

O Assis, então, ligou a câmera que estava conectada a um computador que, por sua vez, estava ligado a uma tela grande, presa ao teto. A cena era aquela da noite em que o "Soberano" trouxe suas popozudas para um baile funk. Se você se lembra, uma mulher foi presa por desacato ao, entre outras coisas, abaixar as calças durante uma dura. Além da câmera do VV, dois militares que faziam parte da patrulha que conduziu a ação também filmaram aquele "momento histórico". A equipe do Assis fez uma montagem das cenas da mulher baixando as calças, ao som de um proibidão, com o final apoteótico daquela bunda gorda enorme quase na cara da lente. Um verdadeiro bundão! A gargalhada foi geral.

— Desculpa, tenente, mas essa não deu pra resistir. Foi só pra relaxar o ambiente — disse o sargento Assis.

Ainda com um sorriso na boca, eu falei que estava tudo bem e que era para ele continuar.

— Tenente, vou colocar pra tocar o mais novo proibidão, que tem a ver com a gente. Eles colocaram, também, um vídeo no YouTube, como de costume. É uma espécie de operação psicológica ao contrário. O tráfico tentando fazer a cabeça da população contra o Exército e a Polícia. Escuta só, eles fazem apologia ao crime e falam sobre a população odiar o exército. Além disso, ameaçam os policiais de morte e dizem que a favela pertence somente a eles.

Ver aquilo não só me embrulhou o estômago, mas também aumentou minha raiva e desprezo por aqueles traficantes de bosta.

— Mas e aí, tem tido muita confusão por causa dos proibidões?

— Já teve mais. Agora, são os próprios membros da comunidade que mandam o cara desligar o som quando coloca esse tipo de música. Pra nós, as ações de desmobilização de festas e eventos é o que continua a ser mais desgastante. O pessoal tá lá, na tremenda paquera, e chegamos nós pra estragar a festa, literalmente. O problema é que, na bucha, a gente não tem autonomia legal pra fechar um estabelecimento, mesmo que não tenha alvará de funcionamento. O que podemos fazer é dar ordem pra que o som seja desligado ou abaixado. Não cumprindo, damos voz de prisão por desobediência. Aí, depois, acaba prosseguindo com desacato e resistência.

— Mas isso é assim mesmo, Assis. Alguém tem que fazer esse trabalho e evitar que vire zona. É nas pequenas coisas que mostramos presença. Por falar em paquera, como vai a produção dos vídeos "Fique de Olho"?

— Tenente, passo a palavra pro cabo Sacramento, que tá encarregado dessa parte.

— Bom dia, tenente. Estamos na fase final da produção dos três primeiros. Como o senhor pediu, o primeiro mostra um soldado que tá de guarda sendo azarado por uma menina bonita, que tá atrás de uma árvore. Quando ele chega perto, toma uma paulada e, ao acordar, vê que a moça levou tudo dele, incluindo o fuzil. O segundo mostra um soldado indo ao banheiro e deixando seu armamento desguarnecido. Quando ele volta, já não tem mais nada. E o terceiro é sobre realizar as medidas de segurança na caixa de areia.

— Bom. Não esqueçam de usar uma música legal e de fazer uma seleção pra ver quem tem mais aptidão pra participar desses vídeos. Pra moça da árvore, sugiro a sargento Andréa da enfermaria.

Ouviu-se um "Êeeeeeeeeee" generalizado na sala. Deixei pra lá, mas, por dentro, estava rindo pra valer.

— Assis, você conhece os nossos cachorros, o Estopa e o Scooby?

— Sim, senhor.

— Faça um "Fique de Olho" com os dois, algo como um soldado de guarda que deixa o posto pra brincar com os cães, ok?

— Perfeito, tenente.

— Pode continuar, Assis.

— O próximo vídeo é de uma pequena passeata dos moradores da comunidade mostrando a insatisfação da população com os preços cobrados pela EMBRATEL, em relação à TV a cabo, e com a Light, por causa do preço alto da luz. É que isso aqui, antes, parecia um gatil, tenente.

— Gatil? Que porra é essa?

— Onde os cães ficam não é canil? Onde tem muito gato, é gatil.

Essa não deu para segurar e gargalhei com todos os demais.

— Por que isso, Assis?

— É que era gatonet, gatoluz, gatotudo! A população pagava uma merreca pra alguém fazer a ligação ilegal dos fios e utilizava todos esses serviços de graça. Agora, isso acabou, mas as empresas têm que se tocar que não dá pra cobrar aqui o mesmo que na Zona Sul, tenente.

— Vou pedir ao coronel Alceu pra tratar do assunto diretamente com as prestadoras de serviço. Que mais?

— Tenente, por favor, não deixe de citar o gás também. Isso do pessoal ficar indo e vindo carregando botijão de gás em moto é um perigo danado. Tem que ficar em cima disso, se não a milícia pode tentar se estabelecer aqui, como já faz em outras comunidades. Prosseguindo. Essa filmagem não tá muito boa porque foi feita bem de longe. Ela mostra, por meio de um fuzil com luneta, um dos atiradores da nossa tropa observando policiais civis em cima do morro. Presta bem atenção, agora! Olha lá, o cara tá armado, e olha o que o policial civil faz: coloca uma touca ninja e se retira do local com o civil. Aí, lá embaixo, não tem como ninguém dizer nada. É muito complicado, tenente.

— Porra, mas eu pensei que isso já tinha acabado.

— Diminuiu. Mas acabar, não acabou, não.

— E como está a relação com os azuis?

— Aquela coisa de sempre. Só que, agora, eles não têm mais o ganha-pão de antes, de suborno, esculacho e outros, então tudo é complicado com eles. Seria interessante que o grupamento de policiais militares, escalado pra ficar diariamente à disposição da FPac, escalasse também um comandante de fração. Um sargento ou cabo, para melhor distribuir os policiais entre o 190 e o policiamento, e ainda receber as instruções sobre as operações a realizar.

— Snarf, anota aí. Outra pro coronel Alceu. Reunião com a cúpula da Civil e da PM.

— Sim, senhor.

— Tenente, nesse próximo vídeo, o senhor pode confirmar que a força adversa presente na Área de Pacificação é constituída por integrantes da facção criminosa Comando Vermelho. A maior parte desses integrantes é formada por homens jovens, na faixa etária entre 15 a 35 anos. Mas olha só como eles usam menores de idade, geralmente sem ficha na polícia: como olheiros, mensageiros, fogueteiros e condutores de droga. Presta atenção nessa velhinha. Parece até minha avó, toda boazinha. No entanto, olha como guarda vários saquinhos dentro da calcinha e do sutiã. Conseguimos abordá-la na saída do morro e a mandamos para a 28ª DP. Continuamos a filmagem e aí tá um resumo das imagens do segundo dia. Dois olheiros, e veja como sobem e descem a escada pra buscar a droga.

— Mas essa filmagem tá uma merda!

— Tenente, precisamos de mais lunetas com tripé pra poder fazer mais observações como essa. Dá uma olhada nessa apreensão no Campo do Zé. Enquanto o cabo Joseílton fala pro meliante calar a boca, o Pedrinho, que estava lá na hora, deu um toque pra que filmássemos dois indivíduos lá no alto. Podemos ver que eles estão guardando pacotes atrás daquela pedra grande, mas, sem um tripé, olha aí como a imagem ficou toda tremida.

— Snarf, vai anotando aí. Ô, Assis, mas com dois bandidos na caçamba, como é que vocês deixaram o Pedrinho ficar dando uma de X9 na frente deles?

— Temos que levar um lero com ele, tenente. Nem deu tempo de nada. Quando vimos, ele já estava falando.

— Quantos pontos estão em observação com câmeras no momento?

— Cinco, ao todo.

— Cinco pontos não é pouco?

— É que não podemos estar em todos os lugares ao mesmo tempo. Só Deus. Por isso ele criou as mães.

O Assis, então, recebeu uma salva de palmas.

— Bem, depois da apresentação, quero falar com você a respeito disso.

— Tenente, por último, fizemos algumas gerais dos pontos que antes serviam de área de justiçamento do tráfico, micro-ondas, desova de corpos e outros atos ilícitos. Pelas imagens, o senhor pode ver que tudo, atualmente, tá tranquilo e que não há movimento nessas regiões...

— Peraí. Peraí. Volta. Volta essa imagem.

O Assis deu um *rewind* na máquina.

— Coloca em câmera lenta, Assis.

Quando a câmera, que estava fazendo uma panorâmica, passou em frente a uma rocha, pude notar o que parecia um pé, como que saindo da pedra.

— Olha aí, olha aí! — gritei. — Isso é o pé de alguém e parece que a pessoa tá viva. Assis, quando essa filmagem foi feita?

— Ontem à tarde, tenente.

— Todo mundo, menos os Thundercats, tá dispensado. Assis, fica com a gente também, pra mostrar exatamente onde fica esse lugar. Temos que ir lá investigar.

CAPÍTULO XXIX

FORMIGAS E UM CABO... DE VASSOURA

EM QUALQUER OPERAÇÃO DA FPAC, TUDO COMEÇA COM UMA REUNIÃO diária com o chefe da 3ª Seção, que é o responsável pelo planejamento. É nela que se determina o alvo. Essa reunião tem a participação do comandante da Companhia, normalmente um capitão. Como eu sou tenente antigo e comandante de uma subcompanhia, acabo participando também.

Para as situações que vi nos vídeos apresentados pelo sargento Assis, a operação ideal é a chamada Formigueiro. A área prioritária, ou seja, a ladeira no final da rua Maragogi, por ser um ponto de vendas tradicional de drogas, pois os malandros não querem largar o osso, tinha sido patrulhada e era monitorada. Já o local para servir de "formigueiro" em todas essas operações era quase sempre um de nossos pontos fortes: a ex-casa do traficante Mica (Casa Verde), no Caracol; o ex-refúgio do traficante Fabiano Atanázio (Casa Amarela), na Vila Cruzeiro; a quadra da Merendiba; e a própria Serra da Misericórdia.

Esses pontos fortes não foram escolhidos apenas porque ficam no alto e são ideais para a observação. Também eram locais simbólicos para a comunidade, por terem sido zonas de domínio total do tráfico em um passado recente. Neles ficavam os equipamentos de guerra eletrônica, sendo a central a ex-casa do Mica. Dali monitoramos, por meio do pessoal especializado de Brasília, conversas entre bandidos que usam *talk about*, por exemplo. Em cada um desses pontos ficava um grupo de combate e sempre passava uma ronda por lá à noite.

Há, ainda, alguns pontos de visibilidade, mas que não eram tão estratégicos para nós, como a quadra da Chatuba — onde tradicionalmente eram organizados bailes funk e onde Macarrão, que não tinha uma das pernas, acabou abandonando sua prótese durante a fuga de uma invasão, em novembro de 2010 — e outros locais de grande fluxo de pessoal, como a Praça São Lucas e os Becos 12 e 29.

Voltando às operações: após a escolha do local, decidimos o efetivo a ser empregado. No mínimo, um pelotão, ou seja, 37 homens, e não menos do que isso, para não perder o princípio da massa; no máximo, uma subunidade com três pelotões, para não perder a surpresa da ação.

A execução consiste em infiltrações aos poucos, se valendo de deslocamentos das viaturas e reunião das "formigas", que são os militares no local considerado o "formigueiro" da vez. A entrada de pessoal é feita em diversas levas durante o dia, a fim de não levantar suspeitas. Com os militares dentro dos locais que, como expliquei, ficam no alto dos morros, é só dar o sinal e o pessoal desce patrulhando de cima para baixo as vielas e becos. Nas principais vias de acesso, montam-se pontos de bloqueio e revistas para pegar alguém que tente fugir do local.

Visualize aí: quase quarenta homens, distribuídos em diversas vielas, descendo o morro rapidamente pelos becos, surpreendendo quem está pelo caminho vendendo drogas ou fazendo a segurança das bocas. Para mim, sempre é uma farra ouvir os vagabundos reclamando pelo *talk about*: "Esses cu verde tão cheio de graça, ficam brotando em cima da boca, tão me atrapalhando, vamos aplicar de meiota em cima deles!"

Estou explicando tudo isso porque, enquanto caminhávamos até a rocha que encobria o corpo visto em um dos vídeos, fui conversando sobre a necessidade de coordenar uma Operação Formigueiro na ladeira que ficava no final da rua Maragogi. Essa ladeira é aquela mostrada em uma das filmagens apresentadas pelo sargento Assis. Aliás, ele foi nos indicando a melhor rota para chegar ao lugar do possível crime. Eu tinha uma boa noção de onde era aquele descampado. Também já tinha olhado para a área de binóculo ou luneta diversas vezes da Casa Amarela, mas preferi não arriscar.

— Assis, amanhã você faz sua filmagem normalmente lá na ladeira. Quando o movimento começar, vou chegar com minha patrulha pra acabar com a festa desses putos, entende?

— Perfeito, tenente. A coisa ali parece tranquila, porque eles usam só dois olheiros e, se a gente fizer uma ação de cima pra baixo, com certeza vamos pegar eles de surpresa.

Depois, eu tinha que passar tudo para o PX, que sempre era meu braço direito nessas situações. Chegamos ao local. Era exatamente onde pensei. Lembrei das jovens avançando sobre os vapores para pagar um boquete. Vi a árvore onde subi para acompanhar tudo naquele dia da tentativa frustrada de resgate do Helinho, mas não senti nenhuma saudade.

— Tenente, olha ali. Não é aquele amigo do Pedrinho? — perguntou o Snarf.

— É ele mesmo. O que esse moleque tá fazendo aqui? Olha lá, tá perto da rocha. Ô Monkelo, e aí, tudo tranquilo? Chega aí.

— Vê se me erra, tio!

Porra, o garoto estava me dizendo para parar de encher o saco.

Fingi que não entendi.

— Não me chama de tio, porra! O que você tá fazendo aqui?

— Dando um rolé, na paz, astral geral.

— Tá fumado, moleque?

— Tô não. Olha só meu olho, branquinho, branquinho.

— Sei... Ninguém vem pra cá sozinho. Cadê o Pedrinho?

— Sei não, tio, quer dizer, tenente. Acho que tá lá na mãe dele.

Chamei o Snarf e disse baixinho:

— Não deixa esse garoto cair fora. Tá muito estranho isso.

— Pode deixar, tenente.

— Monkelo, chega aí que eu quero levar um lero contigo — disse o Snarf.

Deixei o Snarf com o menino e fui me dirigindo à rocha. Era uma pedra grande, meio amarelada, mais horizontal do que vertical. Quando olhei para o ponto identificado no vídeo, confirmei minhas suspeitas. Era mesmo o pé de uma pessoa, mas naquele momento estava estático. Meu sangue gelou. Avancei com meus companheiros para a rocha e, quando demos a volta, uma cena absolutamente brutal nos chocou. Era o corpo de uma menina, de costas, com a saia levantada e um cabo de vassoura partido ao meio enfiado no ânus. As pernas e braços estavam todos cheios de hematomas, como se tivessem sido queimados com cigarros e sofrido vários golpes.

Escutamos um gemido baixo. Senti uma espécie de alívio. A menina ainda estava viva e talvez pudesse ser salva. Aproximei-me dela com cuidado e lentamente retirei o cabo de vassoura. Ela urrou e depois acho que desmaiou de dor. Virei seu rosto lentamente e o corpo ao mesmo tempo. Foi aí que tive um choque maior ainda. Os seios estavam de fora, com o sutiã arrebentado. Escorria sangue da vagina. Seu rosto estava todo cortado e alguns tufos de cabelo foram arrancados da cabeça. A menina era a Vasquinha.

A sargento Maria Helena não se conteve e começou a chorar. Caco virou o rosto. VV começou a tossir, como se fosse vomitar. Tive que manter a calma. Chamei o sargento Assis, que estava à distância, para me ajudar. Nenhum treinamento de primeiros socorros havia me preparado para aquilo, porém resolvi tratar a situação como se fosse um acidente de moto, em que é necessário extremo cuidado ao mover o acidentado, devido a possíveis danos no crânio e em outras partes do corpo.

Com o auxílio do Assis, transportamos a Vasquinha até o marruá e a acomodamos da melhor maneira possível. Ela parecia ainda estar desmaiada. Não dava para acreditar naquela barbaridade. A menina era um doce, querida por todo mundo. Quem poderia ter feito uma sujeira daquelas com ela?

Queria dar uma dura no Monkelo, mas teria que deixar aquilo para depois. Perguntei se ele sabia onde a Vasquinha morava e ele respondeu que sim. Pedi que fosse voando para lá, acompanhado pelo Snarf, para avisar à mãe dela e pedir que fosse à clínica que servia o Complexo da Penha. Chamei o Snarf e pedi para ele levantar a ficha do moleque. Eu só sabia o primeiro nome dele, Marcelo, mas o Snarf era bom de arrancar informações dos outros sem que percebessem. Era um mestre em operações psicológicas. Ele me disse que cuidaria daquilo.

Depois, disse ao Caco para dirigir com o máximo de cuidado, para que o balanço do veículo fosse o mínimo possível, mas ali não tinha jeito. Mesmo que ele fosse a dez por hora, o marruá ainda sacudia bastante. Fui fazendo carinho no rosto da Vasquinha que, lentamente, abriu os olhos. Ao me ver, tentou sorrir. Falei que tudo ia dar certo, que ela agora estava a salvo. Ela procurou minha mão e apertou bem forte. Senti um aperto no coração. Ela murmurou:

— Eram cinco. Eles me maltrataram muito. Abusaram de mim.

Senti um misto de ódio e pena. Imediatamente, me lembrei de uma namorada da juventude. Foi uma das mulheres mais lindas com quem já tive um relacionamento. O nome dela era Mariana e ela era de Brasília. Uma gata. Morena de cabelos e olhos cor de jabuticaba. Um corpo escultural, moldado pelos anos de caratê que ela praticava desde pequena. Nossos beijos eram, como diz a música da Blitz, "uma bomba atômica". Nossas sarradas, fantásticas. Mão pra lá, mão pra cá. Rolava tudo, mas, na hora da cama, era uma droga. Eu tinha que ser hiperdelicado, e nem assim adiantava. Ela se virava para o lado, se queixava. Eu sempre perguntava o que acontecia, o porquê daquilo, e ela sempre se esquivava.

Um dia, ameacei terminar com ela. Foi aí que Mariana resolveu se abrir comigo. Contou que tinha sido estuprada aos 15 anos por três safados. Eles a jogaram dentro de uma Kombi, a levaram para um lugar ermo da capital federal e passaram duas horas fazendo misérias com ela na parte traseira do veículo, que tinha apenas duas filas de assentos. Aquilo a traumatizou para o resto da vida. Eu finalmente consegui chegar às vias de fato com ela, porém nunca foi algo muito agradável ou prazeroso, nem para ela, nem para mim.

Quando estávamos chegando à clínica, o Snarf me bateu um rádio.

— Tenente, já estou com a mãe da Vasquinha. Ela não tem como chegar aí embaixo. É uma senhora, com problema de gota, e o marruá não consegue vir até aqui porque o beco onde ela mora é muito estreito.

— Me dá o endereço daí que eu mando um mototáxi pra pegar ela. Você desce com o Monkelo e encontra comigo na clínica.

— Entendido.

Mototáxi é uma inovação das favelas cariocas. Um fenômeno que se expandiu pelo Brasil. Foi a forma como os moradores das comunidades encontraram para adaptar o sistema do táxi à dificuldade de circulação entre becos e vielas estreitos. Ali na Penha, até aquilo era controlado pelos traficantes. Eles cobravam uma taxa ou franquia dos motoqueiros. Alguns dos mototaxistas faziam entregas de drogas ou levavam os clientes que chegavam ao morro para comprar entorpecentes.

Escolhi o primeiro que vi no ponto deles, em frente ao Supermercado Intercontinental da Praça São Lucas. Passei o endereço da casa da mãe da Vasquinha e paguei os cinco reais que ele me cobrou. Voltei ao marruá e entramos na clínica. Expliquei a uma enfermeira o ocorrido e ela imediatamente chamou um médico, que apareceu logo. Eles pediram para não entrarmos na emergência e fomos para a sala de espera.

Passaram-se alguns minutos e a mãe da Vasquinha chegou. Ela estava claramente alterada e suava muito. O Caco pediu a um enfermeiro que desse algo para a mulher. O cara veio com um copo d'água e um calmante. De quebra, dei a ela um de meus anti-inflamatórios, para ver se a senhora relaxava um pouco enquanto a filha era atendida. Dispensei o Caco, a Mahe e o VV, mas eles esperaram até o Snarf chegar com o Monkelo. O Snarf era foda. Já tinha conseguido a ficha do moleque e me passou algumas folhas. Os demais foram embora.

— Isso aí é só uma parte, tenente.

Passei os olhos em uma das ocorrências, na qual se lia:

"1. Em 02/04/00 Jun10, foi montada uma pequena operação na rua 12, casa número 35 (21°70'56.90"S; 23°17'2.88"O) para a captura de traficantes de drogas. Uma patrulha se deslocou pela rua 12 e outra ficou escondida na laje da casa 35 (foto 2). No início da operação, a patrulha que estava na rua 12 começou o deslocamento. Quando alguns suspeitos correram o menor, MARCELO OLIVA SOARES, Idt.: 23963713-4 SSP/DETRAN, filho de pai não declarado e de Maristela Hernandes Soares, nascido em 08 Jun 97 — Rio de Janeiro/RJ, correu em direção à casa número 35 onde estava a segunda patrulha. MARCELO foi apreendido em posse de: 11 (onze) trouxas de maconha e 134 (cento e trinta e quatro) papelotes de cocaína. No momento em que o menor foi pego com a droga, foram lançadas pedras contra a patrulha, não havendo como precisar por quem.

2. A dinâmica do fato para a autuação do menor ocorreu da seguinte forma: o menor foi conduzido para a 22° DP, às 5h40. Lá, o inspetor ligou para o delegado, o qual disse que o processo deveria ser encaminhado para 38° DP. Na 38° DP, foi elaborada toda a documentação e, enquanto o menor permaneceu na delegacia para averiguação, a patrulha foi até o Instituto Carlos Éboli, para a perícia do material, sendo constatado que realmente se tratava de entorpecentes. A patrulha retornou à 38° DP, onde o menor foi autuado em flagrante. Após esse fato, o menor foi conduzido para o IML, para fazer o exame de corpo de delito, e em seguida para o DPCA, onde o menor foi apreendido. O processo de autuação do menor encerrou-se às 15h30."

O que o relato não mostrava é que, menos de 24 horas depois, o garoto havia sido solto. Esses delinquentes aprendem desde pequenos que, devido ao ECA (Estatuto da Criança e do Adolescente), são praticamente intocáveis. Todas as vezes que menores são presos, enfrentamos um desgaste absurdo. As delegacias de Polícia Civil não os recebem e temos de levá-los para a DPCA, que fica próxima à Central do Brasil.

Esse procedimento nunca leva menos de seis horas. Se você considerar que o pessoal trabalha seis horas no turno, caso a prisão ocorra faltando mais ou menos duas horas para ele acabar, o cara se fode todo. Tem que sair da Penha e ir lá para a Central do Brasil. Com a morosidade dos procedimentos dos "companheiros" da Civil, quase dobra o turno. E essas horas, depois, não são compensadas com tempo livre. Teve gente que já perdeu simplesmente 12 horas nessa guerra e, no final, os menores normalmente são liberados por falta de provas etc.

Acaba que todo mundo quer fugir de qualquer procedimento em que tenha que interagir com a polícia do Rio, qualquer uma delas. E olha que estamos trabalhando institucionalmente, cumprindo uma missão relevante e com aval dos governos estadual e federal.

Resumindo, é muito difícil conseguir reprimir menores infratores. De jeito nenhum quero justificar, mas isso explica, em boa parte a chacina da Candelária, os grupos de extermínio de meninos de ruas e outras barbaridades. Ah, e mesmo os que porventura são presos, ao completarem 18 anos, são liberados e a ficha é zerada!

É por essas e outras que menores que antes trabalhavam em cargos secundários na hierarquia do tráfico de drogas, como olheiros, fogueteiros e aviões, agora descem os morros para vender drogas no asfalto, sendo mais facilmente detectados e detidos pelos policiais. Enquanto isso, os traficantes deitam e rolam, sempre ficam livres, não são perturbados. Eles aprenderam que o macete é colocar menores comandando diversas ações nas comunidades, incluindo as do chamado justiçamento[5]. E aquele bem que podia ser o caso do Monkelo.

— Snarf, libera esse moleque, mas coloca uma sombra atrás dele 24 horas por dia — mandei. — Achei muito estranho essa coisa dele estar no local do crime dando bobeira. Vai ver até que participou da curra. Ele pode ser o caminho pra

5 Justiçamento é uma prática entre guerrilheiros e outros fora da lei na qual executam desafetos, traidores ou pessoas que podem trazer prejuízo às atividades.

gente encontrar as lideranças que estão comandando esses ilícitos aqui.

— Deixa comigo, tenente.

Enquanto isso, o PX chegou. Disse que o enterro do coronel Cavalcante tinha sido obviamente muito triste, e que os presentes estavam horrorizados com essa coisa de militar não poder mais andar fardado pelas ruas do Rio. Detalhei todo o ocorrido a ele e falei sobre a possibilidade de uma Operação Formigueiro no dia seguinte. Ele se animou. O cara adorava aquelas coisas.

Já havia passado um bom tempo e, finalmente, a enfermeira veio dizer que poderíamos entrar. A mãe da Vasquinha estava já no terceiro sono e até roncava. Resolvi deixá-la descansar e aproveitar para tentar conversar com a jovem a sós. Pedi ao PX para ficar com a velha, caso ela acordasse. A Vasquinha estava claramente sedada, porém desperta.

— Como você tá, querida, se sente um pouquinho melhor?

— Muito, muito mal, tenente.

— Com o tempo as coisas melhoram, Vasquinha. Você quer falar sobre o que aconteceu ou prefere deixar pra depois?

— Tô meio grogue, mas quero falar, sim, pra ver se vocês pegam esses caras.

— Ok, mas quando quiser parar, nem precisa dizer nada, tá?

— Tá bom, mas não vou dar detalhes. Sinto muita vergonha.

— Mas você conseguiu identificar pelo menos algum deles?

— Tenente, eles não se preocuparam nem um pouco em esconder a cara. Me levaram lá pra cima e começaram a curra e outras maldades. Consegui identificar o Strogonoff e outro cara que já tinha visto aqui na comunidade, mas era só de entrada e saída.

— Quem?

— Não sei o nome dele, mas ele fala engraçado. Eu vi ele negociando uma vez, com o Marcos e o Rogerinho, uma troca de pó por armas.

— Fala engraçado como?

— Não sei. Uma coisa que parece português, mas não é.

— Quer dizer que ele é estrangeiro, é isso? Alguém que nasceu fora do Brasil?

— É, acho que é.

Nisso, o PX chegou e me chamou na porta.

— O pessoal da Civil tá aí pra pegar o depoimento e fazer exame de corpo de delito na Vasquinha.

Mesmo o PX tendo falado baixo, ela escutou.

— Tenente, eu não vou falar nada com polícia nenhum, nem vou fazer exame.

Aproximei-me novamente dela e falei, com o máximo de ternura que pude naquele momento:

— Vasquinha, isso é muito importante. Só assim, quando a gente pegar esses safados, vamos poder prender eles de verdade.

— Tenente, eles vão me matar quando souberem que abri a boca.

— Eu garanto a sua proteção.

— Ah é? E quando você não tiver mais aqui, e aí?

— Vou te tirar desse lugar. Vou colocar você num programa de proteção. Por favor, Vasquinha, é uma ótima oportunidade de você transformar uma coisa horrorosa em algo bom.

Chamei o PX em um canto e cochichei:

— Tu ainda tá comendo a Heloísa?

— Porra, quer falar de sacanagem agora?

— Não, seu arrombado. Vê com a Heloísa se a Vasquinha e a mãe podem ficar lá no apê dela do Leblon depois que saírem do hospital. Vai ser só por uns dias.

— Posso perguntar, mas não sei se ela vai topar.

— Aproveita e diz pra ela dar um alô na Paula. Elas são melhores amigas, e um toque dela pode ser decisivo pra eu conseguir reatar minha relação.

— Teu filme tá mais queimado com a Helô do que cabeça de palito de fósforo usado, mas vou tentar.

— Pede pro pessoal da Civil me dar só mais uns minutinhos a sós com a Vasquinha. Depois, eles podem entrar.

O PX já ia saindo, mas o chamei de volta.

— Você tá com o baralho de cartas marcadas aí no seu celular?

— Tô.

— Me empresta aí, então.

O Baralho do Crime é um projeto meu, mais ou menos uma cópia do que os americanos fazem. Eles distribuem em áreas estratégicas e postam on-line um baralho no qual cada uma das 52 cartas é estampada com a fotografia de um foragido, o seu nome, os crimes cometidos e o telefone do Disque-Denúncia. O ás é a carta principal e, no baralho americano, tem a cara do Osama Bin Laden estampada. Ela é seguida pelo rei, dama, valete e assim sucessivamente até o dois. O naipe não importa. Eu estava trabalhando nisso como um projeto paralelo com o PX, que já tinha várias imagens salvas para serem estampadas nas cartas.

— Vasquinha, o Strogonoff e o Galo eram os braços direitos do Rogerinho e do Marcos, certo?

— Isso. Desde a invasão que eles tão querendo dominar aqui.

— Tem ainda o estrangeiro e outros dois. Você me disse no marruá que eram cinco.

— Nunca vi mais gordos. Eles quase não fizeram nada. Ficaram mais de tocaia, para ver se vinha alguém.

— Ok. Vou mostrar umas fotos aqui no telefone pra você. Vê se conhece alguém como um dos que te atacaram.

Comecei a passar o dedo sobre a tela e as fotos apareciam e desapareciam uma a uma. Vasquinha parou na foto de um sujeito com o rosto marcado pelo que devem ter sido espinhas de sua adolescência. Era uma cara bolachuda e eu sabia exatamente quem ele era, mas queria que ela confirmasse.

— Esse aqui é o gringo.

— Gringo?

— É, o cara que falava estranho.

— Uma última coisa, Vasquinha. Aí eu te deixo em paz. Você tem ideia de como esses bandidos conseguem entrar na comunidade? A cara deles é conhecida e temos patrulhas em praticamente todas as entradas.

— Ah, tenente, cê tá brincando, né? Eles podem ter entrado de vários jeitos. Já viu o tamanho disso aqui? Se tivesse um portão de entrada...

Ela sorriu, com jeitinho de deboche. Eu sorri de volta. É claro que existem as vias principais, mas elas são perfeitamente dribláveis. Sim, há patrulhamento, inclusive na Serra da Misericórdia, mas a presença nunca consegue ser cem por cento certeira em nenhum lugar. Isso é humanamente impossível.

— É, eu tô sabendo, mas pensei que você tivesse mais alguma informação pra mim.

O pessoal da inteligência havia me passado relatórios mostrando que aqueles bandidos usavam vários subterfúgios para entrar na comunidade e se aproveitavam de um bom planejamento para fazer isso, além de muita atividade de vigilância e um sistema de comunicações bem eficiente, à base de Nextel, celular e *talk about*. Tudo isso com o uso de linguagem cifrada. Com certeza havia um planejamento antecipado do itinerário e a colocação de olheiros ao longo deste, para observar a presença e a atitude da FPac. Documentos falsos ou roubados de pessoas parecidas também eram uma possibilidade. E era certo que havia policiais corruptos participando desse esquema, mediante pagamento.

— Pensando bem, tenente, não sei se você sabe, mas nos dias de grandes eventos aqui, como o show do Belo, cultos, bailes funk e outros, sempre tem muita gente na rua e é uma boa oportunidade pra entrar, porque vocês ficam concentrados na segurança desses eventos. Eu acho que esses caras entraram uns dias atrás, durante o Carnaval, talvez até com fantasia de mulher, e vocês nem notaram.

— Muito obrigado, Vasquinha. Você ajudou bastante. Faça o que combinamos com os policiais. Tudo vai dar certo.

Saí do quarto, dei um alô para os policiais da Civil — que entraram logo em seguida — e fui conversar com o PX.

— Cara, ela identificou um dos estupradores como o Pablito Escobar. Acho que temos que organizar alguma ação com foco nos estrangeiros.

— Porra, como se a gente não tivesse marginal suficiente no Brasil! Ainda temos que importar? Puta que o pariu!

CAPÍTULO XXX

CONTOS DA CORNUÁLIA

TERMINEI O CAPÍTULO ANTERIOR DAQUELE JEITO PORQUE GOSTEI DA FRASE do PX. Isso é mesmo um absurdo. Dá muita raiva essa coisa do Brasil ser reconhecido — até nos filmes de Hollywood — como um paraíso para salafrários do mundo todo, como se não bastassem os nossos! Porém, faltou contar um detalhe importante, que aconteceu pouco depois. Chegando ao meu quarto, mandei um e-mail para a Dá com o seguinte título na área do assunto: "URGENTE! POR FAVOR, RESPONDA." Estava transtornado com a história do estupro da Vasquinha e queria ver se ela tinha alguma coisa a ver com aquilo.

Pela manhã, acordei com o barulho forte das águas de março golpeando o teto da base e fazendo um ruído impressionante. Já sabia que o dia seria intenso, cheio de queixas de pessoas que tiveram as casas inundadas, perderam seus pertences e outras tragédias típicas das tormentas do final do verão carioca nas favelas do Rio. Mais um dos exemplos claros do desleixo dos governos municipal, estadual e federal com a população carente.

Verifiquei meu e-mail e lá estava a resposta da Deborah Ann: "Definitivamente, você ainda tem muito o que aprender. Se soubesse um pouco que fosse da minha história, teria certeza que eu NUNCA apoiaria uma ação assim. Como eu já disse antes, vai conversar com o Carteiro Maneiro, se quiser manter algum tipo de contato comigo." Caramba, aquela mulher era dura mesmo, mas confesso que fiquei feliz em saber que ela não teve nada a ver com aquela barbárie. Imediatamente, encaminhei o e-mail dela para o BS, mudando coisas no texto, uma vez que ele precisava mesmo de outras informações, como o endereço de IP, para tentar descobrir onde ela estava.

Talvez naquele dia desse para me encontrar com o tal carteiro, já que, com a chuva torrencial, seria impossível realizar a Operação Formigueiro na ladeira Maragogi, o local dominado pelo tráfico que aparecia no vídeo. Bati um rádio para o sargento Assis e depois falei com o PX para adiar a ação para o dia seguinte. Fui tomar uma chuveirada e mais aliviado, vesti o uniforme e fui para minha sala esperar a chuva passar, ou diminuir um pouco, para ir procurar o Carteiro Maneiro, como queria a Dá.

Procurei o Scooby e o Estopa, que não estavam na área. Devia ser por causa da chuva. Cheguei, entrei na minha sala e me sentei para ler as notícias. Uma, em especial, me chamou a atenção. Ela dizia que o Príncipe Harry queria conhecer uma favela quando visitasse o Brasil, em março do ano seguinte. Vai entender. Era por essas e outras que concordo com o Joãosinho Trinta que, certa vez, disse: "O povo gosta de luxo. Quem gosta de miséria é intelectual."

Por que cargas d'água um príncipe inglês iria querer passear entre a pobreza de uma favela? Coisa de babaca, assim como o pai dele, que acabou comendo a Piná. Tá bem. É uma teoria minha. Ok. Vou ficar com aquele samba que diz: "Piná, iêê,

Piná, a Cinderela Negra que ao príncipe encantou, no Carnaval, com seu esplendor." Mas que ele comeu, ah, comeu! De toda forma, eu sabia que aquele negócio de príncipe visitar favela acabaria ali na Penha/Alemão, já que estavam preparando até a inauguração de um teleférico. O governo do Rio não perderia a oportunidade de colocar o filho da princesa Diana andando de bondinho na favela, não é?

Passei para a seção de esportes e estava lendo a reportagem sobre a FIFA ter escolhido apoiar o Corinthians na construção de um novo estádio para a Copa, ao invés de remodelar o Morumbi, do São Paulo. Nesse momento, dois tenentes, mais modernos que eu, vieram me procurar.

— Gavião, eu acho que vai dar merda aquele negócio do Gaúcho! Os outros sargentos sacaneiam ele direto lá no alojamento e no banheiro. Estão dizendo que ele é tão legal que compartilha a cuia de chimarrão e a mulher com o Maciel. Vai que o sujeito daqui a pouco alopra, pega uma arma e vai fazer uma cagada com quem tá gozando ele ou com o Um olho no peixe e outro no gato?

Para você entender o contexto do comentário do tenente Jimenez, aí vai: o segundo tenente Maciel comandava um pelotão e tinha como sargento-adjunto (mais antigo) o Gaúcho. O Maciel era todo certinho, metido a cagar regra e enquadrar todo mundo. Meio zarolho, tinha um olho para cada lado e logo foi apelidado de "Um olho no peixe e outro no gato". Ele nunca se casou e morava em uma espécie de república de tenentes solteiros. Não andava com ninguém socialmente e parecia que não comia ninguém também, mas não tinha jeito de puxador de trenó. Acho que o cara só era introspectivo.

Pois bem, o sargento Gaúcho era casado com uma mulher do Sul, mais especificamente de Santa Catarina. Lourinha, simpática, formada em Letras e professora de inglês. O sargentão, estereótipo do gaúcho, vivia com cuia de chimarrão em uma mão e a garrafa térmica na outra; oferecia mate a todos que chegavam perto: "Vai um aí, tchê?" Falante, simpático, sempre tentava fazer amizade com todos, ou seja, o contrário do Maciel, que, ao que tudo indicava, com olho bobo e tudo, estava comendo a lourinha, mulher do *macho man de los pampas*.

Eu fiquei muito preocupado com o comentário do Jimenez. Resolvi tirar aquela história a limpo e mandei chamar o zarolho. Mantive os dois tenentes como testemunhas na sala e, procurando manter o tato ao abordar o assunto, falei, quando o pica de mel chegou:

— Pica-Fumo[6], tô preocupado com sua segurança. Sabe, os outros sargentos estão sacaneando direto o Gaúcho e tá rolando um boato fortíssimo de que você tem alguma coisa com a mulher dele. O que tem a dizer sobre isso?

— Que isso Gavião, imagina! Ele é meu sargento mais antigo. Isso é deslealdade e falta de ética. Eu nunca faria uma coisa dessas!

Respirei, aliviado.

— Você tem certeza do que tá dizendo, né? Posso acreditar?

— Claro, Gavião, palavra de homem!

— Então ainda bem que não passa de uma fofoca mal-intencionada. Você é um oficial recém-saído da AMAN e sua palavra tem fé de ofício. Nós acreditamos em você. Muito obrigado pelo esclarecimento e conto com sua compreensão.

O Maciel saiu da sala.

— Gavião, esse cara tá mentindo, você não viu a cara dele?

— Porra, viu o quê? Como é que eu vou encarar um sujeito que tem um olho pra cada lado? Não dá!

6 Termo usado na caserna para definir o militar com pouco tempo de serviço, novato. Vem da época da Guerra do Paraguai, quando os tenentes modernos preparavam o fumo dos oficiais mais antigos.

Todos riram.

— Mas, Gavião, ele tá comendo, sim. Agora vai ficar foda dar o bote no filho da puta, porque ele já está avisado, mas ele come aquela professorinha, sim.

— Vamos dar crédito ao garoto. Ninguém é culpado até que se prove o contrário. Faz o seguinte: chama o Gaúcho agora, eu vou falar direto com ele, mas quero que fiquem aqui pra servir de testemunhas também.

— Porra, vai fazer isso? Chamar o cara pra tratar desse assunto?

— Tenho muitos homens sob meu comando aqui. Não posso me omitir. Fiquei sabendo dessa porra. Além disso, vai que esse cara alopra com a galera que tá sacaneando ele e resolve dar uma de gaúcho macho? Já pensou na merda? Um sargento dando tiro de sete-meia-dois pela base? Já ouvi várias histórias tristes sobre isso em muitos quartéis. Chifre nunca combina com arma, dá merda!

Algum tempo depois, chegou o suposto corno.

— Pois não, tenente, o senhor mandou me chamar? Aceita? — ele entrou, com a típica cuia em uma mão e a garrafa térmica na outra, oferecendo o mate.

— Não, Gaúcho, muito obrigado, deixa pra próxima! Senta aí que eu quero falar com você.

— Não precisa, não, tenente. Aconteceu alguma coisa?

— Sim, tchê, e prefiro tratar o assunto direto com você, pra evitar fofocas e ruídos. A ideia é esclarecer para prevenir outros desdobramentos.

O cara já estava suando frio.

— Pois não, tenente, pode dizer.

— Bem, Gaúcho, é um assunto muito delicado e eu nem gostaria de tratar isso, mas o problema é que já tô sabendo das brincadeiras de muito mau gosto que andam fazendo com você em relação à sua esposa e que envolvem o tenente Maciel.

Já chamei ele pessoalmente pra perguntar se tá acontecendo algo e ele garantiu que não. Não creio que ele fosse mentir na frente de três oficiais mais antigos. Tô te chamando pra te tranquilizar e pra que informe à cadeia de comando caso esse comportamento se repita.

— Ah, tenente, sabe o que é? O pessoal é muito invejoso, somos um casal próspero, estamos sempre juntos nos churrascos. Minha esposa é diferenciada. É bonita, inteligente, trabalha e ganha mais do que eu. Assim, temos mais grana do que os outros sargentos. O que eles fazem é ficar inventando histórias por aí. Não esquenta, não.

— Que alívio ouvir essa resposta, Gaúcho. Poxa, que bom! Então tá tudo resolvido. Tá dispensado.

Notei que ele falou aquilo, mas ficou bolado. Pedi ao tenente Jimenez que o seguisse de longe, para ver se ele faria alguma loucura, e que me mantivesse a par de tudo. A chuva iria ajudá-lo a não ser notado. Eu tivera que tomar uma atitude drástica com um cabo que ficou completamente transtornado por causa de um chifre. Mandei o cara para fora da missão, permanecendo baixado no hospital para que não fizesse besteira. Imagina o camarada armado, querendo descontar nos outros? Tinha tudo para dar merda.

Outro caso de chifre aconteceu pouco antes de eu entrar na FPac, ainda na Arcanjo I. Fiquei sabendo por meio de um dos relatórios que me passaram. Havia dois sargentos que eram superamigos. Estavam sempre reunidos com suas famílias, fazendo churrasco juntos. Trabalhavam na mesma seção e um cobria o outro. Abdalah era carioca, PQD e adorava pagode com um bom churrasquinho. O outro era mineiro, de São João del Rey, mais tranquilo, mas ia na onda do Abdalah. O nome dele era Wesley. Quem desconfiou do chifre foi a esposa do PQD. Em um belo dia de arejamento, ela foi direto à casa do

Wesley e ficou gritando, chamando a esposa dele. A mulher apareceu na janela enrolada em uma toalha e disse:

— Volta depois, que tô sem roupa e vou entrar no banho agora!

— Tu tá é trepando com meu marido aí! Pensa que eu não sei? Abre a porra dessa porta que eu vou entrar.

A outra ficou enrolando para ganhar tempo enquanto o Abdalah fugia por trás, pulando o muro. Ele havia estacionado o carro na rua de trás. Aí a corna resolveu "invadir". Quando entrou, viu duas camisinhas usadas e a cueca do Batman que o PQD tinha deixado para trás, na pressa. Foi a maior merda! Tiveram de mandar o Wesley, vulgo corno, para o Destacamento Logístico, cuja base ficava lá no quartel do NPOR. A esposa dele foi embora para Minas Gerais. O Abdalah ficou na FPac, mas regressou ao quartel dele quando a Arcanjo I terminou. Dizem que a esposa se manteve firme, mas tornou a vida do Don Juan impossível. Comentavam, depois, que o Abdalah parecia até burro de roça quando saía às ruas. Era como se estivesse de antolhos, sem poder olhar para os lados.

Estava pensando em como uma traição pode destruir a vida de uma pessoa quando o Snarf entrou esbaforido na minha sala.

— Tenente, o coronel Alceu tá chamando você lá na sala dele. Parece estar puto pra cacete.

— Mas, porra, ele não disse o que era?

— Não. Só disse pra você ir lá o mais rápido possível.

Puta que o pariu! O que será que tinha acontecido? Saí em disparada, seguido, dessa vez, pelos cachorros, que apareceram sei lá de onde. Cheguei encharcado à sala do coronel. Como você deve saber, um militar não pode usar guarda-chuvas quando uniformizado. Ô regrinha babaca essa! Por sua vez, Scooby e Estopa ficaram brincando na água.

Já estava na hora do almoço e, em cima da mesa do Alceu, estava um belo filé com fritas que me deu uma fome danada.

O Snarf, que foi comigo, arregalou os olhos de uma forma que eu só tinha visto quando ele conheceu a Maria Helena.

— Bom dia, ou melhor, boa tarde, senhor Gavião. Você tá com fome?

— Não muita, coronel, mas obrigado por me oferecer...

— Não tô te oferecendo nada, mas é bom que não esteja mesmo com fome, porque vai ficar aqui um bom tempo.

— Sim, senhor.

— Vou te mostrar um vídeo. A Força Tarefa Sampaio, que ocupa o Complexo do Alemão, realizou esse trabalho depois de receber informações vindas do Disque-Denúncia. Por três dias, a 2ª Seção deles desenvolveu atividades de observação e monitoramento da ação criminosa de traficantes na região da Pedra do Sapo. O senhor sabe onde fica, correto?

Na verdade, eu não sabia ao certo, mas disse que sim.

— Pois bem, vamos ver as imagens.

O vídeo começava mostrando alguns mapas da região e uma seta que marcava a distância de 186 metros entre o Ponto de Observação e a laje, próxima a uma igreja evangélica, onde o crime estava sendo realizado. No primeiro dia de filmagens, apareciam usuários comprando drogas e traficantes escamoteados vendendo entorpecentes. Eles deixavam a droga na parte de baixo e tinham que subir e descer uma escada móvel bem alta para pegar os pacotes e levá-los até os consumidores. O Alceu podia adiantar o filme, ou ter pedido para alguém editar, mas não fez isso de propósito. O foda mesmo era aquele ar-condicionado gelado bufando no meu cangote molhado enquanto ele saboreava sua carninha e aquelas batatas fritas douradas com uma rica e gostosa farofinha. Eu e o Snarf tivemos que assistir imagem após imagem das mesmas ações dos traficantes, descendo e subindo a escada.

Finalmente, chegou o vídeo do segundo dia. O coronel já estava comendo um pudim de coco com calda de ameixas que me pareceu divino. A fome era desesperadora. As imagens mostravam traficantes na companhia de uma popozuda, correndo e se escondendo após notarem a presença da tropa. Esse é o resumo, claro. Porque o vídeo mostrou vários minutos deles conversando e trocando afagos entre si. O Alceu já estava no segundo cafezinho e eu com frio e com o uniforme encharcado. De repente, no vídeo, os bandidos saem em debandada, fugindo por uma escada fixa que ficava na parte de trás da laje.

O vídeo começou, então, a mostrar imagens do terceiro dia de filmagens, mas o que mais me chamava a atenção era o Alceu palitando os dentes e estalando a língua entre os lábios. Nojento. Os marginais apareciam se comunicando via rádio tipo *talk about*. O Alceu decidiu, finalmente, parar o vídeo.

— Essas conversas foram, obviamente, interceptadas. O general conseguiu, a partir daí e das imagens, um mandado de busca e apreensão pra região da Pedra do Sapo. A FT Sampaio foi reforçada, nessa operação, com um cão farejador do 1º BG e por três policiais civis. Pediram aos moradores permissão pra fazer revistas em suas casas, sempre mostrando o mandado de busca e apreensão obtido dentro da lei. Realizamos várias buscas no local. Houve também emprego de um helicóptero, que nos indicou a casa de um possível traficante. O pessoal do helicóptero vigiava os movimentos suspeitos do alto. Fuzis, carregadores, crack, cocaína, maconha, rádios, binóculos e até uma granada, além de muito dinheiro, foram encontrados ali. Estava tudo engessado atrás de uma parede e sob a cerâmica da cozinha. Depois de revistar a casa e não achar nada, entrou o labrador Athos. Adoro esses cachorros. Ele foi o herói do dia. Quando o bicho senta, pode ter certeza que ali tem alguma coisa! Foi exatamente o que aconteceu. Athos cheirou a parede e sentou. O cinófilo[7] disse que havia alguma coisa suspeita no local, então o pessoal meteu a picareta na parede e no chão. Rapidinho apareceram os fuzis embalados e besuntados com óleo, além das granadas, rádios, tabletes de droga etc. Foram necessárias cinco mesas grandes pra reunir e conferir todo material apreendido. Que beleza de operação e de *modus operandi*, tudo na marca, seguindo todas as regras de engajamento, correto, senhor Gavião?

— Corretíssimo, coronel. Parabéns aos Leões de Guerra do Sampaião!

— Parabéns é o caralho! Olha aqui as porras dos panfletos que foram distribuídos e repetidos nos alto-falantes da viatura aos moradores.

Ele me entregou um folheto, no qual se lia:

"Senhores moradores, o Exército Brasileiro está realizando um mandado judicial em cumprimento da lei. Fechem suas portas e janelas e aguardem orientação. Quando solicitado, abra a porta e aja de maneira educada. Obedeça a todas as instruções. Qualquer ação contrária será considerada como ato hostil e receberá a resposta necessária."

Eu gelei. Aquilo soava como um toque de recolher que o EB estava impondo aos moradores.

— Então, senhor Gavião, nada, *nadinha* do que foi apreendido foi divulgado pela imprensa. O que saiu foi essa merda estampada nos principais jornais da cidade. Tremendo tiro no pé dos caras da seção Operação Psico.

Porra, eu tinha lido os jornais pela manhã e não vi essa bomba. O pessoal de Operações Psicológicas é muito bom, acerta quase sempre, e o trabalho alivia nossa barra para caramba. Mas quando erra...

---

7 Refere-se a quem estuda, por hobby ou profissão, a criação de cães, com o objetivo de aperfeiçoar as raças puras ou estirpes dos animais.

— O senhor sabe de quem eu recebi uma visita hoje de manhã?

— Não, senhor.

— Da Defensoria Pública. A pedido dos líderes comunitários, que recebem pressão você sabe de quem. Eles entraram com um pedido de liminar junto ao Tribunal de Justiça do Rio de Janeiro alegando que os mandados concedidos até então eram genéricos e que, pra serem considerados legais, deviam ter endereço e nomes específicos. Imagina escrever e explicar uma porra de um endereço desses a um juiz! Já viu como o sistema dos correios funciona aqui, senhor Gavião?

— Ainda não tive oportunidade, coronel. Inclusive, eu ia procurar...

— Deveria. É uma loucura! Nem mesmo os moradores conseguem identificar os "endereços". Esses caras da Defensoria estão viajando, ou querem mostrar serviço sei lá pra quem. Os bostas dos representantes de entidades de defesa dos Direitos Humanos se manifestaram publicamente contra a nossa ação, a ação do Exército Brasileiro, alegando violação dos direitos das pessoas de bem. Sabe o resultado disso, senhor Gavião?

— Não, senhor.

— Todos os mandados de busca e apreensão concedidos foram suspensos. Isso quer dizer que não podemos mais realizar ações desse tipo. Todos aqueles trabalhos de investigação, dias e horas de vigilância, filmagens, estudos de relatórios, escrituração da fundamentação legal, cruzamentos de dados... *Tudo* foi pro lixo. Isso sem falar que, mesmo com essa trabalheira toda, ainda leva mais de um mês pra conseguir encontrar um juiz que esteja de bom humor e assine a porra do mandado de busca e apreensão. Acha isso correto, senhor Gavião?

— Não, senhor. Parece até que não querem que a gente resolva a situação ou imite o que o BOPE faz no filme *Tropa de*

Elite. O senhor viu, né? Eles metem o pé na porta ou já chegam atirando.

Na verdade, eu não tinha nada a ver com aquilo. Alguém do pessoal das Operações Psicológicas cagou no pau e eu acabei levando o esporro, é claro.

— O senhor vem me falar de filme numa hora dessas, senhor Gavião? Vamos falar é de trabalho! O senhor, agora, vai se dedicar a uma operação que podemos realizar sem pedir ao juiz e sem ter que fazer investigação e vigilância.

— Que operação é essa, coronel?

— Operação Lei Seca. O senhor será o responsável por interceptar e prender favelado bêbado e inconveniente, entendido?

— Sim, senhor. A partir de quando, coronel?

— A partir dessa sexta-feira à noite, tenente. Sábado e domingo também. Afinal, todo mundo sabe que esses são os dias mais complicados. O senhor pode se retirar.

Saí da sala dele bufando de ódio. Esperava tomar um banho de chuva, que talvez me ajudasse a esfriar a cabeça, mas até nisso dei azar. A tempestade tinha passado e o céu começava a abrir. Entrei na minha sala para tentar relaxar, mas o Jimenez já estava lá me esperando para fazer um relatório sobre a situação Maciel/Gaúcho.

— Fala, Jimenez. É notícia boa ou ruim?

— Bom, Gavião, vamos aos fatos — disse ele. — Claro que, depois do papo, o gremista foi direto atrás da catarinense. Ao chegar em casa, o Gaúcho chamou a esposa pra dar um esporro e tirar satisfações. A discussão foi tão alta que escutei do lado de fora: "Tá vendo só? Essa sua amizade com o Maciel tá dando tanto pano pra manga que, além dos sargentos me sacanearem, hoje até o tenente Gavião veio falar comigo! Que bosta tá acontecendo?" Ele falou assim com ela, aos berros. Aí a discussão esquentou, porque ela falou de algumas merdas dele. Reclamou de ele sair pra jogar sinuca com os amigos, só ficar vendo jogo do Grêmio na TV, beber e não voltar cedo, viver em peladas e ter uma mãe chata. O cara engrossou e aí ela se emputeceu e mandou essa: "Quer saber? Tô dando pro Maciel, sim! Ele me trata bem e vem aqui quando eu quero! Quem mandou você alugar essa casa aqui do lado da república dos tenentes? Eu nem queria morar aqui. Agora se vira com seu chifre!"

— Caraca! Que parada sinistra! — falei.

— Pois é. Aí o Gaúcho enfiou a mão na lata dela.

— Como você sabe?

— É que ela começou a gritar pra caramba e depois saiu correndo porta afora chamando o zarolho, que mora no fundo do quintal deles, na tal república. Ainda bem que ele não estava, senão acho que teria morte ali.

— Puta merda! Jimenez, eu já tô todo fodido com o coronel Alceu por causa de uma parada aí. Essa porra não pode chegar aos ouvidos dele de jeito nenhum, entendeu? Você faz o favor de dizer pra esses três resolverem essa história. Se o olho bobo for homem de verdade, vai assumir essa mulher de Florianópolis. O Gaúcho, se quiser, pode pedir transferência. Eu adianto a vida dele. Enquanto isso, você tem que colocar um bridão nesses sargentos que ficam zoando com o Gaúcho. Diz pra eles que, se eu escutar qualquer tipo de reclamação, vou enquadrar como *bullying* ou invento outra coisa pra punir o sujeito, tá certo?

— Pode deixar, Gavião, eu cuido disso pra você, sim.

Já era tarde para procurar o Carteiro Maneiro e decidi ir para o meu quarto para assistir a um filme ou a alguma série que eu gosto, como *Dexter* ou *True Blood*. Entrei e logo meu celular bipou, sinalizando que eu tinha uma mensagem. Era o BS, e a mensagem dele dizia só isso: "Tua mulher está te corneando com um cara de Vitória da Conquista, na Bahia.

Porra, ela foi longe, hein? E eu aqui tão perto. O cara usa um computador de alguma *lan house* de lá, mas meu contato na PF não conseguiu localizar exatamente onde. Boa sorte. Vê se não vai fazer merda." Não dei bola para a brincadeira sem graça dele e respondi apenas com um "obrigado", bem seco. Eu tinha mais o que fazer do que ficar me preocupando com a piadinha besta de um Zé Mané como aquele.

Saber que a Dá estava na Bahia me deixou excitado, porém desanimado ao mesmo tempo. O que eu faria para encontrá-la? Foi aí que tive uma ideia que, se desse certo, me faria matar vários pássaros com uma pedrada só.

CAPÍTULO XXXI

CHOCOLATE, BOMBONS E... BALAS

Era uma terça-feira. Isso queria dizer que eu teria apenas três dias para colocar meu plano em prática, tentar encontrar o Carteiro Maneiro e realizar a operação na ladeira Maragogi antes da Operação Lei Seca. Acordei cedo e liguei para o Helinho.

— Fala, brô.

— Tá maluco, Gavi? Porra, é cedo pra caralho!

— Acorda aí, cara. Tenho de levar um papo de irmão contigo.

— Papo de irmão quer dizer favor. Porra, Gavi, te conheço há mais de trinta anos!

— Já tirou as remelas do olho?

— Vai te catar, Zé. Manda logo a bomba.

Expliquei para ele em detalhes o ocorrido com os panfletos e como aquilo tinha sido, e até com razão, mal-interpretado. Pedi para ele abafar o caso na mídia.

— Abafar o quê, cara? Tá pensando que jornalista é que nem milico, que quando manda o cara obedece? E também, essa história nem é tão importante assim pra eu queimar meus contatos pedindo um abafa. Essa porra hoje já morreu, ninguém mais lembra. O problema vai ser vocês recuperarem a credibilidade com alguns moradores, que devem ter ficado chateadinhos com essa merda, e resolver o lance dos mandados de busca e apreensão.

— Pois é, aí que você entra.

— Como?

— Você vai escrever uma bela matéria sobre como a pacificação melhorou a qualidade de vida das pessoas, como houve um aumento substancial de negócios nos Complexos da Penha e do Alemão, como a criminalidade baixou *y otras cositas más*. Sacou?

— Porra, Gavi, isso é papo de jornal que tá casado com o governo. Até concordo sobre as melhorias, mas isso ainda está na fase inicial. Quando vocês estiverem na Operação Arcanjo 2.345, quem sabe?

O Hélio soltou uma tremenda gargalhada.

— Cara, você tem que me quebrar essa. Vende a ideia pro seu editor, diz que o comandante da FPac vai ficar em dívida com você e que poderá passar informação privilegiada em ocasiões futuras. Mas a coisa não para aí.

— Ah, não!

— Preciso que você converse com o coronel Alceu e peça pra ele falar com o comandante do 55° Batalhão de Infantaria.

— E que porra é essa?

— O 55° é a única Unidade do Exército no vazio entre o Comando da 4ª Região Militar, em Belo Horizonte, e os limites de Minas Gerais com a Bahia.

— Rapá, e eu com isso? Tu fumou uma das pedras de crack que vocês apreendem todos os dias aí na Penha?

— Peraí, cara. Deixa eu explicar. Um companheiro da PF conseguiu localizar a Deborah Ann.

— Ah, agora a coisa está ficando mais interessante.

— Pois é. Só que ela tá em Vitória da Conquista.

— Isso é Bahia, e não Minas Gerais. Não tô entendendo nada.

— Eu sei, porra. Você não me deixa falar, cacete! Esse batalhão será o próximo a enviar um efetivo aqui pro morro. Você iria junto, com a desculpa de fazer uma reportagem sobre como os moradores se sentem com a pacificação e coisas assim. Ouvi dizer que na cidade há uma comoção geral, com o pessoal pensando que seus filhos, sobrinhos, netos, maridos e irmãos vão para uma zona de guerra. Não sou jornalista, mas sei que isso dá uma puta matéria.

— E qual a desculpa pra você ir?

— Para *brifar* os militares que vêm pra cá sobre os detalhes das operações, mostrar vídeos, responder perguntas. Tem muita coisa que eu posso fazer lá.

— Mas onde fica a Deborah nessa história?

— A gente fica uns dias em Montes Claros e depois vaza pra Vitória da Conquista, pra tentar encontrá-la.

— E a gente vai pegar ela tomando um sorvete na pracinha da cidade... Saquei!

— Porra, Hélio, dá um tempo. Meu contato na PF disse que ela tá usando o computador de uma *lan house* de lá pra me mandar mensagens. Dei uma pesquisada e não existem tantas em Vitória da Conquista, como você pode imaginar. Nós vamos visitando uma a uma. A mulher é uma gata. Chama a atenção. A gente diz que é caçador de talentos ou uma porra dessas. Alguém vai abrir o bico com a possibilidade de seu estabelecimento aparecer na TV quando a "modelo do ano" for descoberta ali, sacou? Sabendo aonde ela vai pra usar o computador, é só esperar até ela aparecer, então damos o bote.

— Essa tua história tá meio 007 demais pro meu gosto, mas vou topar essa aventura. Vai ser uma boa oportunidade pra gente viajar junto de novo. A última vez foi há uns vinte anos, na fazenda do meu tio, em Quaraí, lá na fronteira com o

Uruguai, lembra? Porra, nós dois, com uns 11 anos, sozinhos num ônibus do Rio até Alegrete, lá no Sul. De lá meu primo pegou a gente numa picape pra ir até Quaraí. Porra, do caralho!

— Claro que eu lembro. Isso foi inesquecível! Vamos embarcar nessa outra viagem, mas no teu carro, porque o meu, já sabe, né?

— Puta merda, ainda tem mais essa!

— Te amo, brô. Você é demais. Agora deixa eu desligar, ainda vou ter que vender a ideia de você fazer uma reportagem positiva aqui pro Alceu. Mas você que tem que mandar a história do 55° Batalhão com ele. Se eu pedir, ele vai melar.

— Ok. Vou pesquisar sobre essa unidade e estarei preparado pro Dia D. Abraço.

— Abraço.

Desliguei o telefone e bati um rádio imediatamente para o sargento Assis. Disse que queria realizar a Operação Formigueiro na ladeira Maragogi naquela tarde mesmo. Ele me disse que quase todos os homens da unidade foram deslocados para ajudar nos trabalhos de busca, resgate e retirada de terra na Serra Carioca, devido às fortes chuvas do dia anterior. Militar sempre se ferra quando essas drogas acontecem, e depois vemos no noticiário que milhões foram desviados por políticos da região. Isso estava acontecendo direto em Teresópolis. Um absurdo.

O que eu podia fazer? Disse que tudo bem. Só precisaria dele e dos militares que estavam nas filmagens, que eram mais dois. A pressão seria feita de cima para baixo, como em uma Operação Formigueiro completa, mas seríamos apenas eu e o restante dos Thundercats. Como eram, normalmente, apenas dois traficantes que ficavam na ladeira vendendo drogas, em um sistema de revezamento, nosso grupo seria mais do que suficiente. O Assis concordou. Eu disse que ia para a Casa

Amarela com os demais para ficar à espera da chamada dele. O Assis e os outros dois já estariam a postos, filmando tudo e nos passando as informações necessárias.

Pedi pelo rádio para o Snarf convocar os Thundercats para uma reunião dali meia hora no refeitório. Íamos tomar café e discutir a operação daquela tarde. Pedi, também, que ele tentasse localizar o Pedrinho para mim. Saí para brincar um pouco com os cachorros enquanto via se o moleque aparecia. Queria pedir para ele me levar onde o carteiro ficava. Peguei um graveto do chão e fiquei lançando para o Scooby e o Estopa, que fingiam brigar pelo pedaço de pau. Passaram-se vinte minutos e eu já ia para o refeitório, quando vi aquela boca cheia de dentes chegando.

— Fala aí, meu tenente.

Confesso que senti um alívio ao ver o moleque. Depois do que descobri sobre o Monkelo e do que tinha acontecido com a Vasquinha, comecei a me preocupar com ele.

— Fala, garoto! E aí, beleza?

— Sem bolação, Gavi. Só no sapatinho.

— Pedrinho, quero levar um lero responsa contigo.

— Já é, Gave, manda.

Nunca ninguém tinha me chamado assim. E ele falou Gave como se pronuncia em inglês, ou seja, Gueive. Gostei daquilo.

— Descobri umas paradas sinistras do seu amigo, o Monkelo. Você tem que tomar muito cuidado com ele e com quem ele anda.

— Gave, pra quem nasceu no morro, como eu, e circula na favela e no asfalto, não tem mau tempo. O cara é parada firme comigo. Com os outros, bom, aí é com os outros. Se ele é vacilão com algum pela-saco da comunidade, isso é lá com eles.

— É, mas ele comete crimes, e parece que tá metido com o CV.

— Pode ser, Gave, mas é aquela coisa de homem que gosta de homem. Se é lá entre eles, tá limpo.

— Bom, mas fica na pilha, valeu?

— É nós, meu tenente. Tenho que vazar pra escola porque hoje é dia de branco. Vô metê o pé!

Nunca entendi muito bem a expressão "dia de branco". Uma vez me explicaram que é porque, nas folhinhas, os feriados estão em vermelho e os dias de semana, ou seja, de trabalho e escola, em branco. Faz sentido, mas não sei se a expressão vem daí.

— Peraí, rapá. Antes de ir, me diz onde eu posso encontrar o Carteiro Maneiro.

— Bom, o cara gira por aí mais que enceradeira, mas, quando tá na estática, tu pode encontrar ele lá na RSV.

— Que isso?

— É Rio Sem Violência, uma dessas coisas que chamam de *jongue*, tá ligado?

— É ONG, Pedrinho. Organização não governamental.

— Isso mermo.

— E como eu chego lá?

— Tá vendo aquele bar lá em cima, depois daquelas placas de propaganda política?

— Tô.

— Pois é. Não é lá, não. Chegando lá, você pede indicação, porque tá ruim de mostrá daqui.

Não pude deixar de rir.

— Gavi, não dá pra me fortalecer num qualquer aí, não?

— Toma aqui cinco pilas e te manda pra escola!

— Já é! Fé em Deus! Fui!

Decidi não procurar o carteiro porque ia ficar muito em cima da hora, porém pelo menos já sabia onde encontrá-lo. Fui para o refeitório e os cães me seguiram, como sempre. Cheguei e o resto da equipe já estava no maior rango. Peguei meu café sem açúcar e tirei um chocolate meio amargo do bolso. As pessoas acham que sou maluco, mas, como chocólatra, não há hora para saborear um bom chocolate. Acostumei a comer os meio amargos e era difícil comer um ao leite normal. Se bem que um Sonho de Valsa ou um Serenata de Amor sempre terão seu espaço em meu coração, ou melhor, estômago.

Como já tinha discutido os detalhes com eles, o papo do café serviu apenas para informar que íamos agir sozinhos, sem o resto do pessoal, que estava exercendo outras funções. Todos disseram que tudo bem. Todos, menos a Mahe, que sequer estava presente, e eu acabava de notar.

— Cadê a Maria Helena?

O Snarf apressou-se em defender "sua amada":

— Tenente, ela tá ajudando outra patrulha em revistas femininas, já que eles não tinham nenhuma mulher disponível.

— Tudo bem. Então, acelera aí e busca ela, por favor.

— Claro, tenente.

O Snarf devorou uma torrada com manteiga e pulou fora. Saí com o resto dos Thundercats para pegar um marruá. Caminhando, passamos pela "academia", quer dizer, aquelas latas de tinta com cimento dentro que a galera usava como pesos. Ouvi uns comentários do pessoal que estava malhando sobre a história do Gaúcho corno e cheguei junto pra dar uma dura. Eles pararam na hora. Mandei espalharem a orientação para que todos deixassem aquela história quieta, ou iam se ferrar comigo. Chegamos ao marruá e esperamos mais alguns minutos pelo Snarf e a Mahe. Depois, partimos para a Casa Amarela.

Aquela imagem da mansão, que era um ponto de referência, inveja e discórdia na favela, sempre me impressionava, mesmo tendo ido lá várias vezes. O lugar tinha mais buraco do que queijo suíço, já que policiais meteram a picareta em tudo em busca de dinheiro e outros objetos de valor... Para eles mesmos, obviamente.

O Snarf havia trazido um mapa enorme da área onde iríamos realizar a operação e ficamos discutindo os detalhes até recebermos a chamada do Assis pelo rádio.

— Tenente, chegou a hora. O movimento começou. Tem só dois homens no local. Venham descendo reto pela ladeira até chegar ao ponto combinado. Eu e o cabo Uélinton vamos subir pelo lado oposto e emboscamos eles no meio.

— Estamos descendo.

O caminho foi percorrido ladeira abaixo sem ninguém dar uma palavra. Todos estávamos concentrados na missão. Mesmo sendo algo aparentemente tranquilo, qualquer falha poderia ser fatal em uma situação daquelas. Quando estávamos a uns cem metros, bati um rádio para o Assis.

— Pode ir se aproximando. Em cinco ou dez minutos estaremos no local.

— Entendido.

Estávamos em fila indiana. Todos a postos para qualquer eventualidade, com o dedo no gatilho, cada um apontando para um lugar diferente. Eu ia à frente, seguido pelo Caco, depois a Mahe, o Snarf, o PX e, fechando a fila, o VV. Dei outro toque para o Assis. Disse que íamos dar o bote por cima. Ele confirmou que estava muito próximo também, só que vindo por baixo.

Cheguei em um ponto onde pude encarar os dois bandidos olho no olho. Como um ator de teatro, que mesmo depois da centésima apresentação da mesma peça sente como se tivesse borboletas no estômago, senti aquele frio na barriga. Antes que eu pudesse gritar "perdeu!", a voz do soldado Marcílio, que estava filmando toda a ação e vigiando a área, começou a ecoar no meu *talk about*: "Aborta! Aborta! É emboscada!"

Era tarde demais. Pude ver apenas que tinha mais um grupo de bandidos armados saindo lá de baixo, do mesmo local onde os traficantes dali guardavam a droga para negociar com os consumidores, como mostrado no vídeo. Era uma espécie de Operação Formigueiro ao contrário.

O Assis começou a pedir reforço pelo rádio e eu gritei para que todo mundo se abaixasse e tentasse se esconder. Mirei em um dos traficantes, que estava praticamente à minha frente, e disparei. O sujeito caiu como se fosse um animal abatido. Ouvi um tiro vindo por trás. Foi o Caco, que acertou outro bandido. Começou uma chuva de balas, vindas tanto do nosso grupo quanto do deles.

A sorte foi que traficante atira muito mal. Eles não sabem atirar mesmo. Pensam que é só comprar um fuzil ou pistola e puxar o gatilho. Nosso grupo se posicionou em pontos estratégicos ao longo da escadaria da ladeira. Com um gesto, pedi ao Caco que me desse cobertura, ou seja, que ficasse atirando sem parar até eu poder chegar ao ponto onde os corpos dos marginais estavam caídos.

Consegui ficar atrás de uma meia parede que me protegia dos eventuais tiros que chegavam perto de mim. O Snarf foi tentar fazer a mesma coisa, porém, quando ele começou o deslocamento, a munição do Caco acabou e ele ficou vulnerável. Pude ver dois balaços acertando a área do peito do Snarf. Ouvimos um grito dilacerante de mulher, vindo de um ponto da ladeira onde a Mahe se encontrava: "*Nãaaaaaaoooooooo!*"

O PX agiu rápido e, enquanto o resto do grupo mandava bala na direção dos bandidos, ele se jogou em cima do Snarf e, em um giro rápido, de quem está acostumado a "virar" em lutas de jiu-jitsu, rolou agarrado a ele, para uma área mais protegida.

Nisso, o Marcílio já tinha abandonado seu posto para se posicionar estrategicamente acima de onde o tiroteio acontecia. De onde eu estava, não deu para ver muita coisa, mas notei que outro bandido foi alvejado quando estava no último degrau da escada móvel, quase saindo para a área onde seus companheiros se encontravam. Ele despencou lá do alto.

Éramos poucos, mas nossos tiros assustavam muito mais do que os deles. Os traficantes perceberam que aquilo seria uma batalha perdida e, mesmo em maior número, bateram em retirada. Ato contínuo, a Mahe saiu correndo ao encontro do Snarf. Quando chegou até ele, seu choro se transformou em uma deliciosa gargalhada. É que os tiros haviam acertado exatamente a área protegida pelo colete à prova de balas. Para quem não sabe, levar um tiro, mesmo com essa proteção, dói pacas. Mas não era nada que um bom carinho de uma companheira como a Mahe não curasse logo. Os dois se abraçaram e se beijaram ali mesmo. O Snarf ainda no chão e a Mahe o abraçando por cima. Não dava para censurar aquele gesto em uma hora daquelas. Caco soltou um tremendo "fiu-fiu" e todos começaram a rir. Uma gargalhada ainda nervosa, é verdade, mas cheia de alívio.

Não dava para dizer que a ação tinha sido um sucesso, porém estava longe de ter sido um fracasso. Não pude deixar de pensar em nossa ação anterior, quando chegamos ao Beco de Trás e não havia ninguém lá. Depois, aquela emboscada. Aquilo era muito estranho, e foi aí que tive um estalo: havia um X9 no nosso grupo. E eu tinha uma boa ideia de quem poderia ser.

CAPÍTULO XXXII

COMEÇA MIMOSO E TERMINA EM BOFETÃO

Marquei cedo com o Helinho em uma padaria próxima à entrada principal para o Morro da Penha. Fui ao encontro dele e quebrei minha própria regra de não sair da comunidade fardado. A padaria ficava a uma quadra do morro — se eu levasse um balaço, era porque chegou minha hora e tinha mais é que morrer mesmo.

O Scooby e o Estopa já estavam à minha espera. Acho que eu não teria cachorro em apartamento. Esse negócio de acordar todo dia, incluindo sábado, domingo e feriado, para levar animal para mijar e cagar não é comigo. Quando a gente viaja, também é um problema. Mas do jeito como era ali na Penha, estava muito legal. Sabia lá para onde eles iam à noite, muito menos sabia o que comiam além dos pedacinhos de pão que dava a eles todos os dias depois do café. Então, era quase dor de cabeça zero.

Falando em comida, naquele dia os bichos iam adorar, já que me seguiram até a padaria. É que a Mimosa (nome simpático para uma padaria, não acha?) fazia o melhor pão na chapa com queijo Minas do planeta! Primeiro, eles colocavam um belo pedaço de queijo branco e molhadinho na chapa para derreter até ficar em um ponto em que praticamente dissolvia na boca. Ao mesmo tempo, abriam um pãozinho francês e o colocavam na outra chapa quente para deixá-lo torradinho e crocante. Depois, era só colocar o queijo semiderretido dentro do pão e *voilá*!

Enquanto eu esperava o Helinho, pedi o famoso pão na chapa, mas não foi para mim, foi para o Estopa e o Scooby. Nunca os vi saborear algo com tanta voracidade. Eu brincava com eles, mas estava ligado, porque aquele negócio de farda fora da área de ocupação estava pegando mal. O Helinho finalmente chegou. Pedi mais dois pães na chapa com queijo e dois cafés pretos.

— Helão, ainda bem que você chegou, porque deu outra merda e o Alceu não quer me ver nem pintado. Você vai ter que limpar minha barra com ele.

— O que foi agora?

— Uns dias atrás, nós demos uma incerta num lugar chamado Beco de Trás. Um caguete que a Primeira Companhia arrumou tinha dado com a língua nos dentes sobre um sistema que os marginais estavam experimentando. Era uma campainha para pedir drogas. Bom, a gente chegou lá e não tinha merda nenhuma. Com certeza alguém bateu pros traficantes que íamos realizar uma ação ali. Só que vagabundo é que nem barata: você taca o chinelo nela na cozinha e, se não mata, ela vai aparecer dentro da tua banheira. Obviamente os caras não iam deixar de vender pó só porque demos uma incerta. Eles se mudaram para o Beco da 29. Eu já meio que tinha esquecido essa história, porque tenho peixes maiores pra fritar, entende? Só que a galera da 1ª correu atrás e fez um arrastão lá no 29. A FT levou um monte de malandro pra base da Coca-Cola pra se explicar.

— E no que que deu?

— *Nada*! Como sempre é essa merda de falta de provas. Mas agora vem o pior. O professor Pardal, inventor do tal sistema das campainhas, acabou levando uma surra dos traficantes e foi obrigado a ir à TV dizer que havia sido sequestrado pela nossa FT, que o teria espancado, torturado e o caralho de asas. Bem, aí você sabe como são seus coleguinhas, né?

— Não, não sei. Conta aí.

— Não precisa ficar putinho, não, mas que tem muito jornalista babaquinha pra caralho, ah, isso tem.

— Militar só tem gente finíssima...

— Continuando. Quando pegaram o cara pra fazer a reconstituição do ocorrido, ou seja, pra dedar os militares que encestaram ele, o fulano apresentou uma historinha sem pé nem cabeça. Na verdade, acabou descrevendo como a PM ou a Civil fazem essas coisas, e o delegado viu que era caô dele, porque não é nosso *modus operandi*. Os outros moradores trataram de dar a letra pra gente, mas em *off*. Ninguém quer se comprometer nesse ambiente. Mas essa merda nos desgastou pra caralho, porque a TV ficou mostrando e falando de tortura, comissão da verdade, ditadura militar... Quando viram que não era nada, que era uma tremenda mentira do carinha, você pensa que o William Bonner apareceu no JN desmentindo o fato? Acho que li umas três linhas a respeito, na página 48, num jornalzinho de bairro qualquer.

— E você com isso?

— Sei lá. O Alceu fica arrumando desculpa pra me foder. Ele deve achar que eu devia ter continuado a perseguição com os caras, correr atrás, prender todo o mundo, sei lá. Mas agora você já tá aqui e vai prometer a ele a melhor matéria do mundo, certo? Faz uma entrevista com ele e diz que o cara é o *fodanchim* das galáxias. O Alceu vai se abrir todo. O bicho parece um pavão quando o assunto é aparecer na mídia. Coloca uma foto daquelas de página central da *Playboy*, inventa algo aí. Por falar em foto, cadê o fotógrafo?

— O Waguinho já tá fazendo umas imagens que pedi pra ele, umas coisas mais gerais, mais abrangentes, e daqui a pouco se encontra com a gente lá na antessala do coronel.

— Por falar nisso, vamos nessa, pra não chegar atrasado à reunião com o Cornélio, quer dizer, coronel Alceu.

Chegamos à sala do *homi*. Ele se despedia de um grupo de ativistas de Direitos Humanos. Você pode falar o que quiser do cara, mas ele é muito fera quando tem que lidar com esse tipo de gente, esses cri-cris que ficam enchendo o saco e dizendo que militar é truculento, que só sabe dar porrada.

Era que nem lá no Haiti. As lourinhas das ONGs e agências como a USAID, no início, nos menosprezavam, diziam que não queriam papo, que sabiam o que estavam fazendo. Quando elas viam que, sem a nossa proteção, qualquer distribuição boba de alimentos virava um circo dos horrores, rapidinho elas mudavam de ideia. Aí, nós ficávamos lá, controlando os homens que queriam pegar os sacos de arroz para trocar por cigarro ou vender, enquanto elas só lidavam com as mulheres, que faziam filas organizadas e tudo corria bem. Você acredita que até o pessoal da ONG Médicos Sem Fronteiras pedia para que deixássemos os doentes do lado de fora, para que não tivéssemos que entrar fardados nos hospitais móveis deles? Coisa de maluco!

A galera que estava saindo da reunião com o Alceu parecia satisfeita com as explicações cerca-lourenço dele. Entrei com o Helinho e o Waguinho, que nos encontrou lá. Fiz uma apresentação rápida e me piquei dali. Fiquei só de butuca do lado de fora. Quando eles saíram, vi a cara de felicidade do Alceu, cujo ego estava lá na lua. O Helinho piscou o olho para mim, como se dissesse que estava tudo ok. Aí o Alceu falou, crente que eu ia ficar puto:

— Tenente Gavião, se prepara, porque o senhor vai fazer uma viagem pra Minas Gerais daqui a uns dias.

— Sem problemas, coronel. O senhor é que manda. Posso tirar a tarde livre com o tenente Pedro Paes pra relaxar um pouco?

— Hoje o senhor pode tudo, seu Gavião.

Maravilha! Ele tinha mordido a isca. Fiquei batendo um papo com o Hélio e o Waguinho, que tinha histórias ótimas de suas idas e vindas como fotógrafo, enquanto esperávamos o VV. Quando ele chegou, me despedi e liguei para o PX. Precisava dele para levar adiante meu plano para foder com o X9 que nos dedurou para os vagabundos do Beco de Trás. Fui trocar de roupa, para não sair de farda. Marquei com o PX no estacionamento da base e disse para ele ir de civil.

— PX, tenho certeza de que tem um X9 entre a gente.

— Como é que cê sabe?

— Cara, primeiro a gente chega no Beco de Trás e não tem ninguém. Ontem, aquela merda lá na ladeira. Isso foi uma xisnovada legal.

— Tem uma ideia de quem seja?

— Na verdade, eu tinha que duvidar até de você, mas não vou fazer isso.

— Vá se foder, rapá! Tá de sacanagem com a minha cara?

— Sereno, moreno. Fica tranquilo. Não desconfio de você, não, mas acho que sei quem é.

— Quem?

— Só pode ser a porra do Carlos Eduardo.

— O Caco?

— É. Pensa bem. Foi o Alceu que colocou ele aqui, e depois que ele chegou essas coisas começaram a acontecer. Até o lance do Monkelo, lá perto da pedra onde jogaram a Vasquinha. Tem dedo desse Zé Mané aí. Ontem, no tiroteio, não engoli o fato da munição dele ter acabado bem na hora que o Snarf estava se deslocando.

— Ué, mas e a Maria Helena? Não pode ser ela?

— Sabe que eu cheguei a desconfiar dela? Mas acho que ela tá mesmo apaixonadinha pelo Snarf e não ia colocar esse romance em perigo por causa de bandido, não. Sei lá. E ela não tem cara de caguete.

— Porra, e caguete tem cara?

— Tem. É a cara do Caco. Já tenho um plano pra pegar ele.

— Fala aí.

— Entra no carro e no caminho eu te conto.

Expliquei meu plano para o PX, que achou tudo uma merda. Perguntei se ele tinha outro. Ele disse que não. Então, na falta do plano B, vai o A mesmo. No caminho, parei para comprar uma peça fundamental para a realização da minha ideia mirabolante.

— PX, você entende alguma coisa de tequila?

— Não. Só sei que você tem que tomar a que é cem por cento de Agave. Quem me contou isso foi aquela mexicana no verão de 2007. Ela veio pro Rio pra passear de bondinho, mas pra mim ela gostou mesmo foi do Cristo, porque enquanto eu pegava ela por trás, ela gritava: "*Ay, mi Jesucristo. Ay, mi Jesucristo*" — disse, finalizando com uma gargalhada. — Tem outra coisa que eles tomam junto também, além do limão e sal, acho que se chama *sangrita* ou uma coisa assim.

— Que *sangrita* é o caramba, rapá! Vou comprar só a tequila e tá bom demais.

Chegamos ao edifício do tio Júlio mas, ao invés de irmos para o décimo andar, paramos no quinto. Esmurrei a porta. A velha veio atender.

— Dona Mercedes, tudo bem com a senhora? Se lembra da gente, não é?

— Como iria esquecer? — ela falou e tapou o nariz. — Mas o Caco não se encontra.

— Pois é, dona Mercedes, esse é exatamente o problema. Nós marcamos na casa do tio do meu amigo aqui, o seu Júlio, do 1001, a senhora deve conhecer...

— Ah, o Julinho é seu tio, meu filho? Que homem maravilhoso! Uma figura espetacular. Você sabe que ele...

— Pois é, Dona Mercedes, nós estamos esperando o Caco pra uma festa surpresa. É que ele vai ser promovido a 1° sargento. Será que a senhora podia ligar e pedir pra ele vir aqui? Mas inventa uma desculpa, diz que é uma emergência, que é pra ele vir logo. Se eu ligar, ele vai desconfiar. Sabe como é, né?

— Tá bom, meu filho. Entra, entra.

— Olha só o que eu trouxe de presente pra senhora.

Os olhos da velha brilharam ao ver aquela garrafa achatada de tequila Patrón.

— Ah, muito obrigada, menino, mas não precisava!

Falou isso já tirando um daqueles copinhos que, segundo o PX, os mexicanos chamam de *cavallito*, e os gringos de *shot glass*.

— Estão servidos?

— Não, muito obrigado. Mas liga pra ele antes de beber, por favor, dona Mercedes.

Enquanto a coroa ligava, comecei a imaginar uma cena. No meu devaneio, eu esmagava dois comprimidos para dormir que trazia em um dos bolsos da calça. Colocava as pastilhas esmagadas dentro do *cavallito* e misturava com o dedo mesmo. A pobre senhora engolia com gosto e, depois de tomar mais dois goles, estava até roncando.

Não demorou muito e ouviu-se uma batida forte na porta. Era o Caco. Posicionei-me atrás da velha, que estava com a cabeça caída para baixo, e tirei meu canivete do outro bolso da calça. O PX foi abrir a porta. Não deu tempo do Caco esboçar reação. O PX deu-lhe um puxão violento e o arrastou para dentro do apartamento. O PX, então, o forçou a se sentar em uma cadeira em frente à da dona Mercedes e algemou o Caco com as mãos para trás.

— Que isso? O que vocês fizeram com a minha bisa?

Abri o canivete e levantei a cabeça da dona Mercedes, puxando-a pelo cabelo. Encostei o canivete no pescoço dela e falei:

— Até agora, não fizemos nada. Mas se você não abrir essa boquinha, logo, logo eu vou encher essa garrafa de tequila com o sangue da sua vovozinha.

— Mas o que é isso, tenente Gavião? O que foi que eu fiz?

— O que foi que você fez? Tu é o maior X9, que eu tô sabendo, seu filho da puta.

Lágrimas começaram a escorrer pelo rosto dele.

— Essas lágrimas de crocodilo não me enganam, não. Confessa logo, antes que eu me invoque, porra!

— Mas confessar o quê?

Nessa hora, o PX, que é um animal de 1,85 metro e faixa preta de caratê, sentou uma bolacha na cara do Caco que doeu até em mim.

— Seu filho da puta! Você só abre essa sua cloaca para confessar as merdas que dedurou pros vagabundos, tá entendendo? Se pisar na bola, vai dançar, e a tua vovó também — disse o PX, em um tom altamente assustador.

— Mas, mas...

E paft! Outra bordoada na cara.

— Confessa logo, seu merda.

— Eu juro pra vocês. Eu não sei do que vocês estão falando.

O PX deu uma estocada com os dedos abertos no pescoço do Caco, que foi ficando vermelho, depois roxo, até ele começar a tossir alucinadamente. Gritei para o PX:

— Levanta a cabeça desse corno, que agora ele vai ver a vovozinha dele ir pro inferno.

O PX puxou-o bem forte pelo cabelo para trás e eu fiz um movimento de quem ia cortar a carótida da velha. O Caco começou a gritar desesperadamente, dizendo que não sabia de nada, que não era X9 nenhum. O cara estava verdadeiramente apavorado e eu sentia que tinha feito merda. O PX olhou para mim, como se dissesse: "Acho que ele está falando a verdade." Eu assenti com a cabeça e fiz um gesto para ele largá-lo. Naquele momento, eu não podia deixar a peteca cair, senão aquilo ia feder, e muito.

— Olha aqui, ô seu safado, eu vou te soltar, mas vou ficar de olho em você. Se eu souber de alguma coisa, ou se você abrir o bico pra alguém sobre o ocorrido aqui nesse apartamento hoje, eu mato você, sua avó, sua bisavó, o cachorro, o periquito e o papagaio, tá entendendo?

Ele fez que sim com a cabeça, mas ainda estava chorando compulsivamente. O PX abriu as algemas e fomos saindo de fininho, deixamos o cara lá, todo fodido, e, com certeza, traumatizado.

Se fosse um filme, isso poderia ter acontecido. Mas, na vida real, *nunca*! A cena descrita vai contra todas as regras de engajamento, e você pode me chamar do que quiser, mas de maneira alguma eu desrespeitaria o juramento que fiz na AMAN, anos atrás: "Recebendo a nomeação de aspirante a oficial do Exército, reafirmo o compromisso de cumprir rigorosamente as ordens das autoridades a quem estiver subordinado, de respeitar meus superiores hierárquicos, tratar com afeição os camaradas e com bondade o subordinado, e dedicar-me inteiramente ao serviço da Pátria, cuja honra, integridade e instituições, defenderei com o sacrifício da própria vida."

Pois é. Está ali, como todas as letras: "...tratar com afeição os camaradas e com bondade o subordinado." Então, narro aqui o que de fato ocorreu: a velhinha realmente adormeceu depois de tomar a tequila e, quando o Caco chegou, obviamente não entendeu nada. Pedi desculpas por tê-lo atraído até ali, mas a conversa era séria demais para ser levada na base da Penha ou algum outro local onde pudessem nos escutar. Além do mais, queria que ele soubesse que nada — digo, fisicamente — aconteceria com ele, caso falasse que era o informante dos bandidos. Como, para bom entendedor, pingo é letra, o Caco se tocou de que aquele encontro, se fosse organizado por pessoas inescrupulosas, poderia até terminar como no meu devaneio, e isso serviria para deixá-lo de orelha de pé. E era esse mesmo o meu objetivo ao organizar nossa pequena reunião na casa da bisavó dele.

Caco jurou por tudo o que era mais sagrado que nunca faria algo assim e que iria provar que estávamos equivocados. Fiquei imaginando como seria se esse episódio se passasse em alguma das séries americanas de que tanto gosto... Eles manteriam a verdade, como estou fazendo aqui, ou chutariam o pau da barraca? Talvez eles encontrassem uma maneira mais criativa de forçar o Caco a confessar, mas, como não sou roteirista, fica narrado aqui o ocorrido. E ponto-final.

CAPÍTULO XXXIII

CARTEIRO MANEIRO

O Helinho não conseguiu cobrir tudo o que queria no dia anterior e voltou à Penha com o Waguinho para dar continuidade à reportagem positiva que estava montando. O Alceu me autorizou a acompanhá-lo e transformou minha patrulha de rotina em escolta de imprensa. Isso caiu como uma luva para mim, porque, finalmente, poderia procurar o Carteiro Maneiro. Certamente, ele seria um personagem muito bom para a matéria do Hélio, além de servir como uma fonte de casos e detalhes da comunidade que pouca gente poderia oferecer. De minha parte, eu estava mesmo interessado em saber mais sobre a Deborah Ann.

Eles chegaram e não perdemos tempo. Fiquei com pena do Waguinho. O cara teria que subir e descer ruelas, vilas e becos carregando equipamentos outra vez. Era um aparato impressionante de câmeras, lentes, filtros e outros cacarecos que os fotógrafos de hoje em dia, apesar de toda a onda digital, têm que transportar.

— Já tô acostumado — disse ele.

Segui o caminho indicado pelo Pedrinho no dia anterior e nossos fiéis mascotes nos acompanharam por todo o trajeto. Cheguei até o bar indicado pelo menino depois de passar por umas trezentas placas, pôsteres e cartazes de propaganda de políticos. Engraçado: antes, aqueles cartazes ofereciam recompensa; agora, pedem votos para os bandidos.

Perguntei, e o portuga (mais um) dono do estabelecimento me indicou como chegar à ONG que o carteiro usava como base, a Rio Sem Violência. Os cães, que sentiram cheiro de comida, ficaram para trás. Caminhamos mais uns dez minutos e chegamos à sede. Nem precisamos perguntar quem era o Carteiro Maneiro. Havia um tipo magro — que usava bermudas que deixavam à mostra suas pernas grossas — fazendo a triagem da correspondência. E, em volta dele, vários moradores, procurando o que pareciam ser suas cartas, contas, postais e pacotes.

Apresentei-me ao homem e deixei que o Helinho se apresentasse também, para explicar o que fazia ali com seu fotógrafo. O carteiro disse que, apesar de todos o conhecerem como Carteiro Maneiro, se chamava Marco Antônio dos Santos. Perguntei como funcionava o esquema de distribuição da correspondência no Complexo e o que aquelas pessoas estavam fazendo ali.

— Usamos códigos referentes às áreas que são delimitados por nós mesmos, algo parecido com os quarteirões que vocês conhecem no asfalto. Por exemplo, minhas áreas sempre têm uma letra e depois CM, de Carteiro Maneiro, seguidas de um número. Tipo: GCM 098, Grupo Carteiro Maneiro 098.

— E como surgiu esse sistema? — perguntou o Helinho.

— Surgiu em uma reunião informal entre um grupo de amigos que falava sobre o assunto. Eles perceberam que as pessoas não recebiam as correspondências por falta de endereço. É necessário um mapeamento prévio e conhecer bem a área. Foi o que a gente fez.

— É um serviço gratuito? — continuou Helinho, com seu jeito de jornalista.

— Amigo, essa ideia que as pessoas de fora têm de que em favela existem serviços de graça é balela. Tudo, inclusive as obras sociais e os parcos investimentos do governo, termina nas mãos de quem exerce o controle. Antes, era praticamente tudo do tráfico. Agora, os próprios moradores tomaram conta dos serviços. A gente fez um levantamento, em uma parte da comunidade, de quem se interessava na adesão mediante pagamento de uma taxa e vimos que tinha viabilidade econômica. A aceitação é de praticamente cem por cento.

— E qual é o custo? — perguntou Hélio.

— Só 13 contos por mês. Começamos aos poucos e, hoje, vários outros lugares da comunidade já aproveitam o serviço. Quem não quer ou não pode pagar, faz como aquele pessoal ali e vem aqui pra encontrar sua correspondência. Acaba sendo um bom negócio pra ambos os lados. Pra gente, a coisa vai tão bem que logo pretendemos abrir um sistema de franquias, pra atender todas as áreas da comunidade e talvez até de outras.

O papo estava muito bom, mas eu estava ali por outros interesses. Perguntei se o Carteiro Maneiro tinha alguns minutos para falar a sós comigo enquanto o Helinho entrevistava moradores e o Waguinho fazia as fotos. Ele disse que sim. Então perguntei se ele conhecia um lugar chamado Coma Bem e ele respondeu que conhecia *todos* os lugares ali e que aquele restaurante, que foi indicado pela Vasquinha, ficava a poucos minutos de onde estávamos.

Chegamos ao lugar que tinha como slogan "Passe bem no Coma Bem" e foi aí que me toquei que não tinha tomado café da manhã. Pedi ovos mexidos, torrada, café e suco de laranja e banquei uma Coca para cada um da patrulha-escolta. Ofereci uma para o Marco Antônio, mas ele recusou. A Vasquinha tinha razão. Mesmo sendo um pedido simples, tudo estava fresquinho e muito gostoso. Fiquei levando um papinho de bar com o carteiro, até que dei o bote.

— Marco Antônio, você conheceu a Deborah Ann?

— Claro! O morro inteiro sabe quem é a Dá.

— É, mas ninguém fala sobre ela. Por quê?

— É a lei da favela. Quando uma pessoa é muito temida ou, no caso dela, muito querida, ninguém abre o bico, porque nunca se sabe onde a informação vai parar.

— E você pode me dizer alguma coisa a respeito dela?

— Poder, eu posso, mas não vou falar nada, não.

Mostrei o e-mail que ela tinha me mandado.

— Seu Gavião, desculpa, mas como eu posso saber que veio dela mesmo?

— Acho que vai ter que confiar em mim. Essa informação é muito importante.

— Mas é pra ajudar a prender ela?

— Não. Prometo que não.

— Com todo o respeito, tenente, já teve muita gente de farda aqui prometendo muita coisa que não foi cumprida. E depois, como é que fica?

— Só que as fardas são de cores diferentes. Eu nunca faria nada que desonrasse o uniforme que tô vestindo. Confia em mim.

O homem ficou meio apreensivo e com um semblante de dúvida. Parecia mesmo tentar proteger a Deborah de alguma forma. Tive que usar a dissuasão, algo que aprendemos no curso de Operações Psicológicas.

— Marco, veja bem, ela tá correndo perigo. Se outro grupo encontrar a Dá, ela morre. Se a polícia chegar até ela antes de mim, sabe-se lá o que pode acontecer. Eu já tenho uma boa pista do paradeiro dela. Agora, preciso de mais informações, pra poder traçar um perfil e agir mais rápido que os outros. Você não quer que a Dá fique bem?

— Claro! Ela é uma pessoa maravilhosa. Ajudou muito aqui na comunidade.

— Então, abre o bico, cara, confia em mim. Quando e como ela chegou aqui?

— Ela é filha de uns americanos que vieram pro Brasil e se instalaram no sertão nordestino, trabalhavam como missionários. Ela chegou pela primeira vez aqui em 2009, com um grupo de gringos que veio visitar a comunidade e estabelecer uma ONG. A Dá viu tanto horror e perversidade nesse lugar que trocou a vida tranquila que tinha no Nordeste pela incerteza da favela. O nome completo dela é Deborah Ann Rapvoll. Eu sei porque os pais dela, que voltaram pros Estados Unidos, sempre mandavam umas caixas que vinham de um lugar chamado Ames, no estado de Iowa (ele pronunciou Ióva). Guardei o nome da cidade porque achei bem legal: Ames.

Ia explicar que a pronúncia correta é "Eimes", e que não tem nada a ver com "ame", de amor, mas deixei para lá. Ele continuou:

— Nessas caixas vinham coisas que ela gostava e que os pais dela sabiam que ela não ia encontrar com facilidade aqui. Mas a Dá não ficava com tudo, ela distribuía a maioria pras crianças. Além de generosa, ela era simpática pra caramba, e muito bonita. Todos os homens babavam por ela, só que ninguém chegava junto, porque ela namorava o presidente da ONG, amigo do peito do chefão do morro na época, o Mãozona. Pra Dá e outros simpatizantes da ONG, o cara falava que não tinha nada a ver com o tráfico, mas sempre esteve muito ligado ao Mãozona. Assim, a ONG servia como uma espécie de braço não armado do tráfico, em que vários acordos eram fechados e várias negociatas, feitas. Só não dava pra eles se submeterem aos acordos normalmente feitos pelos traficantes com a polícia, principalmente os chamados arregos, que é quando os meganhas são pagos pra não interferir no movimento. E isso começou a incomodar demais a polícia.

— E por que a ONG não tinha que se ajoelhar, como os outros?

— Porque a Dá administrava tudo com mão de ferro e era a cara da ONG. O namorado dela se aproveitava disso pra fazer as negociatas sem pagar nada à polícia.

— Porra, os caras devem ter ficado muito putos com isso.

— Tão putos que armaram uma pra cima do Milongueiro.

— Milongueiro?

— É, o ex-namorado da Dá. Ele tinha esse apelido porque adorava ficar ouvindo tango o dia inteiro.

— Carlos Gardel deve ter se revirado na tumba várias vezes.

— Quem?

— Deixa pra lá. Continua, por favor.

— O que se sabe é que uns policiais entraram na comunidade de madrugada pra pegar seu arrego, como faziam sempre, só que, em vez de irem embora, foram pra sede da ONG e plantaram dois pacotes com cocaína lá dentro.

— Isso foi comprovado?

— Não, mas é o que deve ter acontecido mesmo, porque o Milongueiro respeitava muito a Dá e não se atreveria a traficar debaixo das barbas, quer dizer, daquele cabelão lindo dela. Mas o que ocorreu no dia seguinte eu presenciei com esses olhos que a terra há de comer. Ainda era de manhã e eu estava entregando um pacote pra Dá quando um grupo de policiais chegou metendo o pé na porta, com arma na mão e gritando: "A casa caiu. A casa caiu. Perdeu. Perdeu." Eles me mandaram cair fora, só que eu fiquei do lado de fora vendo tudo. A Dá não entendeu nada e tentou falar com eles, mas não adiantou.

"Eles mandaram ela calar a boca, xingaram de vagabunda pra baixo. Disseram que lugar de gringa piranha era na zona. Os policias, então, voltaram toda frustração e ódio pro Milongueiro. O cara era traficante, mas era gente boa e nunca fez mal pra ninguém da comunidade. Ele se ajoelhou e colocou as mãos na cabeça, dizendo que estava desarmado e que podiam prender ele. Só que aí outro polícia, que estava atrás, deu um tiro na direção dos próprios companheiros, sem acertar, claro, e jogou a pistola do lado do Milongueiro.

"Quando ele olhou pra baixo e ameaçou alguma reação, foi cravejado de balas. A Dá começou a gritar loucamente e a ameaçar os policiais de chamar a imprensa, os Direitos Humanos e coisas assim. Ela estava louca, porque gostava mesmo do cara, e pulou no pescoço de um dos policiais. Ele jogou a Dá no chão, deu um murro em seu rosto, arrancou a roupa dela, e começou uma curra que só terminou depois que os quatro estupraram ela."

Caramba, eu finalmente estava entendendo o que a Deborah quis dizer quando escreveu que nunca apoiaria um ato covarde como o que os marginais cometeram com a Vasquinha.

— E depois, o que aconteceu?

— Quando os policiais vazaram, o Mãozona levou a Dá semiconsciente pro alto, lá pro refúgio dele. Dizem que ele sempre foi apaixonado por ela, mas nunca demonstrou nada, por respeito ao amigo. Eles acabaram se juntando. O Mãozona deu muito carinho, atenção e tratou bem a Dá, até ela ficar curada de todos os hematomas e outras marcas.

"É, mas não curou as feridas psicológicas", pensei.

— Já recuperada, ela deixou o juramento que tinha feito quando veio trabalhar aqui, de nunca se envolver com o tráfico de drogas, e começou a ajudar o Mãozona no movimento. Ela passou a bater de frente, principalmente, com os policiais, e metia o dedo mesmo quando via algum deles. Com ela, não tinha arrego nem nada. Depois de um tempo, ela sumiu do morro. Nessa época, os quatro policiais que participaram da curra e do estupro apareceram mortos, cada um de um jeito mais cruel que o outro.

— Com certeza houve represália...

— Claro. E foi coisa de cinema. Os policias, da Polícia Militar e da Civil, se uniram a uns bandidos do ADA, Amigos dos Amigos, inimigos mortais do CV. Até emprestaram coletes à prova de balas com os nomes "Polícia Civil" e "Polícia Federal" gravados neles, além de muitas armas e munição. Os caras da ADA que, numa noite, invadiram nossa comunidade, mataram o Mãozona e assumiram o morro.

— Caraca! Muito sinistro, isso.

— Só que eles se deram mal, porque os policiais não iam ficar morando aqui, é claro, e a ADA não tinha um número grande de membros na área. Além do mais, o apoio dos dois Complexos, o da Penha e o do Alemão, a eles, era zero. Foi aí que a Dá reapareceu. Ela coordenou uma retomada do morro com todos os parceiros do Mãozona e assumiu o controle do tráfico. A mulher é foda, cara!

— Nossa, que coisa, hein?

— Pois é. Por isso ninguém aqui fala nada sobre o assunto pra não colocar a vida dela em risco. E eu já falei demais.

Agradeci muito ao Marco Antônio e pedi novamente que ele confiasse em mim. Depois, seguimos de volta para a sede da Rio Sem Violência. Eu, obviamente, com a cabeça a mil.

Chegando lá, o Helinho já tinha feito as entrevistas. Ele também conseguiu informações sobre uma loja de aluguel de trajes a rigor, que tinha como público-alvo os moradores que queriam ter o gostinho de ser ricos por um dia; sobre uma cervejaria que vendia bebidas do mundo todo — inclusive uma cerveja de mais de duzentos reais; e sobre vários guias que passaram a levar turistas para "conhecer o cotidiano da favela". O Hélio realmente era muito fera no que fazia. Antes de nos despedirmos, o Carteiro Maneiro ainda deu uma última dica para ele:

— Fiquei sabendo que vão organizar um tal de Desafio da Paz em maio. Eles querem que seja uma corrida anual. Vai começar no Campo do Ordem, aqui na Penha, e terminar no Campo do Sargento, lá no Alemão.

Esses políticos são uns safados mesmo. Arrumaram um trajeto para a corrida passando pela mesma estrada que os bandidos usaram no dia da fuga cinematográfica, na época da invasão da Penha, e que ganhou o noticiário internacional.

— Legal, Marco Antônio, obrigado pela dica. Vou investigar, isso, com certeza, é coisa dos governos municipal e estadual — disse o Helinho. Depois, ele se virou para mim e mandou essa: — Gavi, depois de visitar todos esses novos comércios, ainda temos um último negócio pra conhecer, e você tem que vir de qualquer jeito.

— Que porra é essa, Hélio?

— Um show estilo Las Vegas dos travecos da Penha!

Puta que o pariu! Só me faltava aquela!

CAPÍTULO XXXIV

O MUNDO É UM ARCO-ÍRIS

O SHOW DAS TRAVESTIS ESTAVA MENOS PARA LAS VEGAS E MAIS PARA *Priscilla, a Rainha do Deserto.* Mas, como elas mesmas dizem, "bicha pobre nasce homem". Então, não podia faltar muito brilho, plumas e paetês. Além disso, a iluminação era de excelente qualidade e a trilha sonora, sensacional, que foi do clássico gay "I Will Survive", eternizado na voz de Gloria Gaynor, a "YMCA", "In the Navy" e "San Francisco", do Village People. Era um grupo que, na minha inocência de menino, pensava ser composto só de *macho man*. Aliás, nome de outro grande sucesso daquelas bichonas bigodudas americanas.

O local, uma espécie de galpão que era usado pelo tráfico para armazenar drogas e armas, foi brilhantemente remodelado pelo público LGBTQIA+ — se seu negócio não é sopa de letrinhas, significa lésbicas, gays, bissexuais, transexuais, queer, intersexuais, assexuais e outros — que, aliás, tem presença cada vez mais forte na comunidade. Eu percebia que, aos poucos, apareciam mais e mais pessoas revelando a sexualidade sem o antigo medo de sofrer deboches ou humilhações.

Na verdade, esse foi um dos grupos que mais nos apoiaram logo depois da invasão. Obviamente, tem aquela coisa do inconsciente de algumas mulheres e gays de sonhar com o homem de farda que os levará ao altar e os fará felizes para sempre, mas o certo é que eles se deram conta de que, com todo o machismo que reina nas Forças Armadas, os verde-oliva não estavam ali para discriminar ninguém. Pelo contrário, soube até de algumas histórias de transas e namoricos entre fardados e gays, mas isso a gente deixa pra lá.

Enquanto eu curtia o Bonde das Trannies, a Banda Arco-Íris e a dubladora da cantora Cher — um traveco enorme e peitudíssimo que se autointitulava TETAnic —, o Helinho ficava procurando gente para entrevistar e já tinha mais uma reportagem na manga: "A ascensão gay no Complexo da Penha." Não sei se o Alceu ficaria muito feliz com aquela, mas pouco me importava.

Entre os entrevistados do Helinho, um caso que me chamou a atenção foi o da Denilza, antes Denílson, cover da Lady Gaga. Com 13 anos, ela trocou o vestuário de camisas de times de futebol por saias e corpetes. Quando foi expulsa de casa pelo pai "cabra macho", buscou abrigo junto a uma família do Complexo. Na verdade, ela namorava o filho do casal, que aceitava abertamente a relação dos dois. Denilza comeu o pão que o diabo amassou com os integrantes machistas do Comando Vermelho, e naquela época era agradecida à FPac por poder sair de casa com as minissaias jeans e os bustiês de que tanto gostava. O divertido show terminou lá pelas 23h30.

Chegamos à base e, antes de me despedir, perguntei ao Helinho se ele tinha falado com a Helô. Ele disse que a Vasquinha e a mãe poderiam se mudar para o apê dela a partir daquele fim de semana. A notícia me deixou feliz, no entanto, a outra foi um balde de água fria: ele me contou que a Paula estava irredutível. Despedi-me dos dois.

Como eu tinha certeza de que não conseguiria pegar no sono, por não parar de pensar na história que o Carteiro Maneiro me contara sobre a Deborah, resolvi dar uma conferida no Parque Ary Barroso. Queria ver o que rolava lá à noite, como o Snarf comentou, e depois dar um esporro em todo mundo e acabar com aquela bagunça. Tem muito soldado que nem pensa direito, ainda mais em uma situação de confinamento e de pressão constante como aquela.

Cheguei ao local e notei que realmente era necessário colocar uma concertina de arame farpado ali. O buraco era grande e qualquer um poderia entrar. Fiquei meio escondido, para observar o movimento. Era um entra e sai danado de soldados, cabos, sargentos e os mais variados tipos de garotas da comunidade.

Uma mulher em especial me chamou a atenção. Não pude deixar de notar que ela entrou e saiu do parque várias vezes, cada hora com um homem diferente. Será que ela cobrava, ou era só uma safadinha que se comportava como homem (a gente não quer nem saber, só precisa colocar o pau em algum buraco e gozar)? É, amigo, existe mulher assim também. Pagando ou não, todo mundo acabava se aliviando, e o babaca aqui só na punheta. Eu tinha que dar um jeito naquela situação.

Estava decidido a voltar para a base, dar um esporro geral e tentar dormir, quando vi o que parecia ser um militar fardado saindo de maneira suspeita pela parte quebrada da grade. Decidi segui-lo de longe e entre as árvores. Não dava para ver a patente, nem saber se era homem ou mulher, mas consegui escutar muito bem os gemidos. Era a "fudelança", segundo o Snarf, rolando solta. O militar seguiu seu curso e chegou até uma obra, ainda dentro do parque, que parecia interminável e que ficava praticamente ao lado da base. Ali, deveria haver sentinelas em posto duplo, mas, por algum motivo, a área estava descoberta. Isso criava um ponto de alta vulnerabilidade para nossa Força Tarefa, já que dali era possível sair e entrar na favela sem revistas nem nada.

Tive que acelerar o passo. Eu tinha certeza de que aquele safado era o informante dos traficantes que insistiam em atuar no morro, mesmo com a presença do EB. Tive esperança de encontrar o esconderijo dos bandidos. Comecei a suar e me aproximei cada vez mais da pessoa que se embrenhava por uma trilha de mata densa. Foi aí que topei em uma pedra enorme que estava no caminho e, por falta de luz — eu não podia usar minha lanterna, para não chamar a atenção —, voei como se estivesse na largada de uma competição de natação. Só que caí em uma piscina sem água.

A aterrissagem daquele voo de *Superman* sem capa não foi nada agradável, como você pode supor, especialmente pelo volume de bugigangas que somos obrigados a carregar praticamente todo o tempo. Muitos militares preferiam não usar capacetes durante suas patrulhas porque, na verdade, eles bloqueiam parte da visão, são incômodos e normalmente geram um calor na cabeça insuportável. Eu não tirava o meu para quase nada. Houve vários casos de militares atingidos por pedras e até tijolos atirados, sabe-se lá por quem, das lajes na comunidade. Ainda bem que tomei essa decisão faz tempo, porque, na queda, bati com a cabeça em outra rocha. Com certeza, teria me machucado bastante, não fosse o equipamento fundamental da nossa farda.

Infelizmente, quando me recompus, o alvo da minha perseguição havia desaparecido na mata e perdi a grande oportunidade de descobrir o que talvez fosse o reduto dos traficantes remanescentes da Penha. Muito puto, dei meia-volta e caminhei em direção à base. Acho que o golpe mexeu com alguma coisa na minha cabeça porque, modéstia à parte, tive uma ideia brilhante para descobrir o X9 dentro do grupo e pelo menos acabar com o vazamento de informação confidencial sobre nossas ações para os malandros do tráfico.

Queria chegar logo, para colocar minhas ideias no papel e começar o detalhamento da ação. Já estava bem próximo do buraco na cerca do parque Ary Barroso quando vi uma cena que creditei ao golpe que levara na cabeça. Não, aquilo não podia ser verdade. Era uma miragem, tipo um oásis no meio do deserto: quando você chega perto, na verdade não existe. Só que o oásis que vi era de mau gosto. Não, eu não conseguia acreditar. Era minha vez de soltar um grito lancinante. Caí de joelhos no chão e levantei as mãos para cima, como se perguntasse a Deus: por quê? E comecei a chorar. Meu grito foi tão forte que, em questão de segundos, eu estava cercado por vários militares da FPac que, momentos antes, estavam tirando o atraso. No entanto, eles estavam ali, tão perplexos quanto eu, vendo aquela cena dantesca.

Começou a chover e minhas lágrimas se confundiam com as gotas da chuva que, aos poucos, fazia com que as letras vermelhas escritas em uma faixa branca pendurada na cerca começassem a escorrer. Isso transformava aquelas linhas pessimamente traçadas em algo ainda mais macabro. Trovões soavam forte e vários raios passaram a iluminar o céu. Então, eu pude ler: "Tu fode cum nós, nós fode com tu. Mete o pé da favela soldadinho de merda! Tá tudo dominado! É nós. Fé em Deus. CV." Ao lado, com uma corda ao redor de cada pescoço e pendurados balançando de um lado para o outro, dois corpos. A barriga de um deles teve parte da pele arrancada, formando um "C", e na barriga do outro, cujo corpo estava em estado similar, formava-se um “V”. Ambas as letras em vermelho e escorrendo, devido à chuva.

Meus companheiros Scooby e Estopa tinham sido covardemente assassinados.

CAPÍTULO XXXV

TRAIR E COÇAR...

Não consegui dormir. A cena do Scooby e do Estopa enforcados, com a pele saindo do corpo e aquelas letras malditas rasgadas na barriga, me assombrou madrugada adentro. Resolvi deixar aquela coisa de "dar um esporro geral" para o PX; não queria me estressar ainda mais. Pelo contrário, eu precisava relaxar. E nada melhor para isso do que uma bela transada. Mas com quem? Eu não pagava uma garota de programa desde que tinha uns 15 anos, e não estava afim de enveredar por esse caminho.

Liguei o computador para mandar uma mensagem para a Deborah e dizer que, finalmente, tinha conversado com o Carteiro Maneiro. Com certeza ela me responderia. Com isso, eu poderia mandar o e-mail para o BS confirmar se ela ainda estava em Vitória da Conquista, para eu não perder a viagem quando fosse para lá, depois de Montes Claros. Ao sair do e-mail, entrou uma daquelas propagandas indesejadas, mas que, na situação em que me encontrava, veio bem a calhar. A imagem mostrava duas mãos entrelaçadas, claramente de uma mulher e de um homem. Cada uma tinha uma aliança nos dedos anulares e a imagem se completava com a seguinte frase: "Viva a vida. Traição é uma questão de perspectiva."

Bem, tecnicamente, ainda estava casado. Mas, como minha mulher não queria mais nada comigo, resolvi experimentar e me registrei. O site era cheio de fotos falsas ou de desenhos em vez de rostos. Ninguém queria ter sua identidade revelada em um local abertamente voltado para chifradores — homens e mulheres — de plantão. Havia também muitos perfis que, certamente, eram de profissionais do sexo. Coloquei minhas características básicas sem mentir, mas não dei qualquer pista de que eu era militar ou coisa parecida.

Enquanto eu esperava uma possível resposta, comecei a questionar todo aquele mito de que homem trai mais do que mulher. Eu me vi como uma Carrie Bradshaw, do seriado *Sexy and the City*, deitada na cama e teclando no seu PowerBook G3, com aquela vozinha ao fundo, enquanto as letras aparecem na tela: "Serão as mulheres infiéis os novos homens adúlteros? Será que o Casanova virou... Cassandra?"

Comecei, então, a procurar estatísticas a respeito do assunto. Obviamente, não achei nada sobre o Brasil, um país paupérrimo em termos de números. Mudei a busca para os Estados Unidos e lá estava: 81,7 por cento dos americanos sempre acham errado ter um caso extraconjugal; 62,7 por cento dos que já tiveram um caso desse tipo também acham isso errado. Vai entender... Entre os homens que traem, as profissões mais comuns são as do mercado financeiro; já a maioria das mulheres infiéis é da área da educação. Se eu soubesse disso antes, teria sido mais abusado com algumas professoras muito gostosas que tive.

Porém, a estatística que mais me fez pensar foi a que mostrava que, nos Estados Unidos, o dia mais popular para pessoas se registrarem naqueles sites era depois do Dia dos Pais. E o segundo dia mais popular era a segunda-feira depois do Dia das Mães. Isso merecia uma análise antropológica de fôlego.

Aliás, fôlego era o que eu precisaria ter se resolvesse sair com a primeira interessada no meu perfil. O nome dela era Isabel — certamente um codinome — e, sem muita cerimônia, ela disse "estar um pouco acima do peso" e que estava ali "procurando por... SEXO". Assim mesmo, em letras maiúsculas e com a seguinte frase logo depois: "Não espere encontrar alguém para ir à ópera com você." Eu não estava querendo alguém para levar para passear de mãos dadas no shopping, mas confesso que aquela sinceridade toda me assustou um pouco.

Como já era tarde e passaram alguns minutos sem que ninguém mais mordesse a isca, resolvi dar uma chance para a gordinha. Trocamos alguns e-mails privados e marcamos de nos encontrar na tarde do dia seguinte, em um motel da Tijuca chamado Bariloche. Escancarei mesmo. Eu não gastaria dinheiro com jantar e vinho com uma mulher desconhecida e que já sabia que comeria mole. Desliguei o computador e comecei a traçar meu plano para desmascarar o dedo-duro entre os Thundercats até que adormeci, ali mesmo, em cima da mesa.

Esses smartphones têm umas músicas bem escrotinhas como despertador. Eu tinha selecionado uma que parecia uma mistura de mar de ressaca com gaivotas no cio, e foi assim que despertei. Antes de tomar um banho, vi logo se tinha recebido uma mensagem da Deborah. Positivo. Como sempre, lacônica. Dizia apenas: "A verdade é libertadora." Respondi dizendo: "Amém." Não tinha tempo para engajar em uma conversa, especialmente se ela pedisse para eu entrar na sala de bate-papo. Imediatamente, e sem me preocupar em esconder nada, reenviei aquilo para o Barbosa Silva. Prometi uma garrafa de um bom whisky se ele confirmasse o paradeiro "do cara com quem a Paula estava me traindo". Em seguida, bati um rádio para o Assis e pedi que ele se encontrasse comigo em meia hora, na minha sala.

— Assis, preciso que você me diga cinco áreas de observação de possível tráfico de drogas.

— Bom, tenente, temos uns nove pontos de observação no momento, mas a gente depende muito da colaboração de alguns moradores para ocupar a laje da casa deles, e tem que ser na encolha. Teve gente que vazou da área na Arcanjo I pra não morrer depois que o traficante Strogonoff soube da cooperação. O senhor quer algum em especial?

— Os que você considera menos perigosos, para uma ação rápida, sem muito preparo.

— Então eu diria que aqui na Penha seriam o Beco da Rainha, Beco do Vinho, Beco da 29 ou Esquina do Pecado, na rua 12 com a Muralha.

— Ok. Vou precisar de três homens da sua companhia por ponto, pra acompanhar meus homens em incursões rápidas que faremos daqui a pouco nesses locais.

— Mas, tenente...

— São ordens do general. E tem mais, boca de siri: você não pode comentar nada com ninguém. Só reúna os homens e os posicione em locais estratégicos, próximos a cada área de observação. Você tem duas horas pra organizar isso. Nós temos que mostrar serviço pro general, ele acha que a gente tá pegando muito leve com os marginais. Se der pra prender gente, melhor ainda. Se não, deixa quieto e continue com as filmagens. Depois, você volta aqui o mais rápido possível pra me atualizar sobre a situação em cada ponto, ok?

— Sim, senhor. Tenente, tem um minutinho?

— Se for mesmo um minutinho, tenho.

— O senhor pode entrar no YouTube, por favor?

— Porra, já vi que não vai ser minutinho nada.

— É jogo rápido, tenente. Coloca aí, por favor, Senhor X.

O primeiro vídeo que apareceu foi de um tipo dando tiros para cima ao som de um funk proibidão da pior qualidade.

— Hum, e daí?

— Daí que esse puto é o traficante que era braço direito do Mãozona. Tenho informações de que foi ele que matou o Dado pro Mãozona assumir o morro. Depois, ele se entregou voluntariamente pra Civil. Ficou só três meses preso e, por falta de provas e testemunhas, foi solto. Também jogou aquela que no vídeo ele era "de menor". A velha história que a gente já conhece bem. A ONG África-Brasil o "adotou" e o safado agora é *top model*, é mole uma coisa dessas?

— Porra, *top model* é de foder, hein?

— Pois é. E anda livremente pela comunidade, mesmo todos sabendo que o cara já mandou vários irem conversar com São Pedro antes da hora. Eu creio que todo mundo merece uma segunda chance, mas, antes, tem que pagar os pecados, né? O maior estímulo à criminalidade no Brasil é a certeza da impunidade, e os piores exemplos estão em Brasília...

— É, sargento, isso, infelizmente, é muito frustrante, mas não tem muito o que fazer nesses casos, a não ser monitorar o movimento dele. Quem já foi rei, nunca perde a majestade, certo? Com certeza ele vai fazer besteira de novo. Mas, olha só, não é só aqui no Brasil, não. Na Colômbia, por exemplo, com as FARC, é a mesma coisa. O cara se "desmobiliza" depois de ter matado, colocado bomba, roubado e até sequestrado gente, e aí ganha uma ficha limpa do governo, e ainda tem emprego garantido por dois anos.

— Não brinca, tenente!

— É. E talvez alguns deles até atuem aqui nos morros cariocas, traficando armas e drogas.

— Com essa eu me retiro, tenente.

Assim que o Assis saiu, comecei a chamar os Thundercats um a um. O primeiro foi o Snarf. Mostrei no mapa a área onde ele atuaria com o pessoal da companhia do sargento Assis. Disse que tínhamos que mostrar uma maior interação com as outras unidades, blá-blá-blá. Aí foi a vez da Maria Helena, que, depois da cena do beijo em público com o Snarf, passou a ser chamada de Snarfete. Em seguida, veio o VV. Meia hora depois foi a vez do Caco. Mais uma vez, pedi desculpas a ele, que não conseguiu me encarar olho no olho, algo compreensível. Ele me prometeu que, com o tempo, as coisas iam melhorar. O último e mais complicado foi o PX. Não tinha a mínima dúvida com relação a ele, porém não podia abrir o jogo. Pelo menos, não até o fim da ação, quando eu explicaria tudo. Conversei a mesma coisa com todos, um a um, em particular. Cada qual partiu para sua operação.

Enquanto esperava, comecei a procurar na internet sobre o assunto "mulheres no tráfico". Há um vasto material sobre o tema e dá para descobrir muita coisa interessante, como o fato de que, em outras regiões do país, há muitas mulheres chefonas do tráfico, em diversas favelas. Percebi que o caso da Deborah não era tão incomum como pensei. Resolvi comprar o livro *Falcão — Mulheres e o Tráfico*, de 2007, escrito pelo MV Bill e o Celso Athayde. Imagino que seja uma espécie de continuação do excelente *Falcão — Meninos do Tráfico*, também escrito pelos dois e que virou até documentário. Foi mostrado, inclusive, pela Globo no *Fantástico*.

O Assis voltou meio esbaforido e me apresentou um resumo das minioperações. Em quatro das cinco áreas envolvidas na ação, houve confronto leve ou os traficantes pularam fora. Em uma delas, dois foram presos com papelotes de crack, maconha e cocaína. Só que, como eu imaginava, em uma das áreas indicadas pelo Assis, nada aconteceu. Estava vazia.

Alguém, que eu já sabia quem era, deu com a língua nos dentes, como fazia há algum tempo, e avisou aos vagabundos sobre nossa investida. Não sei se o Assis notou, mas meu sangue ferveu. Era muita decepção para mim.

Agradeci e dispensei o Assis, elogiando-o pelo excelente trabalho realizado. Ele ficou meio sem entender, mas saiu satisfeito com a exaltação. Antes de sair, se virou e disse:

— Tenente, desculpa, só mais uma coisa.

— Manda.

— Há fortes indícios que o filho da puta do cabo Inocêncio tá envolvido com desvio de munição e de uma pistola da reserva de armamento. O subtenente fez uma conferência por conta própria e constatou. Mando prender logo?

— Não. Espera um pouco.

— O cara tá lá no pau agora.

— Ok, mas não faz nada até segunda ordem.

— Pode deixar, tenente.

Pela janela, vi que o PX se aproximava. Pedi ao Assis para esperar, me aproximei e cochichei minhas instruções no ouvido dele. Ato contínuo, o PX chegou, e já reclamando, dizendo que queria saber "que caralho tá acontecendo aqui". Depois, vieram o casal Snarf-Snarfete, o Caco, e, por último, o VV. Assim que ele entrou e fechou a porta, voei para cima dele, que bateu com a cabeça em um dos escaninhos localizados na lateral da minha sala e rachou a porta de um deles. Ainda deu tempo de eu aplicar um senhor murro na cara dele, que fez jorrar sangue para todos os lados, vindo principalmente do nariz, antes que o PX e o Snarf conseguissem me separar daquele safado.

— Filho da puta! Eu só não te mato aqui e agora porque ainda quero ver você sofrer muito, como você fez sofrer as famílias das pessoas sequestradas, mortas e assassinadas por essa cambada de vagabundos que você, sei lá por que, tá ajudando. Me solta, porra!

Snarf e PX me soltaram aos poucos, acho que para ter certeza de que eu não partiria outra vez para cima do VV. A Snarfete, que obviamente não estava entendendo nada, perguntou:

— Desculpa, tenente, mas o que tá rolando aqui?

— O que tá acontecendo, dona Maria Helena, é que esse filho da puta, safado, pilantra é o X9 que tá passando informações confidenciais do nosso grupo pros traficantes.

— Mas, tenente, como o senhor tem certeza?

Expliquei a ação isolada de cada um deles e como só na do VV não havia ninguém no local. Disse, também, que voltei no tempo e revi mentalmente nossas ações recentes e todas as provas apontavam para ele. Mas eu ainda tinha dúvida de uma coisa. Aproximei-me do VV a passos lentos. PX e Snarf ainda tentaram me impedir, mas eu pedi para me deixarem terminar. Eu precisava tirar aquela história a limpo. Cheguei bem perto do rosto dele e, quando estávamos a poucos centímetros um do outro, falei:

— Senhor Eduardo Siqueira Valverde, acho que mereço pelo menos que você me fale a verdade agora, em nome da nossa amizade e por tudo que fiz por você até aqui. Foi você que deu um toque no grupo da Dá de que a gente ia entrar no morro pra resgatar o Helinho? Foi por isso que, do nada, quando todo mundo estava lá embaixo vendo a final do campeonato de futebol das favelas, ela apareceu com os comparsas? Foi ou não foi?

Naquele momento, o VV desabou no chão e começou a chorar copiosamente. Ele soluçava muito e dizia que queria morrer, que já não importava mais nada, e que, sim, tinha sido ele. Mais do que ódio, tive uma sensação imediata de alívio. Aquela dúvida me corroía por dentro desde aquele episódio. Tinha certeza de que alguém havia dedurado a gente. Cheguei a duvidar do X9 Ernesto, do Barbosa Silva e de outros membros do nosso grupo. Nunca pude imaginar que um dos caras que mais ajudaram a planejar e executar aquela ação, e com quem eu me identificava tanto, pudesse me trair daquele jeito.

Tive vontade de dar um chute violento na cara dele, mas eu já estava muito enrolado com o Alceu e preferi seguir com o meu plano. Só que eu deveria ter chutado aquele filho da puta mesmo assim, como um goleiro que bate o tiro de meta tentando colocar a bola lá na área do time adversário, ou seja, com uma porrada bem dada, porque aquele safado ainda teve a coragem de se levantar e me peitar.

— Sabe do quê, tenente? Você pode fazer o que quiser comigo. Foda-se. Tô fodido mesmo. Pelo menos eu não fico por aí dando uma de mister corretinho, quando todo mundo sabe que tu tem é muita merda enrustida. É muito fácil pra você, que nasceu em família boa, morou na Zona Sul e comeu carne todo dia quando criança, ficar cagando regra a torto e a direito.

— Ah, cala tua boca, seu babaca de merda!

— Dói ouvir a verdade, né, não? O que você faria no meu lugar, hein? Diz aí, hein? Tenentinho de merda que se acha.

— Vai vir agora com aquele papo de morador de favela pobre e desprotegido? Pra cima de mim não, meu irmão!

— É isso mesmo. Favelado pobre e esquecido pela sociedade, pelo governo, por todo mundo. Eu sou parte daqueles que todos querem colocar pra baixo do tapete e fingir que não existem. Mas quer saber? A gente existe, sim, e tem os direitos que todo mundo aqui tem, tá entendendo? Você sabe por que a maioria desses garotos coloca uma pistola na cintura e um fuzil na mão? Esses garotos crescem vendo policial arrombar suas casas por qualquer motivo, a mãe levar porrada do pai, se é que ele tá presente, a irmã se prostituir por medo ou pra ganhar um qualquer pra ajudar em casa. Eles se armam porque só assim deixam de ser invisíveis. Só assim eles chamam a atenção. Só assim ganham seus 15 minutos de fama.

— Ô, Valverde, vai pra puta que o pariu, você e tua sociologia barata! Por que não continuou sua vidinha de coitado em vez de se alistar?

— Porque ainda é a única oportunidade que um cara como eu tem de ter algum tipo de ascensão social no Brasil. Eu só não sabia que isso seria um tiro no pé. Ter que me esconder o tempo todo, não usar farda pra entrar ou sair da favela... Só que uma hora a casa cai. O pessoal descobriu que eu era do Exército. Pra não morrer, prometi virar X9 deles. Até hoje esses putos estão de olho na minha mãe e na minha irmã o dia inteiro. Elas não podem deixar a comunidade onde eu moro e, se eu deixar de passar informações pra eles, elas morrem. E agora, tenente, diz aí: o que você faria?

— Você podia ter se aberto comigo e, juntos, a gente encontraria uma solução. Seu Valverde, no EB você é atirado aos lobos e tem que sair como líder da matilha, entendeu?

Naquele momento, bateram à porta. Era o Assis novamente.

— Assis, estou ocupadíssimo.

— Tenente, roubaram uma pistola nas barbas do Inocêncio, que já foi preso, mas tinha informações de que a arma ainda estava aqui na base, e o coronel Alceu ordenou uma revista geral dos armários. A pistola roubada foi encontrada desmontada e enrolada em outras coisas como disfarce dentro do armário do sargento Eduardo Siqueira Valverde. Tô aqui pra prender ele.

— Mas isso é uma mentira deslavada! Eu não roubei nada! — disse o VV.

— Assis, algema e leva pro xadrez. Tomara que apodreça em alguma cela do nosso honroso Exército.

Como diz o ditado: "A vingança é um prato que se come frio."

CAPÍTULO XXXVI

QUE ISSO, GORDINHA?

Eu sabia que minha noite não seria nada agradável como participante da Operação Lei Seca, então resolvi sair para dar uma espairecida. Merecia um tempo de arejamento. Liguei para minha mãe. Queria dar um pulo na praia, mas também estava com saudade dela. Fazia tempo que não nos víamos. Tínhamos nossas diferenças, mas dona Sueli era uma mulher forte, sofrida, e eu a amava de verdade.

Dei um abraço apertado na velha, contei algumas histórias do morro e, quando ela começou a me incomodar sobre a Paula, vazei para a praia. Havia uma diferença enorme entre ir à praia em um dia de semana, sexta-feira, e no fim de semana, quando as areias parecem mais um zoológico humano. Tudo bem que, no Rio, a praia é o lugar mais democrático de todos. Mas Copacabana virava uma farofada insuportável nos sábados e domingos.

Durante a semana, era bem mais tranquilo. Velhinhos e velhinhas, turistas, gente que não faz nada e muitas putas. Eu sempre gostei de ver como elas atuam e como os gringos babam com nossas mulatas. Às vezes, ficava com pena dos caras. Mas quer saber? Se o centroavante do Gringos Futebol Clube acha que uma mulher escultural fazendo *top less* vai dar mole para ele por causa dos seus dotes físicos inexistentes, tem mais é que se ferrar mesmo.

Dei uns mergulhos, olhei para a areia e vi o enorme hotel que construíram no lugar do antigo Cinema Rian. Meu pai me falou que o lugar era lindo e que sempre levava minha mãe para ver as últimas produções de Hollywood. Logo em seguida, fui embora.

Na volta para o apê da minha mãe, passei pela tradicional feira da Domingos Ferreira e comprei umas goiabas e ameixas para mim, além de legumes e vegetais para a dona Sueli. Era a hora da xepa (depois da uma da tarde) e a compra saiu bem em conta. Entra ano, sai ano, e as piadinhas dos feirantes continuavam as mesmas, mas a gente termina rindo de qualquer jeito.

A minha favorita era a do vendedor de bolsas e outros apetrechos que caminha entre as barraquinhas de frutas, biscoitos e vegetais. O cara era um negão estilo Fio Maravilha, com aquela boca cheia de dentes, que sempre que passa uma boazuda grita: "Malas, malinhas e maletas. Bolsas, bolsinhas e..." Ele faz uma pausa dramática e, quando a mulher para e se vira com aquela cara de assustada, ele completa: "...sandálias Havaianas!"

Minha mãe fez um strogonoff de carne maravilhoso. Ela não usava cogumelo, mas palmito. A carne, quando era para outras pessoas, era maminha de alcatra; para o filhão dela, era filé mignon. Tudo com arroz e batatinha palha. Muito gostoso. De sobremesa, o único doce que gosto de verdade, além de chocolate. Ela fazia uma mistura de coco com laranja que ficava sensacional. Molhadinho. Não muito doce, com um toque azedinho.

Aproveitei para pegar algumas roupas para levar na minha viagem a Montes Claros. Bem-alimentado e feliz, parti para a Tijuca. No caminho, refleti que dera mole em marcar em frente ao Bariloche. E se a tal da Isabel fosse muito caída? Não ia ter saída. No restaurante, com certeza eu morreria em uma garrafa de vinho, mas pelo menos poderia dizer que a comida tinha caído mal, que estava com dor de barriga e me picar. Bom, já era tarde demais.

Cheguei meia hora antes do combinado e fiquei observando o entra e sai de casais. Para uma sexta à tarde, achei o movimento muito bom. Primeiro, uma mulher que parecia ser bem mais velha com um garotão com os músculos se sobressaindo devido à sua camiseta estilo "vem cá meu puto"; depois, entrou um tipo que parecia um executivo com uma ninfetinha deliciosa; o terceiro casal era gay: um bigodudo com cara de mau e seu parceiro, que parecia um modelo da Toulon, todo bombado e tatuado. O Bariloche era um motel diferente dos que eu costumava frequentar. Havia uma garagem, mas você tinha que estacionar o carro e andar até a recepção e depois para o quarto. Isso possibilitava toda a minha observação, mas me deixava cabreiro porque, se a Isabel fosse muito ruim, certamente haveria alguém ali me vendo e me sacaneando por dentro.

Era 16h15 e nada da gordinha. Eu já ia me mandar quando apareceu uma mulher com um vestido florido e óculos escuros. Ela se aproximou de mim e perguntou: "Júnior?" Esse foi o nome que coloquei no meu perfil. Ia dizer que não, mas, como a secura era grande, resolvi partir para o abraço. Confirmei que era eu mesmo. Ela sorriu, pegou na minha mão e se dirigiu para a recepção. Quem quer que visse aquela cena já estaria zoando com a minha cara.

A moça da recepção perguntou se queríamos um quarto simples, a suíte júnior ou a suíte presidencial. Quando ia falar "quarto simples", a gordinha se antecipou e mandou: "suíte presidencial". Puta que o pariu! A filha da Wilza Carla tava de sacanagem, né? Peguei a chave muito a contragosto. No quarto, ela não titubeou. "Amor, me pede um sanduíche com um whisky?" Caralho, quem come sanduíche com whisky em motel? Rezei para os caras terem um Old Eight no menu, mas o whisky mais baratinho era o Johnny Walker Red Label a 19 reais a dose! Sem alternativa, pedi o Red e um Bauru.

Enquanto esperava seu sanduba, ela resolveu fazer uma demonstração de dança do ventre para mim. Isso mesmo! Aquilo era muito mais ventre do que dança. A Isabel estava mais para Isabola do que qualquer outra coisa. Ela foi preparada e tinha até CD de música árabe. Ela ia batendo entre os dedos uma espécie de pratos minúsculos de bateria e, depois de balançar as banhas para lá e para cá, foi se aproximando de mim, se aproximando... Até que bateram na porta. Salvo pelo gongo!

Era o garçom. Ele colocou o pedido em uma janelinha e a Isabel, quer dizer, gordota, quando levantou aquela cobertura redonda de inox que revelou um Bauru enorme, quase teve uma síncope. Sem cerimônia, caiu de boca naquele tríplex de pão de forma, mussarela, presunto, tomate e ovos. Ela, então, virou para mim e perguntou, enquanto a gema mole de um dos ovos escorria pelo canto da boca: "Qué não, amor?"

"Quero. Quero é fugir daqui", pensei.

Liguei a TV, como uma forma de evitar que ela colocasse o CD de música árabe para tocar de novo. Procurei um canal de sacanagem. Encontrei um lá no número 274. O título era: *Sai, Branco, Cacique Também Quer Dar Metida*. Fui passando de canal em canal. Diga-me você se pararia em algum destes filmes: *Jorrada nas Estrelas*, *Férias na Fazenda do Tio Fritz*, *O Senhor dos Anais*, *Suecas Sapecas*, *Piróquio*, *Picamon*, *Pônei Nela* e *O Grelo Falante*. Escolhi o último. Comecei a ver e entendi o título. É que a atriz principal tinha um clitóris enorme.

Enquanto as atrizes pornôs gemiam na tela, Isabel gemia saboreando seu Bauru. Estava rezando para aquele sanduíche não terminar nunca. Mas terminou. Ela tomou 19 reais de whisky em uma golada só e partiu para o que pensou ser uma tarde de luxúria. O problema foi que, com seu tamanho avantajado, ela bloqueou minha visão da tela da TV e, sem o estímulo visual, broxei completamente.

Para disfarçar, perguntei se ela não queria outro sanduíche, e ela: "Tudo bem, mas me leva em alguma lanchonete?" Fingi que meu celular tinha tocado e, quando "desliguei", falei que tinha uma emergência e que teria que ir embora. Pedi a conta, paguei e me desculpei com a Isabel que, aliás, se chamava Estefânia, e saí quase correndo dali.

Peguei um trânsito danado da Tijuca até a Penha e, quando cheguei, estava quase na hora de partir para a Operação Lei Seca. Coloquei a farda rapidamente e fui para a Praça São Lucas, onde todos já estavam a postos.

A Operação Lei Seca dentro da área de pacificação foi uma ideia do Comando da FPac. Nós entrávamos somente com o pessoal para fornecer segurança na execução da fiscalização propriamente dita. Como era uma ação que envolvia diversos atores, quem coordenava pessoalmente era a FPac, ou outro designado por ele, mas tinha sempre alguém do Estado-Maior de lá. Acontece que essa função seria exercida por mim naquela noite, graças ao Alceu. Para quem nunca viu, é uma blitz gigante, com vários cones e soldados espalhados na pista, fita zebrada, material para furar pneus, toldo e um balão enorme escrito "LEI SECA", assim mesmo, em letras garrafais.

Como em uma ação de Lei Seca convencional, a operação consistia em parar veículos a fim de fiscalizar a documentação e o teor de álcool no sangue dos condutores. Nossa participação naquela noite, além dos Thundercats, contou com meu camarada, o tenente Bottino. Ele veio nos dar reforço com cães farejadores e um pelotão do 1º Batalhão de Guardas para a segurança do pessoal, que incluía a CET-Rio, os PMs, o Detran, entre outros.

Aliás, acho que mandavam os melhores policiais militares para esse tipo de operação. Os caras eram superprofissionais, bem fardados e, pelo que tenho entendido e por minha experiência lidando com eles, incorruptíveis. É uma operação chata, porque você tem que lidar com bêbados, com filhinhos de papai que se acham e até mesmo com políticos. Mas, se todas as ações das diversas polícias fossem assim, certamente o Brasil seria um país melhor. De modo geral, naquela área era um "massacre", porque muita gente não tinha carteira, muitos veículos estavam em situação completamente irregular, comprados a preço de banana só para rodar até quebrar. Como as multas e a dívida do IPVA eram altíssimas, quase sempre desciam do carro ou moto e diziam: "Perdi!". E ficava por isso mesmo.

Cheguei, cumprimentei o resto da tropa e o PX veio conversar comigo, acompanhado por um homem. De cara reconheci a figura. Era um dos chamados líderes comunitários da Penha. Janielsen Rodrigues, o presidente da Merendiba, há 13 anos no cargo. Gostava de se apresentar como o "defensor dos frascos e comprimidos" e como amigo de coronéis e generais. No início, mantinha as aparências com a FPac. Mas, quando teve sua moto, que, aliás, era roubada, apreendida por uma patrulha, rompeu os laços conosco e promoveu uma reunião com outros líderes, incitando o rompimento com a FT REI. Como não teve sucesso, depois tentou se reaproximar. Afinal, ele necessitava de autorização para promover seus bailes funk na Quadra da Merendiba. Para mim, ele era como muitos outros desses líderes comunitários, ou seja, usava aquela função como alavanca política e, com certeza, tinha ligações com o tráfico.

— Gavião, esse é o Janielsen Rodrigues, líder comunitário. Ele quer falar com você.

— Desembucha, Janielsen.

— Tenente, o negócio é o seguinte: a gente tá esperando entre oito e 12 ônibus de pessoas que vêm de Vigário Geral e de outras comunidades pro 1° Encontro Anual de MCs, Rapeiros e Funkeiros da Comunidade da Penha. Tô pensando em chamar esse evento só de MCRap. O que o senhor acha do nome?

Lembrei-me da Isabel.

— Parece nome de sanduíche do McDonald's, mas e eu com isso, senhor Janielsen?

— É que, se eles ficarem presos aqui na operação, que, aliás, é algo divino, maravilhoso, uma dádiva dos céus, mesmo, o senhor poderia liberar... Entende minha situação, né verdade?

— Entendo perfeitamente, e não dá pra liberar. Todos os veículos têm que ser revistados pra ver se transportam drogas, armas etc. É que essa é uma operação divina, maravilhosa.

— Mas, tenente...

— Não se preocupe, senhor Janielsen. Colocarei meus melhores homens pra fazer as revistas. Vai ser vapt-vupt.

Antes da invasão, os dois principais bailes do tráfico ocorriam em duas quadras desportivas cobertas. No Complexo do Alemão, era na Quadra da Canitar, e no Complexo da Penha, na Quadra da Chatuba. Havia, no espaço, camarotes para os VIPs, que eram jogadores de futebol ou artistas de TV e cinema. Obviamente, rolava muita droga e esses camarotes tinham banheiro, garçom e tudo aquilo que se vê durante os desfiles das escolas de samba na Marquês de Sapucaí. Em outros camarotes, era proibido fumar e cheirar; era para os caretas. Nesses locais, era possível observar de camarote (literalmente) os trenzinhos do funk, sexo grupal — desses em que dez caras comem a mesma garota — entre outras baixarias.

Quando cheguei, as placas e indicações ainda estavam nas paredes daqueles camarotes. Mandei arrancar tudo. Por razões de simbolismo, foi proibida a realização de bailes nessas quadras e elas passaram a ser ocupadas 24 horas como pontos fortes. Como dizem o Luiz Eduardo Soares, o Rodrigo Pimentel e o André Batista, no livro *Elite da tropa*, tem que ter muita consciência social para ser esclarecido, viver fora dali e se enfiar em um buraco desses achando que não tem nada demais.

Senti que o Janielsen ficou pau da vida quando eu disse que não deixaria os ônibus passarem sem revista, mas dane-se ele. Os carros passavam e os policiais paravam um por um. O que tinha de gente querendo subornar os PMs era impressionante. Eu via aquilo e meu sangue fervia. Mas, como falei antes, aqueles policiais eram padrão e ainda prenderam um otário que se fez de desentendido e entregou uma carteira de habilitação vencida com uma nota de cem reais. O ônibus e o Zé Mané ficaram lá, parados, e os passageiros foram distribuídos por outros ônibus da caravana.

Onze da noite e quem é que apareceu, em um carrão de luxo e com três popozudas a tiracolo? Soberano. Ele foi logo dando tchauzinho para os policiais, e as mulheres mandando beijinhos. Para evitar um constrangimento por parte do oficial da PM responsável pela revista dos veículos, me coloquei à frente do carro e fiz sinal para que parasse.

— Grande tenente, é Falcão, não é mesmo?

— Não, seu Soberano, é Gavião.

— Claro! Uma ave muito mais nobre. Algum problema, tenente?

— Nenhum, mas temos que revistar o veículo.

— Com todo o gosto, tenente. Meninas, desçam, por favor, que nosso oficial tem que proceder com o trabalho dele.

As três gostosas saíram do Chevrolet Camaro V6 branco e todos os homens presentes se viraram para observar. Realmente, um espetáculo. Pedi a um dos PMs que fizesse a revista. As únicas coisas que ele encontrou foram duas caixas de whisky Ballantine's, uma caixa de champagne Moët Chandon, três garrafas de rum Bacardi e um engradado de refrigerantes.

— É uma doação para a comunidade, meu tenente. Não tem nada de mal nisso, certo?

— Não. Nada. Mas o senhor não joga pelo Vasco amanhã?

— Tenente, é no domingo, e contra o Madureira...

"Ainda bem que sou Flamengo", pensei. Aliás, o Mengão ia muito bem no Campeonato Carioca sob a batuta do Ronaldinho Gaúcho. Já tínhamos ganhado a Taça Guanabara e começamos bem a Taça Rio.

— Libera, cabo Alonso — gritei para o militar encarregado naquele momento.

Muita gente tinha o carro apreendido, e a empresa contratada pela Prefeitura para fazer o reboque fez a festa. Cada diária custava mais ou menos trezentos reais. Imagina quanto eles não ganhavam apenas em uma noite de Operação Lei Seca? Um a um, foram chegando os ônibus que o Janielsen havia comentado. Não sei como alocariam tanta gente na quadra onde o evento seria realizado, mas aquilo já não era problema meu.

Era bem tarde quando o PX me puxou pelo braço e disse:

— Olha ali. Olha só quem tá querendo entrar na favela.

— Onde?

— Terceiro carro.

— Aquela Merça?

— Isso. Chega mais perto.

Fui me aproximando e vi melhor. Era uma Mercedes Benz G55 AMG 2011. Independentemente de eu achar o carro feio, só quem tem muita bala podia ter um desses no Brasil. Olhei para dentro. Aquilo seria uma visão? Nunca poderia imaginar que os três traficantes que eu mais odiava e que estavam no topo da minha lista de procurados estivessem bem ali, na minha frente. A música que vinha de dentro do carro estava nas alturas. Era um daqueles funks intragáveis. Dirigi-me ao capitão PM responsável pela operação e pedi que ele desse voz de prisão aos três.

— Baseado em quê, tenente?

— Porra, são os caras que ainda controlam o movimento de compra e venda de drogas e armas aqui na Penha!

— Você tem provas?

— Não, mas uma menina da comunidade que foi estuprada por eles fez uma denúncia com o pessoal da Civil.

— Vou ter que investigar e ver se procede. Precisamos do nome completo dos três.

O capitão pediu a um de seus subordinados que mandasse o bandido que estava ao volante encostar o carro. O Galo, que estava no banco do carona, então falou:

— Ô, parceiro azul, tu vai entrar na pilha desse periquito-vacilão-pela-saco? Nós tamo só trazendo uns gel pro baile pra ver se arruma uns filé, tá ligado?

Chamei o Snarf e perguntei baixinho:

— Tá filmando tudo? Que porra é essa de gel e filé?

— Tô captando tudo. Gel é cerveja e filé é mulher gata, tenente.

Obviamente, o periquito-vacilão-pela-saco era eu, mas resolvi fingir que não ouvi.

— Todo mundo pra fora do carango, rápido — falou o cabo Alonso.

O primeiro a sair foi o Galo, depois foi a vez do Strogonoff e, por último, o Pablito Escobar. Os três usavam o traje típico de chefão do morro: camisa de grife tipo QA, Brestyle, Acostal (mas tem as mais baratinhas também, como Aéroestilo e PAG). Com os três, calculo que havia pelo menos sete quilos de ouro pendurados no pescoço e em anéis nas mãos. Eram joias bem-feitas, que não eram encontradas em joalherias comuns. Isso indicava que eles tinham seus próprios joalheiros. Galo trazia um "$" enorme no peito. Pablito vinha com um AR-15 gigantesco e Strogonoff, com uma réplica em ouro da Igreja da Penha. Os homens da polícia fizeram os três encostarem de costas no carro.

— Tranquilidade, parceiro. Ninguém tá mamado aqui — falou Strogonoff.

Os policiais fizeram a revista e não encontraram nada e, por incrível que pareça, os três traziam seus documentos originais de identidade. O nome verdadeiro do Strogonoff era Jurandir da Silva; Galo era Mauro Cardoso de Lima e o colombiano Pablito se chama Emilio Aliniega. Peguei as três identidades e as mostrei ao tenente PM. Ele bateu um rádio para alguém e pediu para verificar os nomes. Negativo. Nenhum deles tinha ficha na polícia. Pedi para ele verificar com a Civil. Demorou um pouco, mas a resposta também foi negativa.

— Tá vendo aí, tenente? Nós aqui é tranquilo. Bota fé que nosso bonde só tem CB, sangue bom, tá ligado? É nós na fita.

O capitão queria liberar os caras, mas pedi mais uns minutinhos.

— PX, a Vasquinha e a mãe dela já foram lá pra Heloísa?

— Foram hoje pela manhã.

— Liga pra Vasquinha e pergunta sobre o depoimento dela naquele dia lá na clínica.

— Porra, tá tarde pra caralho, Gavi.

— Foda-se!

O PX ligou e voltou com uma péssima notícia.

— Ela deu pra trás na hora H. Ficou com medo. Acabou dando a descrição de uma pessoa qualquer. Mandou pedir mil desculpas a você.

— Puta que o pariu! Que merda!

Tive que dizer ao capitão para liberá-los. Mais marrentos do que nunca, os três entraram na Mercedes com sorrisinhos de canto de boca. Já ia partindo para cima deles, mas o PX me segurou. Senti um ódio mortal daqueles marginais e prometi vingança para mim mesmo.

— Aê, tenente, larga essa robada e vem com nós. Vô te dá maior moral lá. Vô mandar o DJ gritar lá: CV! Só que fica na tranquilidade, porque não é Comando Vermelho não, é Comando Verde, tá ligado? Fé em Deus, periquito. É nós!

O puto do Galo falou isso e o Strogonoff arrancou com o carro.

Já com o dia raiando e chegando ao final da operação, aconteceu algo impressionante. Veio um carro em alta velocidade e foi direto para cima do *check point*. Antes que atingissem alguém, os militares atiraram e mataram os dois marginais que estavam dentro do veículo. Um dos militares foi atingido de raspão pelo carro. Depois, soubemos que os vagabundos realizaram um assalto, roubaram o carro, e voltavam para a favela com o produto da ação. Fiquei imaginando que, se isso acontecesse com o Strogonoff e seus comparsas, teria sido divino. Mas eles não perdiam por esperar. Tinha certeza de que nosso próximo encontro seria muito diferente. Afinal, seguindo o conselho deles, eu tinha que ter fé em Deus.

CAPÍTULO XXXVII

"ESTRADA DE TERRA, ESTRADA DE ASFALTO, ESTRADA DE LUZ..."

Durante o fim de semana, recebi a confirmação, por parte do Barbosa Silva, de que a Deborah ainda estava em Vitória da Conquista. Era só torcer para que ela não saísse de lá antes de eu chegar. Deixei uma coisa muito clara para o Caco e o Snarf: eu precisava de um mapeamento completo dos estrangeiros residentes tanto na Penha quanto no Alemão. Eu tinha certeza do envolvimento externo no tráfico de drogas e armas nessas comunidades e achava que, chegando aos estrangeiros do morro, conseguiríamos romper os laços entre eles e os traficantes brasileiros, permitindo a captura das lideranças principais que insistiam em atuar naquela região.

Na segunda pela manhã, o coronel Alceu reuniu todos os militares responsáveis por fazer a ambientação das tropas de fora do Rio que participariam da próxima Operação Arcanjo, a terceira. Deu sua palestra típica, para que nos sentíssemos superimportantes, disse que nossa missão era nobilíssima, blá-blá-blá, e começou a distribuição das passagens de ônibus.

Quando ele me chamou, obviamente, eu já sabia que iria para Montes Claros.

O que o Alceu não sabia é que eu havia combinado com o Helinho de ir de carro com ele, que já estava a postos me esperando. Tinha atualizado um pouco meu iPod, para não ter que escutar do Hélio, mais uma vez, que eu só ouço música dos anos 1980. Influência paterna é para sempre, mesmo que você não queira, ou que seja inconsciente. Coloquei minha malinha no carro e caímos na estrada. Esperávamos percorrer 850 quilômetros em um dia. Assim, chegaríamos a Montes Claros na manhã da terça-feira.

Como já comentei, a última vez que embarquei em uma viagem longa com o Helinho foi quando éramos garotos e fomos lá para Quaraí, no Rio Grande do Sul. Não sei se, com a violência atual, nossas mães nos deixariam realizar a mesma viagem. Os tempos são outros. O que não muda, porém, é a falta de estrutura do Brasil. Estradas esburacadas, sem acostamento, restaurantes horríveis e sujos pelo caminho, e por aí vai. Quando a estrada é boa ou razoável, pode apostar que terá vários pedágios, como se os impostos não fossem suficientes.

Mas até que a estrada estava em boas condições do Rio até Juiz de Fora, que os moradores adoram chamar de "Esquina do Rio", puxando bem o sotaque para o carioquês. Ali, fizemos nossa primeira parada para o tradicional pastel com caldo de cana. Não há refeição melhor no mundo por R$4,50!

Por outro lado, os problemas são muitos nos quase 270 quilômetros da BR-040 entre Juiz de Fora e Belo Horizonte. O Hélio, como bom jornalista, pedia que eu procurasse na internet alguns dados dos lugares por onde passávamos. Segundo os números que encontrei, naquela parte da BR-040 morrem, em média, duas pessoas por semana. Além disso, acontecem por volta de seis acidentes diariamente, e mais ou menos quatro pessoas ficam feridas. Ficamos sabendo, também, que o trecho poderia ser privatizado e, por isso, ninguém queria investir mais nada até a empresa vencedora da licitação fazer uma série de obras na fração problemática da estrada. E o povo que se ferre, como sempre. Não entendo de engenharia, mas acho que, para resolver o problema ali, só mesmo separando as pistas de subida e descida.

Sempre tive vontade de conhecer a Escola Preparatória de Cadetes do Ar, a EPCAr, uma instituição de ensino médio que prepara jovens para ingresso no Curso de Formação de Oficiais Aviadores, na Academia da Força Aérea, em Pirassununga, São Paulo. Seus correspondentes nas outras forças armadas são a EsPCEx, que fica em Campinas, e o Colégio Naval, em Angra dos Reis.

Achei a EPCAr, que fica em Barbacena, belíssima, e imaginei onde eu estaria se tivesse seguido meus desejos iniciais e entrado na Força Aérea, ao invés do Exército. Mas, com o histórico da minha família e depois do que aconteceu com meu pai (olha aí ele de novo), ficou difícil fugir de meu destino verde-oliva.

Voltando à estrada, em praticamente todos os municípios cortados pela BR-040, moradores eram vistos circulando a pé, de bicicleta e até em veículos de tração animal. A falta de passarelas era óbvia. Principalmente no trecho entre Conselheiro Lafaiete e Congonhas, que tem muitas rachaduras e ondulações na pista, o asfalto desgastado e vários buracos.

— Puta que o pariu, aqui tem tanto caminhão das mineradoras que o pó de minério que eles deixam pelo caminho tá cobrindo as placas! — reclamou, em certo momento, o Hélio, coberto de razão.

Passamos por Belo Horizonte, mas só fizemos outra parada em Sete Lagoas. Decidi comer um hambúrguer e, já na primeira mordida, espirrei um jato de ketchup, sujando toda a minha camisa.

— Mas você parece uma criança, porra. Sempre que come, acaba se cagando todo.

— O pior é que eu trouxe pouca roupa. Vou ter que comprar outra camisa.

— Tu é chato pra caralho, hein?

— Pô, foi mal, Helão.

Saímos à procura de uma loja de roupas.

Encontramos uma relativamente perto. Entramos.

— Vê se aproveita e compra outra calça também, porque essa sua aí tá bem caída. Tu não vai querer conquistar sua bandidinha vestido que nem caipira, né?

— Tá tão ruim assim, é?

— Não. Tá péssimo! Aliás, acho que você se acostumou com a farda e relaxou no visual.

— Pô, ajuda aí a comprar uma roupinha maneira, então.

— Tá.

Entramos na loja, que se chamava Nabeka. Peguei uma camisa e uma calça qualquer e pedi para a atendente me mostrar onde ficavam os provadores.

Experimentei a camisa e a calça que o Hélio escolheu e achei que tinha ficado show. Realmente, o cara tinha bom gosto. Seria a mesma roupa que eu usaria para me encontrar com a Dá, para não correr o risco de ela me achar cafona.

Depois de muita música dos anos 1980 e desespero do Hélio, chegamos a Montes Claros. Perguntamos a um senhor, que estava fumando seu cigarrinho de palha à beira da estrada, onde ficava o 55° Batalhão de Infantaria, e ele nos indicou direitinho como chegar até lá. O sargento Lacerda, de Relações Públicas, nos recebeu cordialmente e, em seguida, nos apresentou ao comandante, que estava à nossa espera. Depois de uma conversa rápida, expliquei que estávamos muito cansados e que queríamos tomar um banho e dormir.

O Hélio preferiu não ficar no quartel e seguiu seu caminho para encontrar um hotelzinho onde se hospedar. Disse que o mais interessante para ele seria conhecer as famílias dos militares que embarcariam para o Rio para fazer parte da Força de Pacificação. Combinamos de ele voltar no dia seguinte, na hora da minha apresentação da manhã, para entrevistar o pessoal do Batalhão.

O Helinho chegou para tomar café da manhã comigo. Ele conseguiu contato com algumas famílias na noite anterior e me fez um breve apanhado das opiniões e do sentimento generalizado entre os entrevistados.

— Gavi, as famílias dos militares que vão embarcar para o Rio estão desesperadas. Elas acham que seus parentes vão para uma guerra civil não declarada, o que não deixa de ser uma triste realidade. A maioria acha que não vale mais a pena ser militar no Brasil, porque o salário é significativamente inferior em relação a muitas carreiras federais, como nas Forças Armadas. Elas mencionaram coisas como o fim da licença-prêmio, a extinção da gratificação de tempo de serviço, o fato de os militares não passarem mais pra reserva remunerada com um posto acima, e outras coisas. Há, inclusive, ex-militares que, agora, vivem melhor como civis.

— Você tem algum relato desses aí pra me mostrar?

— Vários. Olha esse aqui, por exemplo. É de um ex-capitão do Exército. Ele se chama Ricardo Figueiroa. Disse que não se importa se eu colocar o nome dele na matéria. Ouve aqui a gravação:

"Passei no concurso pra auditor fiscal do trabalho em 2009 e deixei o Exército no posto de capitão. Meu salário, atualmente, é de vinte mil reais, bem superior ao de major, posto que eu ocuparia hoje. Deixei o Exército pensando em ganhar mais. Depois, percebi que deveria ter saído antes, mesmo que pra ganhar menos, porque depois poderia ganhar mais. Fiquei quase dez anos da minha vida dentro das Forças Armadas, na maior parte do tempo, sob a opressão de pessoas despreparadas, autoritárias e sem muito comprometimento."

— O pior é que, muitas vezes, isso é verdade — eu disse.

— Agora ouve esse aqui. É da mãe de um sargento desse mesmo Batalhão:

"Meu filho não é valorizado. Ele é menosprezado. E agora que a polícia do Rio não dá conta do recado, querem mandar ele pra lá pra resolver? Militar é formado pra proteger o país, não pra participar do combate a epidemias de dengue e subir morro pra lutar contra bandido."

— Ela tem razão no que fala a princípio, mas não no que veio depois. Tá na nossa Constituição que devemos participar dessas ações cívico-militares. E, quer saber, isso até que é bom pra nossa imagem perante a população.

— Mas essas críticas não estão restritas ao Exército, não. Teve um cabo, deixa eu ver o nome dele... Cássio Motta, que mandou ver. Disse que deixaram ele três anos descascando batata em porão de navio e que agora, na Polícia Rodoviária Federal, ele se sente fazendo muito mais pelo país que antes.

— Como se a PRF fosse uma maravilha...

— Mas comparado com o que ele vivia antes deve ser mesmo. Gavi, acho que suas palestras aqui devem focar no fato de que esses militares terão, enfim, a oportunidade de colocar em prática o que treinaram durante anos. Aliás, foi um papo que a gente levou há um tempo e eu não captei bem, mas agora entendo. Deve ser realmente muito frustrante ficar só marchando, aprendendo a atirar e coisa e tal e nunca usar nada na vida real. Imagina um médico que treina, treina,

treina com cadáveres, mas que nunca vê um paciente ao vivo e a cores. Não dá!

— Tudo bem. Mas ninguém diz que as Forças Armadas dão estabilidade financeira. Sei que tem muito o que melhorar e que estão perdendo muita gente inteligente, mas ainda é uma das melhores carreiras. Pode dizer que sou caxias ou o que for, mas é assim que me sinto.

Ainda bem que eu estava falando isso quando um sargento chegou. Ele perguntou se eu queria ir um pouco antes ao salão onde faria minha apresentação, assim conseguiria testar o microfone, fazer o *upload* dos slides etc. Helinho nos acompanhou à sala, onde permaneceu até o final de minha explanação. Comecei dizendo que quem quisesse poderia interromper a qualquer momento para fazer perguntas. Depois, continuei:

— Senhores, esse é um dos tipos mais difíceis e complexos de operação de que uma força armada pode participar. Lembrem-se de que somos o último recurso que a sociedade dispõe e não temos o direito de falhar. Muitas vezes receberão ordens incompreensíveis pra tropa, mas isso é justamente a interferência política na operação. Diferente do Haiti, a população da favela vota e elege políticos de variadas estirpes. Apesar do imaginário coletivo acreditar que o tráfico nas favelas se limita a bandidos com uma AK-47 em bandoleira vendendo drogas, entendam que esses são apenas os elementos que provêm a segurança contra invasões de facções rivais, já que a polícia lá não interfere, por causa de um acordo comercial entre eles. A teia da "firma" envolve um *staff* que possui contador, gerente de estoque, assessor jurídico etc. Além disso, o pessoal que comercializa nas bocas de fumo tem uma outra estrutura. Sem falar na central de produção, que recebe as drogas prensadas em tabletes e providencia a diluição e indolação, pra ficar comercializável.

— Tenente, o que é indolação? — perguntou um dos sargentos presentes.

— Olha só esse slide. Tá vendo esse saquinho com um papel grampeado escrito "Respeita o Crime" de um lado e "Faixa de Gaza" do outro? Bom, indolação é o processo de deixar a droga assim, pra ser vendida.

— Entendi.

— Além desse pessoal, tem todas as pessoas que fornecem alimentação a essa estrutura espalhada pela favela, e entre elas tem de tudo: donas de casa, donos de padarias, de biroscas etc. Temos também os vigilantes do sistema, que soltam pipas, rojões ou ficam em cima das lajes com radinhos ou celulares, passando a nossa posição. Embora sejam a minoria da comunidade, são os que fazem mais barulho quando se trata de difamar nossa imagem. Tão logo chega o pessoal dos Direitos Humanos, as mulheres e crianças que participam desse sistema correm pra contar sobre excessos de violência da tropa sobre os "trabalhadores". E, normalmente, a população ordeira não se manifesta em público a favor da nossa ocupação, com medo das represálias, que podem ir de surras ou tiros nas palmas das mãos até a morte.

— Tenente, e como é realizar uma missão desse porte com a população presente? — perguntou um dos cabos.

— Excelente pergunta. O combate na favela não teria tanto problema, não fosse uma comunidade ocupada pela população. A maior arma ou vantagem do tráfico é a invisibilidade. Eles se misturam à população e podem estar do seu lado, sem você saber.

— E tudo o que vemos nos noticiários sobre a Polícia Militar? Tudo aquilo é verdade mesmo? — perguntou um capitão.

— Sim e não. Há bons policiais, mas os vícios do pessoal de azul causam muitos contratempos. Tivemos alguns problemas de desvio de conduta dos militares, mas foram pontuais e eliminados. Um tenente inventou de levar um eletrodoméstico abandonado pra sua residência com a viatura do quartel e usando soldados pra carregar. Foi denunciado e agora tá em processo de expulsão. Um sargento resolveu... Há mulheres presentes?

— Não, pode prosseguir — respondeu o mesmo capitão que havia feito a pergunta.

— Pois bem, o espertalhão decidiu traçar uma "donzela" e teve o descaramento de deixar a guarnição fazendo a "segurança" na caixa d'água que eles usavam como motel, mas o rondante era rigoroso e pegou o cara no flagra. Ele foi indiciado e responde a um Inquérito Policial Militar, o famoso IPM. Ou seja, golpes idiotas que viraram crime militar. Aí eu pergunto: será que vale a pena?

— Tenente Gavião, qual o pior problema que um contingente de fora do Rio, como o nosso, pode enfrentar? — perguntou um soldado.

— Vocês não terão que lidar com um dos maiores problemas que alguns militares que moram em favelas controladas pelo Comando Vermelho ou outra facção criminosa enfrentam: ter as famílias ameaçadas. Mas lembrem-se de que também existem os crimes comuns lá. Semana passada, uma moça foi estuprada e jogada numa área erma. É o terceiro caso em menos de seis meses. Evitem apartar brigas de casais. A tendência é a mulher partir pra cima de vocês, depois de terem imobilizado o homem delas. É melhor nem tentar entender. Tem que ter muito cuidado com as armas. Mesmo com todas as precauções, perdemos dois militares por causa de brincadeiras de muito mau gosto. Acidentes com viaturas também acontecem. As ladeiras são muito íngremes e, quando chove, o freio só segura se estiver devagar. Mesmo assim, tivemos um óbito porque um ônibus furou um cruzamento e atingiu uma viatura em cheio durante um patrulhamento.

Falei por mais umas duas horas, pelo menos. Eu me senti bem ao término da palestra. Achei que consegui não apenas explicar bem a missão, como também elevar a moral dos militares que embarcariam para o Rio em alguns dias. Enquanto me dirigia ao refeitório para almoçar, decidi verificar meus e-mails e, para minha surpresa, o primeiro era da Deborah Ann. Ela pedia para eu entrar na sala de bate-papo. Como o Helinho disse que preferia comer na cidade, para logo depois dar seguimento às entrevistas, falei ao capitão que me acompanhava que preferia descansar um pouco antes do início da sessão da tarde, que seria basicamente para continuar a tirar dúvidas e responder a perguntas.

Fui correndo para o alojamento, para ter um pouco mais de privacidade, e imediatamente me conectei. Enviei uma resposta para a Dá e entrei na sala de bate-papo. Esperei alguns minutos e ela também entrou.

O morro está em festa.

Por quê?

Porque você não está lá.

Haha. Muito engraçada. Mas como é que você sabe?

Sei de tudo. Os moradores ainda me respeitam e me querem muito bem.

E a que devo a honra deste convite para um bate-papo?

Decidi ir embora do Brasil.

Mas por quê?

Estou bastante decepcionada.

Bom, mas isso não é novidade. Todos nós estamos. O que foi que mudou?

Lembra do que o Carteiro te contou?

Claro.

Tem a ver com um detalhe que ele não contou e que eu já te disse que muito pouca gente sabe.

Pode confiar em mim.

Agora sou eu quem digo: haha. Muito engraçado.

Talvez eu possa te ajudar.

Ninguém pode me ajudar.

E esse fato tem a ver com você estar em Vitória da Conquista?

Houve uma pausa até ela escrever novamente. De verdade, a Dá não esperava que eu soubesse onde ela estava.

Como é que você sabe disso?

Sei de tudo. Meus companheiros ainda me respeitam e me querem muito bem.

Comeu palhaço no almoço?

Não, apenas estou tentando chegar perto da sua inteligência.

Sei, sei... Mas, se você sabe onde estou, por que ainda não veio me prender?

Tudo tem sua hora.

E a sua acabou. E, quando vier, já era.

Ela enviou a mensagem e se desconectou. Aquilo me deixou louco. Tinha que mudar minha estratégia de ação. Liguei para o Helinho e pedi para que ele fosse o mais rápido possível para Vitória da Conquista, para dar início à busca pela Dá nas *lan houses* que tínhamos catalogado. Disse a ele que eu iria para lá assim que me liberasse dos meus compromissos no 55° Batalhão — o que, pelo que calculei, demoraria pelo menos mais um dia. Ele me perguntou como eu chegaria lá, e eu respondi que de ônibus. Eram mais ou menos oito horas de viagem, eu dormiria no busão e acordaria lá.

Eu estava muito perto e, ao mesmo tempo, muito longe de atingir meu objetivo.

CAPÍTULO XXXVIII

PARA VIVER UM GRANDE AMOR

Minha estadia em Montes Claros acabou se estendendo por mais três dias. O comandante do Batalhão me pediu para visitar familiares dos militares que embarcariam para o Rio a fim de, praticamente, consolá-los. Na boa, parecia um velório, às vezes. Mães, irmãs e até pais chorando e dizendo que nunca mais veriam seus entes amados. Um exagero danado, porém a realidade daquelas cidades era muitíssimo diferente da do Rio de Janeiro e São Paulo. Depois do bombardeio que a mídia fez sobre o crime organizado carioca, era perfeitamente compreensível. A missão era perigosa, sim, mas não era como estar no Iraque.

Entre uma visita e outra, eu ligava para o Hélio para saber das novidades. Ele havia visitado várias *lan houses* do lugar, mas sem sucesso. Ninguém conhecia uma mulher com as características físicas da Deborah.

— A tua bandidinha eu não encontrei ainda, mas tô trabalhando numa história muito boa sobre adoção. Aqui te explico melhor.

No terceiro dia, eu pensei que era só esperar a hora de ir para a rodoviária, mas que nada. Apareceu uma comitiva de familiares, comandada por um politicozinho local, ameaçando o comandante do Batalhão. Ele disse que, se algo acontecesse com "algum dos filhos de Montes Claros", o comandante seria responsabilizado. Coisa de político babaca, que se aproveita da ingenuidade do povo para ganhos pessoais. Fiquei horas conversando com eles e pensei até que perderia o ônibus daquela noite, mas depois os familiares se acalmaram.

Terminei as minhas funções de palestrante-motivador-psicólogo-ombro-amigo e me mandei para a rodoviária para pegar o ônibus das 21h30 da Viação Expresso que me levaria de Montes Claros a Vitória da Conquista. Comprei a passagem e uma edição da *Gazeta Norte Mineira*, jornal local, para ler enquanto esperava minha condução.

Entre as notícias, estavam informações sobre o resgate de possíveis vítimas do terremoto-tsunami do Japão, que deixou centenas de mortos, a luta do vice-presidente José Alencar contra um câncer e a visita de Barack Obama ao Rio. Respirei aliviado por estar longe de lá nessa hora. Sabia que as Forças Armadas teriam participação direta na segurança dos locais visitados pelo presidente dos Estados Unidos, inclusive a Cidade de Deus, e talvez isso sobrasse para nós, de alguma maneira. Fiquei triste ao ler sobre a morte de Elizabeth Taylor, que eu considerava a última das grandes estrelas de Hollywood. Impossível não ficar extasiado com sua beleza em filmes como *Cleópatra*.

Desviei um pouco os olhos do jornal para ver se meu ônibus havia chegado. Avistei uma pequena fila de embarque. Enrolei o jornal, coloquei-o debaixo do braço e embarquei.

O ônibus estava praticamente vazio. Estava escuro e, mesmo assim, notei que tinha um homem umas cinco poltronas à frente, olhando em minha direção.

Quando saí do banheiro, vi que o sujeito tinha se levantado e estava falando algo com o motorista. Um caminhão que vinha na pista contrária com o farol altíssimo iluminou dentro do nosso ônibus e percebi que o cara estava com uma pistola na mão. Puta que o pariu! Era assalto. Tentando não fazer barulho, me aproximei da poltrona e peguei minha pochete. Brega, broxante, horrível, coisa de gay. Tudo bem. Eu sei que homem que carrega pochete leva junto a pecha de cafona, mas onde é que você queria que eu metesse minha arma? Na cintura? Nas costas sob a camisa? Porra, o bandido era ele, não eu.

Mas voltando à história: abri a pochete e tirei minha pistola. Quando o safado se virou para gritar algo como "Isso é um assalto!", deu de cara com minha glock 9mm.

— Perdeu, filho da puta! — gritei, antes dele. — Solta a arma já ou leva um balaço na cara!

O malandro não esperava aquilo. Pensou que ia se dar bem na viagem interestadual com o ônibus quase vazio. Ele deixou cair o revólver. Falei para o motorista encostar e pegar a arma do vagabundo. Quando ele parou no acostamento, mandei que abrisse a porta, que deslizou para o lado, fazendo aquele barulho tradicional. Gritei para o bandido descer.

— Pelo amor de Deus, moço! Faz nada comigo, não. Eu num ia machucar ninguém. Só ia pegar uns trocado pra comprar comida lá pra casa.

— Cala a boca e vai descendo, porra!

Quando se virou e desceu o primeiro degrau, meti o pé nas costas dele com muita força. O homem voou das escadas e caiu de cara no chão. O ônibus inteiro — quer dizer, os seis gatos pingados que estavam a bordo — aplaudiu. Mandei o motorista seguir viagem, deixando o otário caído na pista, sangrando. O dia começou a raiar e preferi ir para onde havia duas poltronas vazias e tentar dormir um pouco.

Na chegada a Vitória da Conquista, o Helinho estava me esperando. Dei um abraço no Hélio e fui logo falando:

— Cara, que porra é essa? Você veio aqui pra me ajudar a encontrar a Deborah e me vem com papo de adoção?

— Já chegou nervosinho, é? Vamos passar na farmácia e comprar uma "pílula relax" pra você.

— Não fode, Hélio! Teve até tentativa de assalto na porra desse ônibus.

— Caramba! Conta aí.

— Depois. Quero saber dos seus esforços pra achar a Dá.

— Vamos sentar naquela lanchonete e eu explico tudo.

Ele, então, me mostrou um mapa com todos os lugares que tinha visitado. Colocou um "X" vermelho nos que tinha certeza de que ela não estava. Havia dois locais sem marcação e outros dois com interrogações em cima.

— E esses aqui?

— É que os caras disseram que não, mas que podia ser que sim, porque trabalhavam em dois turnos, e não deu tempo de eu voltar lá pra perguntar aos outros funcionários.

— Bem, então hoje, saindo daqui, você volta nos dois lugares que já visitou e eu vou dar um pulo nos outros dois.

— Cara, aqui é mais ou menos tudo perto. Vamos juntos, pra você não gastar dinheiro de táxi.

— Tá bom. Vamos nessa.

— Calma, rapaz, ainda é muito cedo. As *lan houses* ainda estão fechadas.

— Bom, então me explica essa porra de adoção, porque eu não entendi nada.

— Gavi, esse lugar aqui virou uma espécie de refúgio de quem quer adotar crianças no Brasil.

— Quê?

— É que tem uma mulher que cuida de gestantes que querem doar os bebês.

— Como assim? Doar bebês?

— É, *brother*. Mulher que não tem dinheiro pra sustentar a criança, que o marido desapareceu ou enfia a porrada nela toda hora, essas coisas.

— E como você chegou até ela?

— Estava pesquisando coisas sobre a cidade, procurando pistas da sua bandida. Entrei nuns blogs, me fazendo passar por um repórter que tá procurando turistas pra darem declarações sobre Vitória da Conquista. Aí, lendo, encontrei uma pessoa que falava sobre essa febre de adoções aqui. Mandei um e-mail pra ela, que me respondeu e passou o telefone dessa tal mulher.

— Comércio de crianças é crime. Isso vai dar uma tremenda reportagem.

— Não, não é comércio. Eu te explico. Essa mulher trabalha em um posto de saúde de uma cidadezinha perto daqui. Não tem médico, nem enfermeira, só ela e Deus.

— Puta que o pariu! Só no Brasil, mesmo. E qual a formação dela?

— Técnica de enfermagem.

— Pelo menos tem alguma coisa a ver. E como rola o processo?

— Já levantei tudo e entrevistei várias pessoas. Ela recebe as gestantes e faz o acompanhamento. Na hora do parto, traz a futura mãe pra cá. Durante o período da gestação, ela tenta arrumar uma família que queira ficar com a criança. As mães que ela atende normalmente querem doar. Agora, ela tá com uma que tá grávida pela quarta vez. Já doou todos os bebês.

— E o que ela pede em troca?

— Nada. Só remédios e uma ajuda como pagamento pela comida e transporte. Eventualmente, uma roupa, que você pode levar quando for buscar a criança.

— Mas e o processo de adoção em si?

— Mermão, tu não sabe. Só tem um juiz aqui, que sempre cuida dessas adoções. Fui ao tribunal e consegui falar com ele, mas em *off*. Não posso mencionar o nome dele na matéria. Como o juiz sabe que são mulheres com problemas, tenta acelerar o processo ao máximo e, por isso, esse lugar virou o paraíso dos pais que querem adotar crianças. Na boa, tenho até receio de publicar a matéria e acabar com a festa sem querer. Adotar bebê no Brasil é complicado! É uma trabalheira danada. Mas, como repórter, não posso deixar passar uma dessas.

— Eu discordo, mas tudo bem.

— Gavi, você é milico. O jornalista aqui sou eu. Cada um na sua, valeu? Eu te contei essa história toda, mas não foi pra pedir tua permissão pra publicar a matéria.

— Hã, e pra que foi, então? Pra encher meu saco?

— Caralho, às vezes tu é muito burro mesmo! Tu quer ou não quer voltar com a Paula?

— Você sabe muito bem que sim.

— Sei lá, depois que essa bandidinha apareceu na tua vida, você mudou muito.

— Tá, mas diz aí qual é a ideia.

— Chegou a hora de você abrir o jogo com a Paula. Aliás, eu sempre achei essa história de você esconder aquele exame dela um absurdo.

— Hélio, ela sempre quis ter um filho. Eu nunca quis, mas acabei concordando em ter um, porque achava sacanagem não proporcionar essa experiência a ela. Começamos a tentar, tentar... Depois de um ano tentando, ela não ficou grávida. Decidimos fazer o exame de infertilidade. A sorte foi que eu busquei o resultado.

— Sorte?! Mas pra quê esconder isso dela?

— Porra, a infértil é ela, você sabe muito bem disso. Preferi esconder pra Paula pensar que o problema era meu e não ficar ainda mais deprê. Acho que, se ela souber que não consegue ter filhos porque é infértil, morre.

— Porra nenhuma. Você vai fazer o seguinte. Essa técnica em enfermagem tá com um pepino nas mãos. Um casal daqui da região adotou um bebê com ela faz mais ou menos um ano. Acontece que eles sofreram um acidente de carro gravíssimo e morreram. Parece que só tem uma pessoa da família que vive numa outra cidade aqui perto, mas o parente não quer ficar com a criança. Ela me falou que é um caso mole do tal juiz aprovar, porque parece que a mãe biológica apareceu e tá enchendo o saco, mas é uma qualquer, solteira, blá-blá-blá. O cara quer se livrar desse abacaxi o mais rápido possível.

— Você fala com ele, então?

— Já falei, seu Zé Ruela! Você já dá entrada nessa papelada aqui e depois volta com a Paula, num esquema bate-volta, só para pegar o pimpolho.

— Vou embarcar nessa. Que se foda! Fechado. E, por falar em fechado, você falou que as *lan houses* aqui não estão abertas ainda, é isso?

— É.

— Mas eu já conversei com a Dá de madrugada. Isso quer dizer que tem que ter pelo menos uma *lan house* nessa cidade que abre por 24 horas. É só descobrir qual é e ficar na espreita.

— Gavi, esquece essa história de Deborah, brô. Por que você não se concentra nisso de adotar um bebê e seguir sua vida?

— Porque faz muito tempo que não me sinto assim. Tenho que viver esse amor, paixão, tesão ou seja lá o que for. A vida só vale a pena, ou pelo menos é muito mais interessante, quando a gente tá apaixonado. E como diria Vinícius de Moraes: "Mas tudo isso não adianta nada, se nesta selva escura e desvairada não se souber achar a grande amada para viver um grande amor." Eu preciso viver pelo menos mais um grande amor na minha vida antes de morrer.

CAPÍTULO XXXIX

ENFIM, DEBORAH

O Hélio me conhecia como ninguém. Sabia me dominar e me fazer mudar de ideia sem muito esforço. Constantemente era assim, desde pequenos. Sempre o tive como uma espécie de mentor, aquele irmãozão-amigo pronto para estender a mão quando necessário e dar a vida por você, se fosse preciso.

Lembro-me de admirá-lo jogando vôlei na praia. Eu ficava de fora, só torcendo. Parecia que ele era o mais velho e eu, seu pupilo. Conversar com ele sempre foi um prazer. Falava de tudo, com propriedade, sem ser pedante.

Bonito e inteligente, só pegava gatas, e eu ia nas sobras, ficando com as amiguinhas delas, muitas nem sempre comparáveis à beleza das do Hélio, infelizmente. Aos 21 anos, meu mundo quase caiu. Helinho foi diagnosticado com câncer nos testículos e houve uma metástase. Depois de três anos de tratamento, estava curado e resolveu nunca mais perder um momento sequer em sua vida. Participou de várias aventuras pelo mundo, algumas delas comigo ao seu lado. Esforçou-se e virou faixa preta de jiu-jitsu. Praticamente cruzou os Estados Unidos de bicicleta. Correu com touros em Pamplona.

Viajava para onde fosse, se gostasse de um artista e houvesse um vernissage. Tocava saxofone e trompete. Adorava Wynton Marsalis, Miles Davis, a poesia de Fernando Pessoa e os filmes de Jim Jarmusch. Além de ser um jornalista brilhante, era formado em filosofia, e seu mantra vinha do livro *Assim falou Zaratustra*: "Devemos considerar um dia perdido, se não tivermos dançado pelo menos uma vez."

Agora, fala, você conseguiria resistir a um cara desses? Pois é, nem eu. Ele me convenceu a, antes de sair em busca da Dá, ir conhecer o que ele chamou de "meu filho". Fui. Saímos da lanchonete — eu, com aquela papelada toda dentro de um envelope gordo — e fomos nos encontrar com a técnica em enfermagem, que se chamava Celeste de Pádua. O Hélio havia preparado todo o terreno e, não demorou muito, chegou uma mulher com um garoto lindo em um carrinho de bebê. Era a tia, que, inexplicavelmente, não queria ficar com a criança.

O moleque já estava naquela fase de quase caminhar e, sem eu fazer nada, veio em minha direção e esticou os dois bracinhos, como se estivesse me pedindo um abraço. Contrariando todos os meus instintos nada paternos, o peguei no colo e imediatamente senti uma coisa diferente, algo quase transcendental, como se o meu espírito e o dele tivessem saído de nossos corpos e se encontrado logo ali, acima de nós dois. Naquele momento, tive a certeza de que, sim, aquele era o meu filho, como o Hélio havia previsto. Perguntei o nome dele. A mulher disse:

— Bernardo. Mas pode mudar, se quiser.

Falei que era perfeito. Fui embora prometendo voltar dali a alguns dias, com tudo pronto para a adoção. Ofereci dinheiro. Ambas recusaram.

Fomos dali para a *lan house* que ficava aberta 24 horas. Cidade Velo. O Helinho riu daquela inversão de sílabas para dar nome ao lugar. Ele adorava essas merdas. Entramos. Estava tocando *Que País É Esse*, da Legião Urbana. Fomos conversar com o sonolento atendente, que estava atrás de um balcão. O Hélio jogou o caô de sermos caça-talentos em busca do "novo rosto para o Brasil", mas o rapaz não se empolgou muito com a história. Perguntei de uma mulher com as características da Deborah, ao que ele me respondeu:

— Meu rei, aqui passa muita gente todo dia.

Pedi um café, que ele demorou uma eternidade para trazer. Dei cinquenta reais para ele e disse que ficasse com o troco. O cara, então, falou que nem um papagaio. Disse que tinha uma mulher que ia lá de vez em quando, que era muito bonita e simpática, e às vezes conversava em outra língua pelo Skype. Perguntei que horas ela costumava ir, e ele respondeu:

— Aí vareia.

Agradecemos e saímos do estabelecimento. Disse ao Helinho que o levaria para comer o melhor quibe da cidade (nós adorávamos comida árabe). Entramos no restaurante que ficava praticamente em frente à Cidade Velo. Pedi dois quibes e comemos.

— Porra, Gavi, esse quibe é uma merda. Quem te disse que era o melhor da cidade?

Levei-o até a porta e apontei para cima, onde estava escrito: "Vesúvio, o melhor quibe da cidade." Rimos para cacete daquela babaquice. O Helinho disse que gostava muito de mim, mas que iria seguir com suas entrevistas enquanto eu ficava de campana.

— Tudo bem, mas pelo menos espera eu preencher essa papelada. Daí você já leva lá no cartório pra dar entrada por mim.

Era muito papel. Coisa muito chata. Como precisava da assinatura do futuro pai e da futura mãe, falsifiquei a da Paula. Depois de um tempão e com a mão doendo, entreguei o pacote ao Hélio, que se mandou dali, aliviado. Marcamos de nos encontrar no hotel Conquista da Vitória (o povo ali gostava mesmo dessas inversões), onde ele estava hospedado.

Comi esfirra, homus, tabule, mijadra... Tudo estava muito bom. Só o quibe destoou. Depois de tantos pedidos e de estar ali dentro por horas, o dono do restaurante se sentou comigo para conversar. Pensei que ele ia perguntar o que eu estava fazendo ali etc., mas o que o turcão fez mesmo foi falar da vida dele. Contou sobre como chegou ao Brasil sem nada, vindo de Damasco, na Síria. Disse que chegou a dormir em banco de praça e a comer restos de comida deixados em lixeiras para sobreviver. No lixo, ele também encontrou sua fortuna. Começou com uma jarra, que encontrou em ótimo estado. Como bom árabe, a vendeu para o dono de um bar, e depois não parou mais. Comprou e vendeu muita coisa, mas o negócio que dava mais lucro, segundo ele, era emprestar dinheiro com juros.

— Cobro barratinho — falou, com aquele sotaque inconfundível.

Naquela época, seu Budak, como era conhecido na cidade, tinha, além do restaurante, dois cinemas e um clube social, onde as famílias de Vitória da Conquista se reuniam nos fins de semana e dias festivos.

Quando ele entrou para pegar fotos da família, vi uma cena que me paralisou e que eu estava esperando há meses. O estilo lento e autoritário daquele caminhar me fascinava, irradiando uma perigosa sensualidade. Não conseguia explicar de onde vinha tanta confiança em uma só mulher, uma segurança incomum. Uma autossuficiência que chegava a me irritar, a me causar perturbação emocional. Ela era uma mistura de crueldade e bondade, excitável e friamente desapegada. Uma frieza fascinante. Ao mesmo tempo que era sexy e passional, mantinha um ar de independência e autonomia. Íntima e distante. Arisca.

Por alguns instantes, fiquei sem ação.

Mas como? Havia esperado e me preparado tanto para aquele momento...

— Essa é a Sarita, minha filha mais velha. Solteira. É um pitéu e, ainda por cima, vem com dote. O senhor é casado?

Pedi desculpas ao seu Budak e disse que tinha de resolver uma emergência. Prometi voltar para que ele me mostrasse todas as fotos, que eram muitas, pelo que pude ver. Ele havia trazido três álbuns de fotografias, daqueles bem grossos.

Entrei bem devagar na *lan house*. A Deborah era a única cliente na casa. Dei a volta, passando pela outra fileira de computadores, para que, quando me aproximasse, ela estivesse de costas para mim. Notei que ela já estava conectada e caminhei lentamente em sua direção. O coração saindo pela boca, as mãos trêmulas, o caminhar meio cambaleante. Respirei fundo, para ganhar confiança, e me concentrei. Como uma pantera que se aproxima de sua presa sem ser notada, parei atrás dela. Tirei o iPod do bolso e liguei. Suavemente, coloquei os fones de ouvido nela. Ela não se virou.

"Fonte de mel, nos olhos de gueixa, Kabuki. Máscara. Choque entre o azul e o cacho de acácias, luz das acácias, você é mãe do sol. A tua coisa é toda tão certa, beleza esperta. Você me deixa a rua deserta, quando atravessa e não olha pra trás. Linda, mais que demais, você é linda, sim..." Tudo o que eu queria dizer para ela, o Caetano Veloso havia sintetizado naquele seu clássico de 1983.

Enfim, ela se virou para mim. O olhar penetrante, como da primeira vez, trazia um ar de mistério diabolicamente sedutor. Não dava para compreender aquele encanto instantâneo e impiedosamente sexual. Mexia com a minha emoção de um jeito que eu não conseguia controlar. E me hipnotizou uma vez mais. Ela teve que tomar a iniciativa. Me pegou pela mão e, sem dizer uma palavra, me levou para fora.

O sol bateu em seus cabelos que, ao contrário do meu sonho, estavam mais longos e um pouco menos avermelhados. Um brilho intenso irradiou em torno de sua cabeça. Fiquei frente a frente com aqueles olhos e não resisti. Com as duas mãos, cada uma segurando um dos lados do rosto dela, a puxei com suavidade e a beijei intensamente, como se estivesse na avenida Atlântica à meia-noite de Réveillon. Meu ano novo havia chegado.

Outra vez, ela pegou na minha mão, ainda sem falar nada, e foi me guiando até entrarmos em um pequeno edifício, que ficava a apenas duas quadras do restaurante do seu Budak. Fui subindo as escadas atrás dela, como um cachorro que segue seu dono. Notei que Deborah tinha realmente uma tatuagem acima do cóccix, como eu tinha visto no meu sonho, mas não era uma borboleta, eram as letras SGT. Será que queria dizer que era sargento do crime? Chegamos ao terceiro andar, ela abriu a porta do 303 e nós entramos. Foi então que ela falou pela primeira vez, tal qual um instrumento de múltiplas cordas, passando de um idioma para outro. A única coisa que escutei foi:

— Estava esperando você faz tempo.

E parecia estar esperando, mesmo. Ela fechou as cortinas e, uma a uma, acendeu dezenas, talvez centenas de velas que estavam espalhadas por todo o apartamento. Deborah vestia um conjunto de calça e colete jeans, com uma espécie de corpete por baixo. Ela abriu a geladeira e também o champanhe, que já estava no ponto. Nem preciso dizer qual foi meu desejo quando a rolha pulou para fora do gargalo da Veuve Clicquot.

A primeira coisa que pensei quando a vi caminhando em minha direção foi a de prensá-la contra a parede e possuí-la com ardor e vontade. Sentia um desejo sexual quase palpável, intenso e implacável. Era como se já soubesse exatamente o que fazer para deixá-la toda entregue. Agarrei-a pelo colete e a puxei para mim. Com um gesto rápido, tirei o colete dela e, com um só golpe, arranquei o corpete fora. Me estremecia aquele corpo arrepiado, seus seios desnudos. Puxei-a novamente para mim e comecei a beijar sua boca. "Ela é minha." E saboreei aquela avassaladora sensação de triunfo, tendo Deborah em meus braços. Parecia que estava há três malditos séculos nessa espera.

Aquilo, e ver o desenho da tatuagem dela me deixou ainda mais maluco. Contornei o SGT daquela tatuagem maravilhosamente inesquecível. Ardíamos de desejo da mesma forma que as velas queimavam naquele ambiente.

Perdi as contas de quantas vezes fizemos amor. No chão, no banheiro, no quarto, entre as velas... Por fim, caímos exaustos na cama e dormimos o sono dos inocentes. Quando acordei, sem saber que dia ou que horas eram, Deborah já estava desperta. Ouvi um barulho de frigideira, ela estava cozinhando alguma coisa. O cheiro delicioso de café fresco invadiu o ambiente. Comemos e voltamos para a cama. Repetimos aquele ritual inúmeras vezes. Era como se o mundo não existisse; como se só nós dois, ali, naquele momento, importássemos. Lembrei-me de John Lennon e Yoko Ono, quando ficaram três dias sem sair da cama, só que, em vez de repórteres e câmeras ao redor, tínhamos apenas um ao outro. Era maravilhoso.

Entre uma transa e outra, conversamos. Conversamos muito. Sobre tudo. Do descobrimento do Brasil (isso mesmo!) ao envolvimento de mulheres no comércio ilícito de drogas, passando pelo pseudoimperialismo norte-americano e pelos filmes e séries de que eu tanto gostava.

Parecia que nós queríamos ter um vasto entendimento do grande filme da vida. Ela me contou coisas interessantes sobre sua história, como o dia que nasceu, 21 de abril de 1983. Os pais dela estavam em Nova York, aproveitando uma última viagem antes de o bebê nascer. Só que Deborah veio um pouco prematura. Era de noite e sua cabeça saiu do ventre da mãe segundos antes do novo dia, e seus pés, segundos depois. Então, os pais decidiram colocar o nome do meio dela de Midnight. Isso queria dizer que o nome completo dela era Deborah Ann Midnight Rapvoll. Disse a ela que seria perfeito se tivesse nascido no Brasil, porque, assim como alguns comemoravam o aniversário dela no dia 21 e outros no dia 22, aqui ninguém sabe ao certo a data do nosso "descobrimento" por Pedro Álvares Cabral. Perguntei sobre o SGT da tatuagem.

— Quer dizer safada, gostosa e tesuda? — brinquei.

Ela riu e disse:

— São os três pilares que formam minha pessoa: sabedoria, grandeza e ternura.

Interessante eu ter pensado que poderia significar sargento do crime.

Por falar em crime, a história que mais me comoveu foi a que Deborah finalmente me contou sobre o que aconteceu no dia em que os policiais invadiram a ONG onde ela trabalhava, mataram o namorado dela e a estupraram sem dó nem piedade. Dá me deu os detalhes desse episódio sórdido, mas acrescentou o que poucos sabiam.

Ela implorou de joelhos para não ser estuprada. Apelou para que pensassem nas irmãs ou mães deles, e os caras cagaram. Depois de estuprá-la, um dos policiais se limpou usando uma folha da impressora. Fiquei me lembrando dos caras do Human Rights e no que diriam se escutassem esse relato. Nunca deu em nada. Quando a receberam na delegacia, disseram que iria virar estatística. No IML, não havia luvas para a médica fazer o exame de corpo de delito, mas a doutora usou uma luva própria que estava em sua bolsa pessoal.

Devido à curra, ela ficou grávida de um dos policiais. Como passou várias semanas sendo sedada e sem nenhum indício de gravidez, só foi descobrir que carregava uma criança no ventre quando já era muito tarde para abortar, pois seria um risco enorme para ela. Sem alternativa, e com nojo do ser que trazia dentro de si, acabou deixando o bebê recém-nascido na porta de um convento de freiras, dentro de uma cestinha. Foi esse o período que o Carteiro Maneiro me disse que a Dá sumiu sem que ninguém soubesse de seu paradeiro. Depois, ela voltou e encabeçou a retomada da Penha com os comparsas de seu ex-namorado traficante.

Essa história me comoveu tremendamente. Antes de me encontrar com ela, meu plano era transar bem gostoso, e depois prendê-la. Afinal, Deborah era uma foragida da lei, mas não tive coragem de fazer aquilo. Só queria estar com ela. Abraçá-la e beijá-la. Não me importava se eu morresse ali mesmo, naquele instante.

Mas algo pior que a morte aconteceu. No que seria nosso quarto dia só de luxúria e prazer, acordei, porém não havia ninguém na cama. Aliás, não havia ninguém no apartamento. Meu primeiro pensamento foi o de que Deborah havia saído para, talvez, comprar comida ou mais bebidas. Porém uma busca rápida pelo lugar provou meu equívoco. Não havia mais roupas; aliás, não havia mais nada, só um bilhete em cima da mesa e algumas folhas impressas.

Em sua carta-despedida, Deborah escreveu: "De onde menos se espera, uma faca vem e é cravada em nossas costas. Eu devia ter matado esse filho da puta quando tive chance.

Agora é tarde. Espero que seu amiguinho lhe dê tudo o que você espera da vida, *because I am gone. See you around.*"

Imediatamente, li o que estava escrito nas páginas impressas. Era a reprodução de uma reportagem de capa da revista *Contexto*, para a qual o Helinho escrevia. Havia fotos da Deborah andando tranquilamente pelas ruas de Vitória da Conquista e dentro da *lan house* onde a encontrei. O título dizia tudo: "Conheça a vida tranquila de uma das traficantes mais procuradas do Brasil." E o subtítulo era: "Sem ser importunada pelas autoridades, a ex-chefe de uma quadrilha que aterroriza os moradores do Complexo da Penha vive como uma residente comum de Vitória da Conquista, na Bahia."

Puta que o pariu! O Helinho me fodeu! Sabe o que eu escrevi sobre ele no início deste capítulo? *É tudo mentira*!

CAPÍTULO XL

OS CINCO SENTIDOS

A DISTÂNCIA ENTRE VITÓRIA DA CONQUISTA E O RIO DE JANEIRO É DE 1.126 km. Foi essa a distância que tive que percorrer sozinho e muito puto da vida. Liguei para o Hélio para lhe dar um tremendo esporro, mas ele não estava nem aí. Falou que eu mereci, para deixar de ser otário e trair uma mulher como a Paula. Mandei ele tomar no cu bonito e disse que, se o visse, o encheria de porrada. Na verdade, seria uma briga feia, Krav Magá contra jiu-jitsu, mas na hora da raiva e no vale tudo, sei não.

A viagem foi um tédio e não aconteceu nada de interessante. Só o fato de que, chegando à divisa com o Rio, a droga do ônibus quebrou. Eu queria matar alguém, mas tive que me controlar. Demorou uma eternidade até o outro ônibus chegar. A única coisa boa foi que eu estava em um convencional, e mandaram um de leitos. Eles devem ter feito isso para desestimular em algumas pessoas a ideia de meter a companhia no pau. Eu achei foi bom.

Foram quase três dias de estrada e eu já não aguentava mais as mesmas músicas tocando no meu iPod. Já estava pensando em passar um bom tempo sem ouvir nada dos anos 1980. O Hélio é que ia gostar. Hélio? Queria mais é que ele se fodesse! Cara babaca! Porra, ele não podia ter feito aquilo comigo. Se viver um grande amor já é difícil, imagina perder um?

Cheguei. Fui direto daquela merda de Terminal Rodoviário Novo Rio para a Penha. É uma coisa meio estranha, mas eu estava com uma espécie de saudade daquilo ali. Não ri, não. É verdade mesmo! No meu regresso, olhando aquele mundão à minha frente, me toquei que andar na favela é uma experiência que precisa dos cinco sentidos, pelo menos para quem vive no asfalto.

PALADAR

Gosto de pastel de queijo e caldo de cana, e sempre tem uma família chinesa vendendo essa combinação em algum lugar da comunidade. Também vale um pãozinho na chapa ou cervejinha gelada.

TATO

Nas poucas e principais ruas onde trafegam carros e motos, também há centenas de pessoas. É muito fácil alguém ser atropelado, mas isso nunca acontece. O mais comum é uma trombada entre transeuntes. Alguns becos que derivam dessas ruas são mais planos ou têm uma inclinação que permite o trânsito de motos, e elas vão ziguezagueando e desviando das pessoas.

Nos becos das áreas mais "nobres" (geralmente as mais baixas ou próximas das ruas principais, porque os moradores não têm que subir por caminhos tão tortuosos), existe muito comércio (vendinha, mercadinho, cabeleireiro, restaurante, representante de celular, costureiras, oficina de telefone, açougue, e tudo com letreiro) no primeiro piso. Como a área é a mais valorizada, as construções já atingiram a quinta ou sexta laje. É sério! Vai lá e vê. A locação dos quartos, ali, sempre é mais cara também. Andando, você tem que ir desviando das motos estacionadas, lixo, vira-latas, cocô, gatos, bicicletas e cavaletes com indicação dos estabelecimentos comerciais. A valorização da área também se deve ao recolhimento do lixo com um minitrator que reboca uma caçambinha. Claro que são necessárias várias viagens, pois é lixo para cacete.

Entretanto, andar pela grande maioria dos becos e vielas requer muito mais desse sentido.

Escadas irregulares e íngremes, o chão úmido de esgoto ou goteiras de aparelhos de ar-condicionado (ligados o tempo todo, já que as pessoas não pagam conta de luz) que caem na sua cabeça e exigem bastante do seu equilíbrio, também forçando permanentemente seus joelhos e quadríceps ou panturrilhas. Isso é ainda mais acentuado quando se usa um equipamento pesadão, que já descrevi anteriormente para vocês. O sujeito sempre vai retornar imundo de fuligem das motos barulhentas queimando óleo. Essa fuligem gruda no suor. Os coturnos ficam contaminados com aquela água podre, excremento de cachorro ou lixo orgânico apodrecido que você pisoteou. Sua farda se torna grudenta. O cara também está sujeito a um choque elétrico, devido aos milhares de fios desencapados expostos pelas ligações irregulares. Enfim, é uma monumental cagada.

VISÃO

A visão é bastante prejudicada e a sensação de confinamento é uma realidade. Sempre tem uma parede bem pertinho ou parece que você está em um túnel, principalmente nos becos. As lajes altas e puxadinhos dificultam bastante que se veja o céu, e isso ainda é agravado pela enorme quantidade de gatos-light embolados que passam sobre a sua cabeça. Não sei, até agora, como não acontecem incêndios cinematográficos nesses lugares, mas já ouvi dizer que vários aparelhos queimam com essas ligações improvisadas. O capacete ou gorro só piora o campo visual. É praticamente impossível prestar atenção no chão escorregadio das escadas irregulares e na probabilidade de jogarem um pedregulho na sua cabeça ao mesmo tempo. Você tem que escolher entre arriscar levar um paralelepípedo no cocuruto ou ficar olhando para cima e ir se esborrachando em tombos — ou sair direto para um ortopedista especialista em joelhos.

Claro que a privacidade lá é prejudicada, sendo muito fácil ver alguém pelado ou trepando na janela em frente, que fica a apenas poucos metros — ou mesmo centímetros. É impressionante a quantidade de biroscas e de gente sentada em mesinhas com garrafas de cerveja ou grupos de pessoas jogando cartas. Os horários de maior movimento são entre 6h30 e 8h30 (galera indo trabalhar ou saindo para a escola) e 17h e 19h (retorno).

Ah, também tem muito estrangeiro (por falar nisso, tinha que pedir o relatório ao Caco e ao Snarf) "disfarçado" de carioca, com camisa do Flamengo, bermuda jeans, óculos escuros, chinelo e chapéu. De qualquer forma, acho que os gringos sempre ficam com aquela sensação de estar indo a um safári. Aliás, os veículos que eles usam para fazer esses *city tours* são idênticos ao que eu usei para o safári no Krueger Park da África do Sul. (Lembra das viagens pós-diagnóstico do Hélio? Bem, essa foi uma delas.) Sempre tem um malandro da favela que "aprendeu" a falar inglês de camiseta de ONG que os leva para fazer esse turismo bizarro.

A sociedade brasileira é naturalmente desorganizada e isso é perceptível desde as pequenas coisas, como não atravessar a rua na faixa ou jogar papel no chão de qualquer lugar. O brasileiro é naturalmente contrário a cumprir qualquer regra. Muita gente sonega impostos, cola nas provas escolares, fura fila se tiver oportunidade, e por aí vai. O nível superlativo, a verdadeira caricatura de nossa sociedade, está aqui, na *favela*.

AUDIÇÃO

Nos mesmos botecos estão caixas de som tocando, aos berros e de forma distorcida, forró (quando são nordestinos), anúncio de promoções de xampu, calcinhas, material de construção, mercadinhos, entre outros. Há, também, os evangélicos fazendo pregações, restaurantes com TVs no volume máximo, cachorros latindo ou funk em outros lugares. Nas ruas principais, essa poluição sonora é mais intensa e misturada às buzinas de motos e ao ronco de seus motores. Nos becos "nobres" que permitem a circulação de motos, prevalecem os anúncios comerciais. Depois da pacificação, os funks passaram a dominar nas áreas mais isoladas e menos acessíveis, onde ficam os pontos de venda de drogas, e o aspecto é bem mais degradado. Nos becos menos barulhentos, ou seja, nas regiões mais altas, onde se consegue ter silêncio e alguns barracos não são de alvenaria, é possível ouvir televisões ligadas ou gemidos de trepadas vigorosas cuja sonoplastia você, caro leitor, conhece bem.

OLFATO

Algumas lanchonetes até têm o aroma bom de pastel quentinho ou pão na chapa, mas geralmente o cheiro da gordura dos salgadinhos ou pratos feitos, misturado ao de lixo ou esgoto, tira o apetite do cristão. Também há cheiro de suor, de merda, de cerveja, de pipoca, de fumaça de motor e de frutas dos vendedores ambulantes. Nos locais de feira, tem aquele cheirinho de hortaliças misturado com raízes e castanhas de caju. Porém, muita gente, ali e em outros lugares, usa e abusa de perfume fedorento e jura que está abafando. E lá se vai o cheirinho bom da feira.

Você consegue entender o porquê da minha saudade? Coisa de maluco mesmo. Mas só quem viveu aquilo pode saber. Meus pensamentos olfativo-audiovisuais foram interrompidos pelo toque do celular. Era o PX. Nem tinha chegado direito e já vinha abacaxi para descascar.

— Fala, PX.

— Gavi, voa pro Jardim da Saudade.

— Mas o que eu vou fazer no cemitério, cara? Acabei de chegar de viagem.

— Aconteceu uma tragédia.

— Que tragédia, PX?

A chamada caiu. Tentei ligar várias vezes de volta para o celular dele, mas dava fora de área. Liguei para o Snarf e o Caco, mas eles não sabiam de nada. Aproveitei para marcar uma reunião no dia seguinte, para ver o relatório sobre os estrangeiros infiltrados nos complexos da Penha/Alemão. Sem alternativa, peguei o carro e vazei para o Jardim da Saudade.

Esse cemitério fica na área do Sulacap. Para quem não sabe, Jardim Sulacap é um bairro de classe média da zona oeste do município do Rio. O cemitério localizado ali não é igual aos tradicionais. Como o próprio nome diz, é um jardim, só que cheio de gente morta embaixo. Não há tumbas nem mausoléus, mas sim umas pedras de granito no solo, que dão a localização do falecido ou falecida. O legal é que é um cemitério mais democrático: quem visita o lugar não sabe se quem está enterrado é homem, mulher, gay, judeu, macumbeiro, pobre, rico, ou qualquer que seja o rótulo que a sociedade lhe tenha imposto quando em vida e do qual, finalmente, a pessoa, ou melhor, o cadáver, então conseguiu se livrar.

Ainda bem que só tinha um enterro acontecendo. Como eu não tinha informação nenhuma, seria um mico-leão-dourado sair de grupo em grupo perguntando quem tinha morrido. Fui me aproximando e notei o PX próximo à Paula. Dei uma geral e não vi minha mãe. Teria sido ela? Um ataque cardíaco fulminante? Olhei novamente e não vi o Hélio. Alívio. Não poderia ser ela. Nem ele. Um estaria, com certeza, no enterro do outro. Quem morreu, pombas?

— PX, chega aí — tentei dar aquele sussurro, que acabou saindo mais alto do que se eu tivesse falado com minha voz normal.

Ele e a Paula, que me deu um olhar fulminante, se viraram. Fiz sinal com a mão para ele se aproximar de onde eu estava. Não queria perguntar na frente de todos quem havia juntado os pés para sempre.

— Brô, que merda! — reclamei. — A ligação caiu e não consegui mais falar contigo. O que houve?

— Foi o Gutembergue.

— Quê?! — falei tão alto que muita gente, ao redor da lápide que estava sendo colocada, virou o rosto em nossa direção.

— Fala baixo, caralho.

— Puta que o pariu! O que aconteceu?

— A princípio, acharam que tinha sido um acidente, já que ele caiu de moto de um precipício na estrada Rio-Santos.

— Como assim, cara?

— É uma curva à direita, que fica num lugar paradisíaco, antes de chegar a Angra dos Reis. Ele se jogou dali e não sobreviveu. Conheço bem o local. Aliás, acho que ele não deve ter feito a curva. O panorama da estrada é muito sedutor: o verde da vegetação na encosta, o chumbo reluzente do asfalto e o azul cristalino das águas da baía. Daí, naquele ponto, o acostamento desaparece e a pista se confunde com o horizonte.

— Se jogou?

— Parece que sim. E deixou uma carta de suicídio lá no quartel. Disse que não aguentava mais as humilhações e chacotas. A homofobia ficou insuportável para ele.

Aquilo foi pior do que se um caminhão tivesse passado em cima de mim. Senti-me cem por cento responsável. Ele deu vários sinais de exaustão com aquela situação e eu prometi ajudá-lo. No entanto, com tudo o que tinha acontecido nas últimas semanas, acabei relegando o problema dele a segundo plano. Puta merda! O cara estava morto por minha causa. Eu nunca mais me perdoaria.

O PX foi me puxando, para que nos aproximássemos da cerimônia. Pedi que ele fosse na frente. Eu precisava assimilar aquela notícia trágica. De repente, a Paula se virou e olhou novamente para mim. Pude sentir o ódio no olhar dela. Nunca mais ela voltaria para mim. Eu só tinha uma coisa a fazer. Aproximei-me dela e a abracei por trás. Ela tentou se desvencilhar, mas eu a abracei com mais força ainda e sussurrei no ouvido dela:

— Nós vamos ter um filho.

CAPÍTULO XLI

A GAROTA DO ADEUS

PAULA E EU PASSAMOS UMA NOITE INCRÍVEL, COMO HÁ MUITO TEMPO não acontecia. Entre uma transa e outra — algumas mais calmas; outras mais animalescas —, conversamos o que não havíamos conversado durante anos juntos.

Acho que tenho mais culpa por essa falta de diálogo entre nós. Sempre fui um oficial muito dedicado à farda e à caserna. Constantemente, me senti culpado por a Paula não poder dar continuidade à sua prática, não poder estabelecer um consultório e clientela próprios, devido às constantes mudanças de endereço.

Não dormimos. Passamos a madrugada nos amando e simplesmente conversando. Contei-lhe detalhes da invasão, histórias divertidas e engraçadas da favela, mas sem deixar de comentar, usando um pouco de eufemismo, as trágicas também. O que mais a sensibilizou foi o estupro da Vasquinha e a horrível morte do Scooby e do Estopa.

Mas, como não poderia deixar de ser, o que mais chamou sua atenção foi minha viagem para Vitória da Conquista. Obviamente, ocultei meu real motivo da visita à cidade — a

Deborah — e me fixei nos detalhes sobre a adoção, que ela saboreou com avidez. Ela quis saber absolutamente tudo sobre a técnica de enfermagem, a tia do menino, o casal que morreu no acidente de carro, o juiz e, principalmente, sobre o Bernardo.

Graças a Deus, o tema da esterilidade (dela) passou quase despercebido, uma vez que estava mais interessada no futuro do que no passado. Ouvir o que só lhe interessa é uma das características mais marcantes da Paula. Ou será de todas as mulheres?

Como ela preferiu não esperar pela oportunidade de irmos juntos a Vitória da Conquista, quando acordei, ela já havia partido. Eu havia lhe passado toda a papelada que preenchera e todos os contatos, inclusive do juiz, para facilitar a adoção do Bernardo. Enquanto eu, parafraseando o nome do hotel onde o Helinho tinha se hospedado, parti para a conquista da minha vitória no morro, contra os traficantes.

Estava exausto, mas era uma exaustão boa, daquelas que só uma bela trepada ou, naquele caso, belas trepadas podem proporcionar. Era como nos meus dias de Carnaval no Clube Militar: brincar nas matinês nas tardes de domingo e terça, e em todas as quatro noites, começando às onze da noite em ponto no sábado e indo até às seis da manhã da Quarta-Feira de Cinzas. Difícil era saber quem brincava mais: eu, o PX ou o Helinho, que sempre entrava no Militar na nossa aba, pois nós é que tínhamos pais militares e direito a entrar no clube de graça. Ele vinha estilo Vasquinha: na faixa.

Cheguei e bati logo um rádio para o Snarf e o Caco, para que eles fossem se encontrar comigo, a fim de me mostrar o que conseguiram levantar sobre os estrangeiros no morro. Enquanto eu esperava, a Snarfete chegou e pediu para falar comigo.

— Em que posso servi-la, sargento Maria Helena?

— Tenente, o negócio é o seguinte: tem um casal aí fora que quer fazer uma denúncia, mas o curioso é que é contra a própria filha.

— Quê?

— Bom, acho melhor o senhor conversar com eles pessoalmente.

— Ok. Manda eles entrarem.

O casal entrou. Era um senhor de uns cinquenta anos, de pele curtida pelo excesso de sol, e uma mulher de seus quarenta e tal, muito bonita, mas bastante maltratada.

— Sentem-se, por favor. Meu nome é Maurício Gavião e sou tenente da Força de Pacificação. Em que posso ajudá-los?

Nem terminei a pergunta e a mulher começou a chorar copiosamente. O senhor apenas abaixou a cabeça, como se estivesse muito envergonhado por alguma coisa. Foi ele quem falou com voz baixa e sorumbática:

— Tenente Gavião, o senhor tem que prender a minha filha.

— Peraí, seu... Como é mesmo seu nome?

— É Floriano, tenente.

— Seu Floriano, que história é essa? Do que o senhor tá falando?

— Da minha filha, a Janaína. Pensei que ela fosse uma boa moça, mas é o diabo encarnado em pessoa.

— Mas o que é que ela fez?

— Transou com vários de seus soldados, tenente.

"Isso pode denotar tendências galináceas nela, porém não constitui crime", pensei.

Antes que o homem pudesse continuar, a mãe da menina, que estava quieta até então, se manifestou:

— Ela é uma vadia, sem vergonha! Nós somos gente de bem. Temos Jesus no coração. Amamos o próximo. Assistimos os cultos da Igreja Universal do Reino de Deus toda quinta-feira e pagamos o dízimo sempre em dia. Não merecíamos isso. Inclusive, a gente levou a Janaína pra que o bispo Nataniel Lisboa fizesse um exorcismo e tirasse esse demônio de dentro dela, mas não adiantou.

— Nossa filha tem o demônio no sangue, tenente, e ninguém consegue livrar ela desse mal — disse seu Floriano.

— Eu não sou especialista em temas de exorcismo — falei. — Não sei como posso ajudar vocês.

— Prendendo essa vagabunda! — gritou a mãe. — O sangue dela é contaminado com o veneno dos infernos e seus soldados também já devem estar com a semente de satanás nas veias.

— Tenente, o que eles estão tentando dizer é que a moça tem o vírus HIV ativo, e praticou sexo sem proteção com vários de nossos colegas de farda — explicou Maria Helena.

Não pude deixar de pensar naquela garota que vi entrar e sair várias vezes do Parque Ary Barroso na noite do assassinato dos cachorros. Só podia ser ela.

— E ela tem consciência disso, quer dizer, de que tá infectada? — perguntei.

— Claro. E faz isso de propósito. Ela diz que, se Deus deu esse presente pra ela, o negócio é dividir a bênção com os outros. E quanto mais gente, melhor — falou a mãe.

— Mas, então, isso é crime doloso, quando se tem intenção de matar. Ela pode pegar vários anos de cadeia por isso — enfatizei, entendendo a gravidade da situação.

— E é isso que a gente quer. É a única forma de proteger a sociedade de uma pessoa tomada por um espírito mau. Prende ela, tenente. E rápido — suplicou o pai da moça.

— Os senhores sabem onde ela se encontra neste momento? — perguntei.

— Antes da gente vim pra cá, ela estava tomando banho. É provável que fosse sair pra pegar a próxima vítima — respondeu o pai.

— Quero que os senhores esperem aqui. Expliquem, por favor, pra sargento Maria Helena onde moram. Vamos mandar uma patrulha lá agora mesmo. Maria Helena, chama o Caco e o Snarf. Vocês têm que ir à casa deles imediatamente, pra ver se pegam a menina antes dela sair. Podem levar a garota direto pra 28ª. Quando estiverem com ela, me avisem, que eu mando os pais irem para a DP prestar depoimento e servir de testemunhas.

Não deu nem vinte minutos e o Caco me bateu um rádio, dizendo que estavam com a garota e que iam levá-la para a delegacia, como eu havia determinado. Pedi aos pais que fossem para lá imediatamente, mas, antes, perguntei se não tinham com eles uma foto da Janaína. O pai tirou da carteira a foto de uma mulher atraente e sexy e me deu.

Eu sabia que seria impossível receber o *briefing* do Caco e do Snarf sobre os estrangeiros. Eles, com certeza, perderiam a tarde inteira e talvez até parte da noite para conseguir fichar a menina.

É aquela história que já comentei aqui algumas vezes: trabalhar com a Polícia Civil, nesses casos, é para tirar qualquer um do sério. Os caras não querem nada com a hora do Brasil. O sistema usado pelas polícias no nosso país para fazer registros de ocorrências é um convite ao descaso. Tudo é muito arcaico e feito à mão. Computadores quebrados e sistema fora do ar é a rotina. Uma vergonha. As estatísticas mostram tudo. Só resolvem cinco por cento dos casos e normalmente quando há pressão da imprensa ou dos políticos.

Mandei fazer diversas cópias da foto da Janaína e espalhá-las pelos alojamentos, refeitórios e outras áreas comuns. Abaixo, uma nota que dizia: "Se você manteve relações sexuais com esta mulher, pode estar correndo perigo. Dirija-se imediatamente à clínica da Penha para um exame gratuito de HIV."

Uma situação dessas já é, normalmente, muito desagradável. Mas a proximidade da Semana Santa me deixou ainda mais chateado. Sentia-me um pouco pai dos meus comandados. Em breve, eu seria pai de verdade. Senti pena do seu Floriano e da mulher dele. Que decepção ter uma filha daquele jeito! Fiquei imaginando as possíveis alegrias e tristezas que teria com o Bernardo. Era uma sensação estranha aquela de ser pai, e olha que eu ainda nem tinha começado minha viagem.

Quando dei por mim, já haviam passado três horas desde que tinha pedido para espalharem os panfletos. Saí e fui caminhando para perto da clínica. Queria ver se o aviso já havia surtido efeito. E como! Tinha uma fila que ia até o lado de fora. Só garoto novo. Uma pena.

Quem naquela fila se encaixaria lá nesse caso? Senti uma mão forte pousar sobre meu ombro direito. Conhecia aquele toque havia muitos anos.

— Brô, que merda isso, hein?

— Porra, PX, o pior é que eu vi essa safada entrando e saindo do parque, cada hora com um cara diferente, e não fiz nada. Estava com a cabeça em outro lugar, tentando desvendar um mistério.

— Mas o pior da história você não sabe, meu camarada.

— O quê?

— Você me pediu pra acabar com aquela farra no Ary Barroso. Dei um esporro geral e a galera vazou. Essa menina ficou pra trás. Começou a flertar comigo...

— Não, para, PX. Para, pelo amor de Deus!

— Como nossos amigos evangélicos falam toda hora, "a carne é fraca".

— Puta que o pariu, você comeu essa vagaba?!

— O pior é que comi.

— Mas tudo bem, você usou camisinha, né?

— Não usei, Gavi. Tô mandando a real pra você. Estava no osso e caí dentro.

Fiz o PX me prometer que iria a uma clínica particular naquele dia mesmo. Atualmente, parece que eles dão o resultado do teste de HIV no mesmo dia. Seriam momentos de muita angústia para mim. Eu não podia imaginar um de meus melhores amigos com AIDS. Aquilo era demais para minha cabeça.

Fui para meu quarto e me meti debaixo do chuveiro. Deixei a água cair pelo meu corpo, como se aquilo fosse me limpar de toda aquela sujeira, de tudo de mal que estava acontecendo comigo. Devo ter ficado umas duas horas daquele jeito: estático. A água caindo e se misturando ao meu choro. Uma tristeza profunda se abateu sobre mim.

O telefone tocou. Meti a mão para fora do box e atendi sem ver quem era. Pelo menos uma boa notícia. Era a Paula. Tudo corria muito bem e, em no máximo dois dias, ela poderia voltar para o Rio com nosso filho nos braços. Aquilo foi um alento para mim. Desliguei o telefone esperançoso. Parece que o banho tinha dado certo.

O celular tocou novamente.

— Que foi, amor, ligou porque se esqueceu de dizer que me ama?

— Gavi, é o PX, porra!

— Desculpa, brô. E aí, tudo certo, né?

— Deu positivo.

CAPÍTULO XLII

TRISTES TRÓPICOS

A péssima notícia dada pelo PX não me deixou dormir. Prozac para dentro. Consegui cochilar. Acordei com um telefonema da Paula, dizendo estar a caminho do Rio com o Bernardo e confirmando que chegaria ainda naquele dia. Aquilo me animou. Fiz a barba e me cortei, como de costume. Banho. Farda. Café da manhã. Rádio para o Caco e o Snarf. Era hora de agir contra aqueles safados que tanto dano tinham feito à população carioca e a mim. Queria saber dos estrangeiros.

O que eu sabia era que o Brasil sempre foi considerado um país que recebe seus imigrantes de braços abertos. Foi assim com os italianos, no início do século passado; com os árabes, em diversas décadas; com os judeus, durante e após a Segunda Guerra Mundial; com os espanhóis e portugueses desde sempre.

No entanto, de uns anos para cá, e com a diminuição acentuada de vagas no mercado de trabalho, o imigrante passou a ser, como em vários outros países, malvisto e discriminado. De lugar acolhedor, onde falar outra língua era desculpa para iniciar uma conversa, o Brasil passou a ser um país de exploração de mão de obra barata, especialmente quando se trata de bolivianos, haitianos e africanos, de um modo geral, mais notadamente angolanos.

Por falar nestes, o número deles nos morros do Rio começou a aumentar com a diáspora no país, cuja independência oficial foi declarada em novembro de 1975, mas que já estava em uma guerra civil muito antes disso. Mas esse aumento e o consequente número significativo de angolanos nas favelas só começou a ser notado a partir de 1992, quando a guerra civil chegou à capital do país, Luanda. Acho que, por isso, Gilberto Gil fala, na sua brilhante "Palco": "Só quem sabe onde é Luanda, saberá lhe dar valor."

Aliás, para quem não sabe, o Brasil, ao substituir Portugal, enviou capacetes azuis à Angola na década de 1990, criou um intercâmbio militar e começou a receber angolanos na AMAN e na EsAO. Lembro-me do capitão Flora, que foi visitar o Colégio Militar acompanhado por um amigo do meu pai, em 1995. Sujeito simples, se esforçava muito para acompanhar o curso de aperfeiçoamento. Depois que voltou à Angola, chegou ao generalato em quatro anos e morreu em combate pouco depois. *C'est la vie.*

Acho que, devido a essa espécie de supremacia angolana nas favelas do Rio, o Caco e o Snarf decidiram, ao invés de me apresentar um relatório frio, trazer um angolano para conversar comigo. O nome dele era Desidério Mosquito Amões. O Snarf me puxou para o canto, disse que o cara parecia um pastor e que se expressava bem, mas era tipo lobo em pele de cordeiro. Avisou para eu não me impressionar muito com ele.

— Tenente, eu sei que é difícil de entender, mas vou tentar explicar — começou Desidério, falando com um sotaque ainda carregado.

— Não estou aqui pra julgar ninguém, seu Amões — interrompi —, só quero ter uma visão mais geral da presença de estrangeiros nas comunidades cariocas, pra agir da melhor maneira.

O nome do angolano imediatamente me remeteu a Camões, autor de sublimes versos como os do início de *Os Lusíadas*:

"As armas e os barões assinalados
Que da Ocidental praia Lusitana,
Por mares nunca dantes navegados
Passaram ainda além da Taprobana..."

— Tenente Gavião, queria dizer que ser sempre o "outro", que é desprezado, infantilizado ou odiado como invasor ou concorrente, por causa da situação precária do mercado de trabalho, não é nada fácil ou simples. Não consigo entender como um país construído com o suor dos imigrantes, como o Brasil, possa ser tão xenófobo.

"Nós não viemos pra cá por vontade própria, muito menos gostamos de viver em favelas. Nós somos a face oculta de muitas pessoas que veem na gente, os diferentes, uma maneira de justificar suas pobres vidas. É muito mais fácil culpar um estrangeiro pela falta de trabalho ou dizer que viemos pra roubar e matar aqui. 'Por que não voltam para seu país?', é o que escutamos a toda hora. É bem mais fácil agir assim do que reconhecer a própria ignorância ou falta de habilidade de avançar socialmente, o senhor não acha?"

Porra, o cara falava bem para caramba. Como é que poderia estar em uma situação daquelas, vivendo na pobreza, sofrendo com a ignorância alheia e sem ter muita perspectiva de melhorar de vida? Deixei que ele continuasse, sem interromper.

— Tenente, assim como os adolescentes e jovens das favelas, a maioria dos exilados que chega ao Brasil não conta com o mínimo de apoio do governo, nem de outras áreas da sociedade civil. A maneira mais rápida e aparentemente mais fácil de deixar de ser invisível é se juntar àqueles que têm o poder, as armas, o dinheiro e as mulheres, ou seja, os traficantes.

— Seu Amões, entendo perfeitamente que o exílio é, sim, uma ruptura, que acaba se transformando numa espécie de fratura incurável entre um indivíduo e o lugar em que nasceu. É uma tristeza que, imagino, jamais possa ser superada. Isso explica, porém não justifica a atitude que o senhor acaba de descrever. Se fosse assim, toda a favela seria composta de bandidos, criminosos e traficantes sem pudor. Mas a verdade é que a imensa maioria dos moradores de comunidades pobres é de gente trabalhadora e honesta.

A Dá teria orgulho de mim se me ouvisse falando aquilo.

— Tenente, não tô tentando justificar nada. Apenas faço a explanação de uma situação muitas vezes ignorada pela população. As coisas não precisavam ser assim. Viver esse dilema de, por um lado, ser considerado herói porque se adaptou a outra cultura e costumes, num contexto bem diferente da sua realidade cotidiana, e, por outro, ser chamado de covarde por ter abandonado sua pátria ao invés de ficar e lutar pelo que lhe afligia. Isso é algo doloroso e complicado de administrar. Além de tudo, temos que constantemente convencer e provar a todos que estão ao nosso redor que não somos criminosos, nem colaboradores de traficantes de drogas. É triste, tenente.

— Ô, Desdé, eu não trouxe você aqui pra ficar dando aula de antropologia ou sei lá o que pro tenente Gavião, não, tá entendido? — cortou o Snarf.

— Pois é, tenente, o nosso sociólogo aqui foi pego ministrando treinamento de guerrilha urbana a uns bandidinhos na semana passada, quando o senhor não estava aqui. Nós só estamos aliviando pra obter mais informações e saber da ligação dos angolanos e outros estrangeiros com os colombianos, que nos interessam de verdade — disse o Caco, em seguida.

— Tenente, tá vendo só? É por causa desse mito de angolano bandido, angolano traficante e angolano instrutor de bandido que nós somos cada vez mais esculachados pela polícia, pra usar um termo que eles usam aqui no morro. Eu não estava ministrando aula de guerrilha nenhuma, muito menos de como atirar ou coisa parecida. Eu estava no lugar errado, na hora errada. Eu saí de um país em guerra em busca da paz. Não quero, de maneira alguma, me envolver em nenhum conflito.

— Pois é, seu Desdé, você veio com o sonho da paz, mas continua numa guerra. Não é declarada, como em seu país, é verdade, mas é uma guerra. Portanto, vai logo abrindo o bico e dizendo o que sabe dos colombianos, se não vai ter que tentar convencer a galera da ADA na cadeia que você não faz nem nunca fez parte do CV. Isso, sim, é uma missão difícil. E então, o que vai ser? — perguntou o Snarf.

— O que eu sei é que são mesmo os colombianos que têm as conexões para agilizar o comércio de drogas e armas aqui na Penha, no Alemão e em diversas outras comunidades do Rio. Os outros estrangeiros são uns pobres coitados como eu, que querem só sobreviver nesse mundo cão das favelas.

— Isso a gente já sabe, ô, professorzinho. Solta o verbo aí e diz como e onde esse comércio acontece. Anda logo, que o tenente tem mais o que fazer, porra! — ordenou o Caco.

— Acho que o que eu vou dizer não é segredo pra ninguém, mas aí vai. Quem coordena isso tudo é o Fernandinho Beira-Mar, lá de dentro do presídio de segurança máxima de Catanduvas, no Paraná.

— E o tal de Pablito Escobar, qual é a dele? — perguntei.

— Dizem que, na verdade, é outro colombiano mais velho, que anda com ele, o contato das FARC aqui. Mas ele prefere que esse Escobar seja considerado o testa de ferro e que apareça para os policiais como o homem, enquanto ele enriquece e comanda tudo por baixo dos panos. O novo *modus operandi* desses figurões é *low profile*, ficar na deles, sem mostrar muita riqueza, nem fazer muito alarde, entendem? Eles, antes, circulavam com certa tranquilidade pela favela. Agora, com vocês aqui, ainda estão analisando a melhor forma de atuar.

Enquanto ele falava, eu me lembrei da operação intitulada Gato Negro. Ela acontecera em abril de 2001 e cinco mil soldados da 4ª Divisão do Exército da Colômbia procuravam Beira-Mar e o tesoureiro de uma das frentes das FARC, o líder rebelde Tomás Medina Caracas, conhecido como Negro Acacio. O traficante brasileiro teria sido ferido com três tiros nesta operação, que destruiu três laboratórios de refino de cocaína nas selvas colombianas, na região de Barrancominas. O Beira-Mar provou mesmo ser um gato e ter sete vidas. Não dava para terem chamado essa operação de outro nome, não?

Não concordo com aquele deputado que disse que bandido bom é bandido morto, mas acho que, em alguns casos, seria melhor mesmo. Ou alguém acha que um traficante da vida pode ser recuperado? Aí, paro para pensar no que a Deborah sempre me disse, que eu tinha que assistir ao filme e não ver a foto; tentar entender o porquê dos fatos e não apenas criticá-los. Bem, vamos aos fatos:

Luiz Fernando da Costa, como milhões de brasileiros, não conheceu o pai. Nascido em 4 de julho de 1967, em Duque de Caxias, no interior do Rio de Janeiro, foi criado na principal favela da região, a Beira-Mar (daí seu nome), pela mãe (sempre elas), dona Zelina, faxineira.

Três anos antes, Luiz Fernando havia servido ao Exército e era considerado um "bom garoto". Mas foi também nessa época que começou a praticar seus primeiros delitos — na maioria, pequenos assaltos. Daí, passou para lojas e até bancos, mas — e aí está um dos grandes problemas das Forças Armadas no Brasil —, com a experiência e o conhecimento adquiridos no quartel, voltou-se para os depósitos de materiais militares, que passaram a ser os alvos principais. Furtava armas pesadas do Exército e as vendia a traficantes cariocas.

Dona Zelina, que até então não sabia de nada, teve sua primeira grande decepção com o filho quando, aos vinte anos, ele foi preso por assalto e condenado a dois anos de cadeia. Ao sair, voltou a morar na favela Beira-Mar, porém sem a mãe. Em decorrência de um atropelamento, em 1988, ela falecera. Sem a influência positiva de Dona Zelina, rapidamente Fernandinho se tornou um dos líderes do tráfico local.

Lembra daquela cena do filme *Tropa de Elite 2*, logo no início, em que o personagem interpretado por Seu Jorge organiza uma rebelião na penitenciária? Foi inspirada em um fato: o assassinato de Uê, traficante e líder da facção criminosa Amigos dos Amigos. Isso aconteceu dentro de Bangu I. Uê foi morto em uma rebelião liderada por Beira-Mar.

— Porra, virou filósofo agora, seu Desdé? Salta fora, que o tenente Gavião tem mais o que fazer. Mas fique sabendo que estamos de olho, hein?

Foi assim que o Snarf me tirou de meus devaneios pseudodialéticos.

— Bom, tenente, agora que esse pela-saco vazou, podemos entrar na parte das informações confidenciais — disse o Caco. — Não sei se o senhor ficou sabendo, mas, ainda durante a Arcanjo I, foram encontradas cartas atribuídas a Beira-Mar quando nossos homens fizeram uma varredura nos antigos pontos fortes dos bandidos.

— Soube alguma coisa por alto.

— Nessas tais cartas, esse filho da puta pedia a seus cupinchas pra se juntarem às milícias, é mole?

— Mas pra quê, exatamente?

— Pra organizar sequestros de autoridades e fazer trocas por milicianos ou membros do CV presos. É muita cara de pau, né, não?

— Caramba, impressionante.

— Pois é, tenente. Não mataram ele, assim como não matam vários desses safados que são presos, porque a própria polícia e vários políticos sabem que é aí que a festa fica boa. Esses figurões têm muita grana pra gastar, e aí todo mundo sai ganhando, mesmo com eles atrás das grades. Lembra quando o Fernandinho foi preso? Ele declarou aos quatro cantos que tinha muita gente envolvida com o tráfico de drogas no Brasil. Eu lembro perfeitamente que ele citou dois deputados que faziam parte da própria CPI do Narcotráfico! Porra, tenente, desculpa o meu francês, mas isso é de foder!

— Tranquilo, Snarf, estamos em família. Pode falar o que quiser. Sei que tinha gente da Civil também, delegados e até Polícia Federal envolvida. Pouco antes de ser preso, sob os auspícios e a proteção das FARC, ele passeava tranquilamente entre o Brasil, o Paraguai, a Colômbia, o Suriname e a Venezuela. Ninguém, e eu repito: *ninguém* chega aonde esse cara chegou, com o poder que tinha, e, como estamos vendo, ainda tem, sem a conivência de autoridades. E várias delas. O engraçado é que, quando essas autoridades são desmascaradas, são os primeiros a dizer que não se pode dar ouvidos a marginais e blá-blá-blá. É tudo farinha do mesmo saco. E farinha colombiana.

Nós três rimos, única opção em uma situação como aquela. Fazer o quê? Chorar?

— Mas, tenente, quer saber mesmo a verdade? — perguntou o Snarf. — Esse babaca tá muito longe de ser um figurão do narcotráfico carioca, como a polícia adora cornetar por aí. Nossa inteligência mostra que há muitos anos ele deixou de priorizar o mercado do Brasil pra focar na Europa e nos Estados Unidos. Ele acabou entregando os pontos que dominava aqui no Rio e em outros lugares pra seus amiguinhos, tipo uma doação, pra que esses putos tenham com ele uma gratidão eterna e lhe devam favores. Burro ele não é.

— Mas por que isso? — perguntei.

Então, o Caco respondeu:

— Veja bem, tenente. Ele pegava a cocaína na Colômbia por cerca de mil dólares o quilo. Mesmo batizando a droga com cal, giz e o caralho a quatro, conseguia vender esse mesmo quilo a dois mil e quinhentos reais no Rio e a três mil em Sampa. Se você colocar custos de transporte, propinas e coisa e tal, o lucro dele caía muito. Então, ele percebeu que os mercados americano e europeu, é que eram realmente rentáveis, entende? Em 1998, ele soube que as FARC precisavam de armas e começou a negociar com esses colombianos do inferno.

— Não me surpreenderia se esse filho da puta estivesse envolvido na distribuição de cocaína para os cartéis mexicanos, principalmente o de Sinaloa. Um quilo da droga já colocada no México pode chegar a valer 12 mil dólares, pelo que li nos jornais. Mas isso é problema do Obama. O nosso é aqui e, por menos que ele ganhe no mercado interno, deve funcionar ainda no esquema de pirâmides como o dessas empresas Amway, Herbalife e outras. Tem um bando de babacas trabalhando pesado, pra ganhar uma miséria, e ele ganha um pouco de cada um. No final, juntando tudo, dá uma grana muito boa, sem muito esforço. Nosso objetivo é romper parte dessa pirâmide. Pelo menos o braço que continua atuando aqui na Penha e no Alemão. Como chegamos a esse Pablito e seus amiguinhos colombianos, e também ao Galo e ao Strogonoff? — perguntei.

— Sabemos que, se eles forem espertos como os traficantes do Alemão, pulverizaram a central de produção da Penha em várias microcentrais. Caso tenham apenas mudado de lugar, terá sido um erro estratégico, e um bom local a ser descoberto, mas é necessário muito apoio de inteligência, coisa que não temos aqui — disse o Snarf. — Como o senhor pediu, estamos em cima do pentelho do Monkelo, mas o moleque é arisco, quando sai da comunidade se move rápido, muda de rotas... Mas a gente vai pegar ele com a boca na botija e arrebentar o ponto deles.

Naquele momento, meu celular tocou. Era a Paula.

— Tenho que atender essa ligação. Continuem na vigilância e em cima desse Monkelo. Quero estourar essa porra antes de quinta, quando começa a Semana Santa. Presente de Páscoa.

Os dois riram e se retiraram. Paula disse que estava para embarcar em um voo em São Paulo. Com o tráfego, eu demoraria o mesmo tempo que ela levaria de Congonhas até o Santos Dumont — ou até mais — para chegar ao aeroporto. Estava bastante emocionado para segurar o Bernardo nos braços. Vazei.

CAPÍTULO XLIII

CARA... O QUÊ?

As motivações para adotar uma criança são diversas. As minhas, vocês já sabem. Muita gente toma a decisão de adotar para dar um irmãozinho para o filho único, ou por outras razões mais egoístas, como evitar a solidão. A Paula me disse que precisou ir ao fórum de Vitória da Conquista para concretizar tudo. É, parceiro, assim como o casamento é um contrato, a adoção é um processo judicial, normalmente longo e complicado e que, como tudo no Brasil, depende de quem você conhece. Nesse caso, dependia do juiz que ficou amiguinho do Hélio.

Paula me contou que, depois da pancadaria no consultório — em que quase matei o Gutembergue —, ela decidiu parar de dar consultas por um tempo e iniciou uma nova jornada, participando de reuniões de grupos de adoção e visitas a orfanatos. Não adianta: as mulheres sempre estão anos-luz à frente dos homens quando querem algo de fato. E foi por isso que a Paula aceitou tão bem minha proposta de adoção. Claro, já tinha planejado tudo muito antes de mim.

Paula trabalhou voluntariamente com bebês em um abrigo para crianças e me contou outra coisa que eu não sabia: ela tinha conhecimentos de Shantala, ou seja, massagem indiana em pimpolhos. A mulher era fera mesmo!

Passei meio batido por um assunto, mas queria regressar a ele aqui. Quando estávamos em dúvida se podíamos ter filho, fizemos os tais exames para ver se algum de nós era estéril. Porra, aquilo foi um dos exames mais constrangedores que já fiz! Falo do espermograma. Vou contar o que aconteceu comigo.

O Alexandre de Oliveira, aluno nº 262, estudou comigo no Colégio Militar do Rio. Saiu fora no final da sétima série e foi para o Santo Agostinho, no Leblon. Mantivemos contato e, na época,ele tinha um laboratório de análises clínicas. De vez em quando, a gente saía em casal, e a Cris (mulher dele) simpatizava com a Paula.

— Gavi, faço questão. Vai fazer o exame lá no Laboveira.

— Ok, segunda passo lá.

Cheguei tímido e meio sem jeito. Droga, ainda por cima era uma atendente (nunca fui atendido por um homem em laboratório nenhum!). Entreguei a requisição médica discretamente, como se estivesse passando dinheiro de um suborno, e ela, em alto e bom tom, parecendo anunciar para o mundo, confirma:

— Espermograma? Só um minuto, senhor.

A vontade era de mandá-la para o inferno. Não sei qual era a necessidade daquilo. Bem, houve mais uma chamada (dessa vez pela senha) e o pior acontece: a Cris saiu lá de dentro (isso mesmo, a esposa do Alexandre, que eu nem imaginava que trabalhava ali).

— Oi, Gavi, é pra você, é? — perguntou ela.

Eu nem respondi.

— Olha, tá aqui o frasco de coleta (era um vidro de maionese de 500 gramas!). Você pode entrar ali, por aquela porta azul, e fazer a coleta. Quando acabar, volta aqui e me entrega. Alguma dúvida?

Eu já estava achando tudo constrangedor e, depois que vi a Cris, não sabia mais onde enfiar a cara. O rosto ficou quente de tão corado de vergonha e nem consegui responder à última pergunta. Você entra, fecha a porta e se depara com uma TV, DVDs com alguns filmes pornôs e revistas, muitas revistas. Dependendo do dia (fiz mais de um), do seu constrangimento e do tesão (ou falta dele), a coleta pode levar de cinco a vinte minutos. Quando você acha que já superou toda a humilhação, trabalho feito, recomposto, vem o pior: você olha para o pote que, naquela hora, parece ter capacidade para uns cinco litros e vê aquele pouquinho de nada nele (seu gozo). É foda! Quer dizer, masturbação. Saí da salinha torcendo para encontrar a atendente, mas quem estava lá? A Cris.

— E aí, Gavi, conseguiu?

— Pois é... Tá aqui.

A Cris pegou o frasco, levantou, olhou para a porra toda (literalmente) e completou:

— É, acho que essa quantidade é suficiente — disse, e colocou no frasco uma etiqueta com meu nome e um código. — Pode deixar que esse aqui vai ter tratamento especial. Daqui a uns dias o Xandi te liga para dizer o resultado, ok?

Tratamento especial?! Ia colocar minha porra para ninar? Falei um "obrigado" com a maior cara de bunda que já tive na vida e ela, toda faceira:

— Beijo na Paulinha!

Beijo na puta que o pariu! Como escondi da Paula que, na verdade, a estéril era ela, não passamos pelo processo de inseminação artificial, mas tenho um amigo que fez e me contou que, para o homem, é quase como um espermograma. Você faz a coleta e o médico "turbina" os espermatozoides, para então colocá-los na sua mulher. Isso deve ser mais constrangedor ainda. Tudo aquilo para, no caso do meu amigo, após alguns dias, o resultado da inseminação dar negativo. Que merda!

Mas, voltando ao processo de adoção, a Paula não passou pela encheção de saco de preencher os questionários que, para os interessados, têm todo o tipo de pergunta sobre a criança desejada: faixa etária, cor, sexo, se aceita irmãos, se você é dependente químico ou soropositivo, soropositivo negativado (nem sabia que existia isso, então fui estudar e fiquei sabendo várias coisas sobre a AIDS, que naquele momento afligia o PX), e por aí afora.

Os documentos eram outra aporrinhação e começavam com os de praxe: CPF, RG, certidão de casamento (se for o caso, solteiros também podem adotar, mas é ainda mais difícil), atestados de bons antecedentes, atestado de idoneidade (emitido por uma pessoa que te conheça), fotos da sua casa (tinha umas de reuniões com amigos no nosso apê no telefone, por sorte), ou seja, tudo muito chato!

Após o preenchimento dessa coisa toda, vem uma entrevista com a assistente social, que basicamente confirma tudo o que você escreveu na ficha e mais um pouco, além de "sentir" se o pretendente está pronto para adotar. Como descrevi, essa etapa foi meio que pulada, devido às conexões recém-estabelecidas pelo Helinho na cidade.

Feito isso, você entra em uma fila e espera ser chamado. Dizem que a fila é nacional, mas é balela. No meu caso, a fila foi regional, e bem regional. Ela normalmente se restringe à região em que o fórum atua e, por isso, nosso processo foi agilizado. Só esperava que, depois de tudo isso, a Paula não acordasse um dia e dissesse: "Vai comprar um teste de gravidez na farmácia porque acho que estou grávida." Eu a mandaria para aquele lugar.

Dei sorte. Cheguei ao aeroporto e a Paula estava saindo com o Bernardo nos braços naquele exato momento. Ver o moleque ali, "já meu", foi muito emocionante. Quando ele me viu, esticou logo os bracinhos, como tinha feito em Vitória da Conquista, como se tivesse me reconhecido. Abri um sorriso que foi um misto de orgulho e vitória. Dei um beijo na testa da Paula e peguei o garoto no colo. Sensação indescritível.

A Paula foi falando do aeroporto Santos Dumont até nosso apê na Barra e eu não consegui prestar atenção em nada. Só via o moleque sentadinho na cadeirinha no banco de trás, brincando com um pequeno caminhão, tipo um marruá de brinquedo, que dei para ele. Depois a gente não entende por que os filhos querem seguir nossos passos.

Quando estava tirando o Bernardo da cadeirinha, o telefone tocou. Era o Snarf. Ele sabia que eu detestava receber telefonemas de trabalho quando saía do trampo, mas decidi atender porque deveria ser algo muito importante.

— Que é, ô, Snarf? — atendi, bem rabugento.

— Desculpa incomodar, tenente, mas é notícia boa.

— Manda.

— Pra resumir a história, um membro da ADA veio se apresentar a um sargento da 2ª companhia e falou que sabe onde é a central de produção dos caras que estamos procurando. Basicamente, ele quer que a gente faça o trabalho que antes era deles, ou seja, ir lá e estourar aquela merda. Independente do abuso, nós podemos resolver nosso lado. Ele é infiltrado. Os caras não sabem que ele é da facção inimiga. Disse que pode levar a gente lá no domingo, porque o filho da puta do Pablito Escobar e sua gangue organizaram uma Santa Ceia, pois é domingo de Páscoa. É mole?

— Muita cara de pau. Mas esses putos vão se ferrar.

— Mau, não dá para controlar a boca nem na frente do Bernardo? — disse a Paula.

Pedi desculpas e voltei a falar com o Snarf:

— Snarf, depois te ligo com calma, mas vamos armar um bonde, como eles mesmos dizem, pro domingo. O coelhinho da Páscoa vai chegar cheio de bala! — falei, dando uma boa gargalhada. — Abraço.

Aquela notícia, somada à chegada do Bernardo e ao fato de que ia ter Fla-Flu no domingo para decidir o finalista da Taça Rio, me deixou muito feliz. Decidi organizar uma saída para relaxar. Algo que não fazia há muitos anos: karaokê. Queria passar a Sexta-Feira da Paixão cantando de tanta felicidade. Acho que Jesus não se importaria, né? Eu me lembro de uma tia-avó que não deixava nem que ligássemos o rádio nas Sextas-Feiras Santas porque "foi o dia em que Jesus foi crucificado". Comer carne, nem pensar. Essas tradições são muito interessantes e, quando se volta na história para saber a razão verdadeira, tem sempre algo por trás, que há não sei quantos anos era importante. Mas manter isso depois de tanto tempo, acho uma babaquice tremenda.

Pedi para a dona Sueli ficar com o Bernardo, ao que ela atendeu com a maior boa vontade. A velha sempre quis ter um neto e ganhou um já prontinho. Imagina só que alegria! Liguei para o Helinho. Disse que seria uma ótima oportunidade para colocarmos o *affair* Deborah Ann no passado. Falei para ele convidar a gostosa da Helô. Para o PX, disse que seria uma boa chance de ele esquecer um pouco do lance da AIDS. Também chamei o Caco e o casal Snarf-Snarfete. Queria ver a afinação (ou falta dela) dos Thundercats.

Fomos para o Big Place, em Botafogo. No cardápio, mais de três mil músicas. Mas você sabe como é, né? Neguinho sempre escolhe as mesmas. Muito Lulu Santos e até Sidney Magal. E, entre os cantores internacionais, Madonna e Frank Sinatra. Entra ano, sai ano, é sempre a mesma coisa. Um fenômeno isso!

Confesso que sou chegado a um microfone. Nos carnavais do Clube Militar, quando a banda começava a tocar o hino do América — o mais bonito entre todos, na minha modesta opinião — ninguém sabia a letra. Com a minha cara de pau, eu chegava nos caras e dizia que sabia cantar. Aí eles me chamavam para cima do palco, e lá ia eu: "Hei de torcer, torcer, torcer... Hei de torcer até morrer, morrer, morrer, pois a torcida americana é toda assim, a começar por mim..." A galera delirava. O Helinho e o PX ficavam me zoando, mas gostavam daquilo. E a mulherada também. Era descer e voltar para a pista para pegar uma gatinha. Normalmente, uma com camisa de time de futebol. Adoro. As que usam a camisa do Fluminense, então, me deixavam louquinho.

Sempre que eu soltava uma dessas gatas, o viadinho do Hélio vinha na aba, para pegar depois também. Ô, bicho invejoso! Aí ficava aquela disputa de quem apertava mais mulheres na noite. Teve um Carnaval em que estávamos empatados: cinco a cinco. Já estávamos na saída, quando vi uma gatinha com uma camisa do Atlético Paranaense (devia ser de lá, não sei), a puxei pelo braço e tasquei-lhe uma bitoca. Ela levou até um susto, mas não deu tempo nem de reclamar. Virei-me para o Helinho e falei: "Gol aos 45 do segundo tempo. Seis a cinco! Ganhei!" Era muito legal.

Voltando ao Big Place, coloquei meu nome e subi ao palquinho. Fui lá no fundo do baú e escolhi uma música do Fábio Júnior. "Onde é que foi parar aquela menina que me encantava quase toda noite..." Aplausos gerais. O Helinho foi em seguida e mandou: "Eu não posso deixar que o tempo te leve jamais para longe de mim, pois o nosso romance, minha vida, é tão lindo. És quem manda e desmanda...". Apelou para a Ivete Sangalo.

Aí foi a vez do casal vinte pegar o microfone. Eles foram de Journey, com direito a vocalzinho de homem e mulher: "*Just a small town girl, livin' in a lonely world. She took the midnight train goin' anywhere.*" E ele: "*Just a city boy, born and raised in south Detroit. He took the midnight train goin' anywhere.*" Até que ficou bonitinho, só que os Snarfs são bem desafinados, e foi sofrível ouvir até o fim. A sorte foi que, na hora do refrão, "*Don't stop believin'*", todo mundo começou a cantar e aliviou a barra deles.

Uma dupla de gaiatos subiu ao palco para cantar "Everybody Wants to Rule the World", do Tears for Fears. Muito engraçado. Se você já viu o vídeo, sabe do que estou falando. A cena em que os dois homens saem do banheiro e começam a fazer uma dancinha em frente às bombas de gasolina. Na boa, os caras devem ter visto esse vídeo um milhão de vezes, porque faziam igualzinho. Todo mundo riu e aplaudiu muito.

Não deixei barato. Puxei o PX, o Caco, o Helinho e o Snarf e pedi para colocarem "You've Lost That Lovin' Feelin'", do The Righteous Brothers. Aí começamos a imitar a cena de *Top Gun* (um clássico para qualquer militar), quando o Tom Cruise canta para a personagem interpretada pela atriz Kelly McGillis (aliás, fofoca hollywoodiana: sabiam que ela se assumiu lésbica?). Ficou horrível, mas nós rimos demais. Aí eu peguei o microfone e disse:

— Garçom, já passou da meia-noite. Manda uma ordem de picanha fatiada para nossa mesa. Jesus já subiu!

Ninguém entendeu nada, mas a Paula gritou:

— E uma porção de batata frita!

— Ok, você venceu. Batata frita — respondi.

O karaokê inteiro começou a cantar "Você não soube me amar", a música mais famosa da Blitz. Foi muito divertido.

Voltei para a mesa meio zoado de caipirosca. Olhei para o Helinho e disse:

— Vambora.

CAPÍTULO XLIV

BAIXOU O SANTO NA CENTRAL

Passei o Sábado de Aleluia curtindo o Bernardo em casa. Sabia que, no dia seguinte, o bicho ia pegar e precisava relaxar bastante. A noite tinha sido, na realidade, muito boa. Na madrugada, rolou um sexo intenso entre nós, o que não era muito comum. Quem é casado entende.

O sábado também serviu para eu começar a me preparar psicologicamente para o fim de minha participação na Operação Arcanjo II, que estava com o término previsto para 15 de maio de 2011, ou seja, dali a pouco mais de duas semanas. Como ainda não sabia se seria chamado para participar de outras operações como aquela, estava com pressa para dar um prejuízo àqueles filhos da puta do tráfico.

Realmente, a gente acaba perdendo a impessoalidade e se envolvendo emocionalmente cada vez que vê alguém próximo sendo atingido, como aconteceu comigo algumas vezes nos meus dias de Penha/Alemão.

Fiquei pensando no ridículo que era participar de uma operação daquelas praticamente tendo que prover sua própria inteligência. Trabalhar em um campo minado sem receber quase nenhum suporte de inteligência e de comunicação social do escalão acima da FPac. Quando prendemos alguém com celular ou rádio, passamos os aparelhos cheios de números de contato para os policiais civis e não recebemos nenhum retorno. Uma merda.

Pensando nisso, resolvi dar o meu jeito, sem falar coisa alguma com o coronel Alceu. Todo mundo sabia que, teoricamente, para realizar escuta telefônica, era necessário ter autorização judicial. O processo era demorado e cheio de exigências. Qualquer gravação realizada fora dessas condições é considerada sem validade legal e nem pode ser usada como prova. Além disso, quem realizou as gravações pode ser alvo de um processo por violação de privacidade e outras coisas.

Entretanto, ao redor do mundo, nenhuma estrutura de inteligência séria respeita isso. Aliás, os israelenses só sobrevivem porque fazem isso sistematicamente, por exemplo. As escutas são usadas para monitorar os alvos e conseguir informações privilegiadas que permitam montar um "bote", filmando, fotografando ou até mesmo prendendo o alvo na hora e lugares ideais. Simples assim.

Enquanto o Bê tirava uma soneca, aproveitei para rever no DVD uma de minhas séries favoritas de todos os tempos. Tão boa que comprei até os DVDs, coisa que nunca faço. *The Wire*, da HBO. Queria ver se a trama em que os policiais usam o grampo ilegal para resolver uma pendenga com os traficantes ajudava com a minha ideia. Ajudou. Lembrei-me, então, do Igor, que estudou comigo no Colégio Militar do Rio e acabou não seguindo a profissão e se formou em Direito. Ele oferecia serviços como detetive particular. Na verdade, ficava flagrando mulher e marido de cônjuges corneados. Passei um *graham bell* para ele.

— Fala, Igor, beleza? É o Gavião, *brother*. Tudo em riba?

— Porra, mermão, não sei de você desde a AMAN! Soube que estava nas Forças Especiais, verdade?

— Pois é, realmente servi lá, mas pouco tempo. Depois fiquei seis meses no Haiti, passei por Manaus e agora estou lá na ocupação da Penha, blá-blá-blá...

No final das contas, ele topou me emprestar um equipamento que monitora escutas telefônicas de celulares e indica a localização das chamadas.

A Paula e o Bê ainda dormiam quando vazei para a base. Do carro, liguei para os Thundercats, para que nos encontrássemos lá na Casa Amarela, para onde levei o equipamento emprestado pelo Igor. Eu sabia que lá só tinha gente da minha Companhia do Sampaio. Era ponto seguro para nós.

Paguei a missão para o Snarf monitorar os números que havíamos encontrado nos contatos dos celulares apreendidos dos traficantes em todos os dias da nossa participação na ocupação.

Simplesmente fantásticas, as conversas que ouvimos! Havia de tudo. Policial extorquindo dinheiro de traficante, negociação de preços, pedidos de entrega... Nitidamente, os policiais sabiam que o EB não possuía autoridade legal para essas escutas, mas mesmo assim buscavam falar de forma cifrada. Os caras eram profissas quando o assunto era contornar o sistema para se dar bem.

Percebemos transmissões que saíam de dentro do 28° Grupamento de Bombeiro Militar e outras do 16° Batalhão de Polícia Militar, ambos na Penha, dentre outros lugares. Em algumas delas, os canalhas coordenavam a entrada e a saída de mercadorias, que eles chamavam de pares de tênis, brinquedos, doces e balas para as crianças, entre outros códigos. Se aqueles safados usassem a imaginação que tinham para o bem, nossa vida seria muito melhor.

Lembrei-me da minha infância e das histórias dos salvamentos dos bombeiros que meu tio Zé Luís me contava quando eu era moleque. Ele era um tenente ultravibrador do Corpo de Bombeiros, que depois morreu tentando salvar uma pessoa durante um incêndio em uma fábrica. Pensei em tantos outros que se arriscavam em resgates, garantindo a reputação da corporação, e me deu ódio desses bandidos fardados. Agente da lei que usa o uniforme para se beneficiar do crime é muito pior que bandido.

Depois de estudar bem as gravações, percebi a falta que fazia um Veículo Aéreo Não Tripulado (VANT) para vigiar uma área dessas em uma operação, porém, em 2011, o uso desses aparatos em áreas urbanas no Brasil ainda está longe de ser autorizado. Tem muito peixe graúdo que ganha bastante com o tráfico, e isso seria mais um impedimento para o negócio deles.

Analisando as escutas com o Caco e o PX, deduzi, então, que havia um local muito importante naquele contexto e que não estava sendo usado para as transmissões, mas não consegui identificar exatamente as atividades de lá.

Mas quando o Snarf apareceu com o infiltrado da ADA que queria ferrar com os caras do CV, só tive que confirmar com ele a informação da qual já desconfiava. Era lá mesmo que os filhos da puta do bando do Galo, Strogonoff, Pablito Escobar & Cia. haviam montado uma central de produção. Agradeci ao cara e mandei ele meter o pé.

Só faltava combinar com os Thundercats a operação. Seria algo arriscado e meio ilegal, uma vez que, mesmo tendo identificado o ponto exato, iríamos planejar uma ação sem ordem judicial. O problema daquele tipo de operação era que a gente assumia um risco pessoal em prol do cumprimento de uma atividade profissional. Se desse algum problema, ou se a intuição estivesse errada, o sujeito (no caso, *eu*!) responderia individualmente, na justiça comum, no mínimo por abuso de autoridade. Isso se não desse uma merda maior.

Essa história de "merda maior" me deixou meio cabreiro, não pelo lado profissional, mas pelo pessoal. Quando a gente tem filho, começa a ficar mais — por falta de palavra melhor — sensato. Pensei logo no Bê e naquela coisa que o Seu Sete falou sobre tragédia envolvendo criança.

A história do "corre-corre de duas rodas" eu sabia que tinha sido o suicídio do Gutembergue, que se jogou de um desfiladeiro em sua motocicleta. Mas e a criança? Uma ação como aquelas poderia, perfeitamente, gerar uma represália maior dos bandidos, não mais envolvendo apenas meus conhecidos da favela, mas minha família.

Decidi regressar ao terreiro do Pai Jerônimo de Angola antes de embarcar no que já estávamos chamando de Operação Santa Ceia, para ver o que me diriam. Snarf, Caco e PX ficaram para continuar com as escutas. Fui com a Snarfete. Paramos no Beco da Rainha, mas entrei no terreiro novamente sozinho e desarmado, como as entidades exigiam.

Para um domingo de manhã, ainda mais um domingo de Páscoa, o lugar até que estava cheio, com uns setenta por cento dos presentes vestidos todos de branco. Da mesma forma que as pessoas têm a errônea impressão de que na favela só tem flamenguista (é impressionante a quantidade de botafoguenses, vascaínos e tricolores — isso mesmo, muitos torcedores do Fluminense!), também é equivocada a noção de que candomblé e umbanda é coisa de negros.

No caminho para lá, a Maria Helena, que adorava apurar essas histórias, me contou que a mãe de santo que tocava a casa era filha de um casal de traficantes que morreu em uma disputa de poder na favela. As mães de santo que a criaram identificaram desde cedo que Verônica era médium e tinha uma "coroa de babá" a ser desenvolvida para ser mãe de santo também. Com trinta anos, Verônica tinha a capacidade de cura confirmada por dezenas de pessoas da comunidade.

Ela vivia do seu emprego de gerente de uma papelaria e atendia gratuitamente. Também acreditava que mediunidade séria era de graça. Mas admitia que muita gente cobrava por causa da dificuldade de se manter e também sustentar o terreiro. Dentre os que cobravam, encontravam-se os picaretas que se aproveitavam e exploravam as vulnerabilidades emocionais das pessoas. Uma pena.

Como muitas garotas da Vila Proletária, Verônica tinha sido passista de escola de samba e frequentava bailes de charme e funk na adolescência. Por não ter exercido a atividade durante vários anos, começou a perder a capacidade mediúnica. Ao perceber isso, em uma tentativa de ajudar uma amiga, resolveu desenvolver seus dons.

A maioria dos pais de santo e mães de santo tem baixo nível de escolaridade, o que gera preconceito social e intolerância religiosa. O carioca é muito místico, e o engraçado é que grande parte da população do Rio (e do resto do Brasil também) frequenta ou já foi a terreiros de umbanda, mas os censos e estatísticas não acusam isso. Puro preconceito. Normalmente, as pessoas vão escondidas e não declaram abertamente, por vergonha.

No fundo, os terreiros fazem o papel de clínica terapêutica dos pobres, que não podem pagar psicólogos e psiquiatras. As pessoas desabafam com as entidades, contam seus problemas, pedem conselhos e se aliviam psicologicamente com baixo ou nenhum custo. Esse é o fenômeno que ocorre com outras religiões e igrejas, como a Universal do Reino de Deus, e que, por isso, pouco a pouco, conquistam cada vez mais fiéis desgostosos com as intransigências da Cúria Romana.

Chegou a minha vez. Desta feita, fui atendido pela entidade Maria Padilha, Rainha das Sete Encruzilhadas. Quando entrei, ela foi logo gritando:

— Você aí, ô homem-planta! Senta aqui que tenho coisa importante pra você!

Olhei ao redor e deduzi que só poderia ser eu mesmo, já que estava usando o camuflado. Fiquei meio decepcionado, porque queria mesmo era falar com o Seu Sete, que havia me atendido da última vez e feito a "profecia" da criança.

A médium era mulata, com seus cinquenta anos. Estava com um vestido de cetim vermelho, uma coroa na cabeça e um cetro na mão esquerda. A cadeira dela parecia um trono. Fazia movimentos sensuais, típicos da entidade Maria Padilha, nome que significa Rainha do Fogo; talvez por isso a quantidade enorme de velas vermelhas ao redor dela. Não tinham nada a ver com as velas que a Dá acendeu para mim em Vitória da Conquista. Incensos completavam a cena e aromatizavam o canto da sala em que ela ficava.

— Preste atenção, homem-planta! Cuida de você e da sua família. Tem gente ruim querendo fazer mal pra vocês. Também tô vendo um garoto morto nas suas costas.

Fiquei meio desesperado e apreensivo instantaneamente.

— Quando? Aonde? Quem são eles? Como me protejo? O garoto é meu filho?

— É só isso que eu tenho pra você. Vai regar suas plantas.

Durante o pouco tempo em que estive sentado com ela, um vulto transparente de um homem magro e alto com bigode e cavanhaque, vestido de cigano, apareceu. Muito estranho. Nunca acreditei nessas coisas, e aquilo mais parecia um holograma. Ele estava atrás dela, encostado com um pé no chão e outro na parede, enquanto limpava as unhas de uma das mãos com um punhal curvo e afiadíssimo. Quando me levantei, a imagem foi desaparecendo e sumiu. Fiquei com aquilo na cabeça. Uma sensação muito esquisita. Teria sido um truque?

Montamos nas motos e prosseguimos, subindo a rua 12, passando no Beco da 29. Em alguns lugares, era só escutar o barulho das motos que os vagabundos saíam correndo com os sacos de drogas nas mãos. Só que, dessa vez, eu não queria ir atrás desses bandidinhos pés de chinelo. Estava com a cabeça latejando depois daquela "consulta".

Dobramos à esquerda, passamos na Vacaria, sempre cheia de porcos andando pelas vielas, e subimos a Serra da Misericórdia. Resolvi variar a visão e respirar melhor. Já estava ficando com agorafobia e claustrofobia de ficar no meio daquelas multidões e becos. Paramos na região das torres de alta tensão e olhei para o Engenhão. Porra, que saudade de ver uma partida do Mengão (mas no Maracanã)!

Logo mais à frente, eu sabia que o pessoal da FT Sampaio mantinha uma esquadra ocupando o que eles chamam de Cubo. Na verdade, era uma caixa d'água com formato de cubo que ficava lá no alto da serra e bem de frente para o teleférico ainda inacabado da Fazendinha. Dali, eles tinham uma ótima visão da parte norte do Complexo do Alemão, principalmente a rua Joaquim de Queiroz e a quadra da Canitar.

O pessoal que ocupava o Cubo estava excitadíssimo e disputando os binóculos. Pensei que era para ver os vagabundos se embrenhando no mato, mas, na verdade, o que chamava a atenção deles era um grupo de meninas que se exibia tomando banho de sol. Umas de topless e outras completamente peladas. Nuazinhas! Cada mulata sensacional! Fiquei meio desconcertado com a presença da Maria Helena ali e dei um esporro geral, acabando uma vez mais com a festa da galera.

Voltamos para a Casa Amarela. O Snarf veio todo excitado, dizendo que uma das conversas indicava a hora e o local (no mesmo dia, às duas horas da tarde) de uma entrega grande de "farinha de trigo" para a "padaria" na região da Chatuba. Isso queria dizer que a central estava produzindo a todo vapor. Nossa investida lá seria bastante produtiva.

O Caco, então, apresentou uma ideia que achei bastante interessante e viável. Faríamos a coordenação para dar a impressão de que nosso ponto alvo seria a tal padaria. Iríamos com o aparato todo, inclusive realizando um martelo-bigorna, que, para refrescar sua memória, é quando um pessoal cerca e outro efetivo vasculha, mas sem entrar nas casas, por falta de autorização.

O vasculhamento serviria, na verdade, para lançar um "cavalo de troia", em que um pequeno efetivo de uns nove homens entra com a massa de pessoas, mas não sai, ou seja, se esconde e fica observando de perto a rotina voltar ao normal e pega os bandidos no flagrante um tempo depois.

O problema era que ficava na parte mais alta da rua Interna Um. Planejei a aproximação do pessoal do vasculhamento vindo do Morro do Sereno, lá do outro lado da elevação, e a bigorna chegaria pela tal rua. Mas a coordenação pelo rádio teria que ser perfeita, e as patrulhas teriam que parar de passar na Chatuba desde já, para deixar o pessoal "trabalhar sossegado". A surpresa seria crucial para o sucesso da missão.

Mandei o PX fazer um "Rec" e cronometrar os tempos de deslocamento do martelo e da bigorna para ajustar os planejamentos. Acertamos os relógios dos comandantes de fração e eles partiram depois do almoço, com todos os leões de guerra do Sampaio.

Fiquei para trás com o Snarf, o Caco, a Mahe e o PX, porque tentaríamos estourar nosso objetivo principal, que era o centro de produção, na esperança de que os bandidos estivessem lá também.

Chegamos. A localização era problemática, atrás de uma montanha de lixo com um cheiro insuportável. Eu tinha dito ao tenente Dutra para manter um pelotão lá na rua Maragogi, fingindo fazer um cadastramento de moradores, mas na verdade serviria como nosso reforço, caso fosse necessário.

Ficamos na espreita para ver como estava o movimento e tentar averiguar quantos bandidos estavam lá dentro. O local era um salão de beleza. Depois de uns vinte minutos, chegou uma Kombi com dois homens que começaram a embarcar várias caixas de papelão. Outros malandros, incluindo o Monkelo, saíam e entravam para ajudar. Eu queria estourar aquela porra durante o embarque, mas, depois que os vi entrando na casa, achei melhor pegá-los lá dentro, todos de uma vez.

Não sou religioso, mas fiz o sinal da cruz para garantir e, com outro sinal, aquele característico de "sigam-me", saí correndo. A porra de um vira-lata levantou latindo e duas mulheres do balcão gritaram histéricas. O Snarf mandou bem e encheu todos de spray de pimenta.

Fomos entrando no salão. Como desconfiava, era só uma fachada. Eu e o PX jogamos granadas de luz e som, em seguida, entramos fatiando o recinto e nos ajoelhamos em posição de tiro. Snarf e Caco tomaram a posição de pé logo atrás. A Mahe ficou cobrindo nossa retaguarda, isolando a área.

— Aí, perderam todos! Larga essa porra, agora! — gritei para um malandro de pistola na cintura. — A Santa Ceia de vocês acabou, bando de vagabundos.

— Deita todo mundo no chão! Quem levantar leva chumbo! — gritou o Caco.

Era um salão amplo, com uma mesa grande ao centro. Cerca de 15 pessoas estavam na casa. Algumas sentadas à mesa. Como diria o outro, "parecia até aquele jantar que o Jesus organizou com seus apóstrofes e que o Miguel Ângelo fotografou."

Na mesa da "Santa Ceia" havia balanças de pesagem, diversas colheres de medição, saquinhos plásticos, grampeadores, solventes, luvas cirúrgicas, etiquetas de papel com o nome "Rebeldes da Líbia" e outros (identificando os pontos de venda). Encontramos, também, pratos e potes de plástico com pó branco (depois descobri que eram talco, pó de mármore, açúcar e sal para misturar com a cocaína).

Exceto o pessoal armado, as mulheres e meninas usavam só sutiã e calcinha, e os homens e garotos estavam de cuecas, todos com luvas e máscara cirúrgica, para não haver contato nem desvio de mercadoria.

Havia uma parede que dividia o salão central de uma espécie de almoxarifado, onde estavam organizados os tabletes de drogas prensadas a serem diluídas e endoladas. Em um outro quartinho, que parecia um escritório contábil, uma máquina de contar dinheiro e muita grana sobre uma mesa. Em um ângulo morto, uma espécie de portinhola entreaberta, que dava para um beco. Era uma saída de emergência. Por fim, uma cozinha interna preparava as refeições dos "trabalhadores".

Não vi um malandro que estava na minha lateral com uma AK-47. O cara pulou de trás de uma parede e atirou na minha direção. Provavelmente, ele ainda se recuperava do clarão da granada que havíamos atirado antes e errou a pontaria. Foi pura sorte minha. E, para azar do cara, o sete-meia-dois ignora os tijolos. O PX sentou o dedo e a parede virou um queijo suíço. Logo depois, o silêncio e o sangue escorrendo. Esse calibre é tão estridente que, depois do rugido dele, escuta-se muito pouco.

Ainda com todos meio surdos, o PX foi indo em direção à mesa onde estavam vários bandidos. Todos deitados no chão, seguindo as ordens do Caco, ou seja, todos rendidos. Então, o que o PX queria ali? Agora era passar um rádio para o Dutra e mandá-lo subir com o reforço e prender todo o mundo.

O PX continuou sua caminhada calmamente e comecei a gritar, já que sabia que ninguém ali estava escutando bem. Ele cagou para mim e continuou indo em direção aos bandidos. Passou com a cara bem próxima aos rostos do Galo, depois pelo Strogonoff, se deteve um pouco mais em um olho no olho com o Pablito Escobar, se virou para o cara que estava ao lado dele e "pá". Ouviu-se aquele estampido seco e o sangue do sujeito voando para tudo o que era lado. Saí correndo na direção dele.

— Caralho, mermão! Tá maluco? Queimar esse merda assim, na frente de todo mundo, com o cara já rendido?

— Porra, Gavi! Olha bem pra ele. Quer dizer, agora você não vai mais poder identificar porque esse merda virou chuva de miolos.

— Quem era? Do que cê tá falando?

— Você pode ter se esquecido. Talvez tenha sido o trauma, mas eu não. Nunca me esqueci da cara do filho da puta que matou seu pai lá na Amazônia. Era ele. Com certeza. Provavelmente era o líder e deixava esse bosta do Pablito administrar as coisas enquanto ele voava baixo. Depois de todo esse tempo, fui às forras por você.

Confesso que aquilo me deu uma sensação de alívio sem tamanho. Aquela coisa estava guardada no meu âmago e eu sabia que, um dia, ficaria de novo frente a frente com aquele filho da puta. Mas nunca imaginei que fosse no Rio, muito menos em uma emboscada, só que, daquela vez, perpetrada pelo nosso lado.

Dei um abraço afetuoso e apertado no PX. Todo mundo no recinto deve ter ficado embasbacado e sem entender nada.

Era como uma cena de novela, na qual éramos os protagonistas, e os demais, um bando de figurantes.

— Muito obrigado, meu irm...

Pow.

Não consegui terminar meu agradecimento. Agora o sangue que jorrava era o da cabeça do meu amigo. Fiquei estupefato, sem saber se gritava, chorava ou segurava o corpo desfalecido do PX. Minha reação foi de me virar para onde o tiro tinha sido disparado. Veio da portinhola. O filho da puta do Monkelo entrou sem que nos déssemos conta e acertou meu brother na têmpora. O que se viu foi praticamente um *replay* da cena em que o sangue e os miolos do bandido morto pelo PX jorravam em várias direções.

Fiquei com meu rosto e com a farda toda suja de sangue. Mesmo em choque, lembrei-me da AIDS do meu amigo e limpei a boca fervorosamente com as mãos, enquanto ia em direção ao Monkelo. No entanto, antes de eu chegar um pouco mais perto dele, outro disparo foi ouvido. Dessa vez, foi a Mahe. Com um tiro certeiro, atingiu o peito do moleque, que caiu para trás como se tivesse levado um coice. Ele também morreu.

Foi então que começou uma reação em cadeia — e que parecia até orquestrada — por parte dos bandidos. Alguns endoladores meteram a mão no pó branco e jogaram para cima, estilo Le Bron James na Liga Americana de Basquete, a NBA. Rapidamente o recinto ficou parecendo uma manhã londrina, cheia de névoa e com pouca visibilidade.

Outros começaram a atirar o que encontravam em nossa direção: balanças, papéis, cocaína, maconha, canetas, copos, água, tudo. Os que estavam no chão se levantaram e partiram para cima de nós. Devem ter pensado: "Dane-se, já estamos fodidos mesmo, pelo menos um eu pego." É, mas eles nunca poderiam prever nossa reação.

Gritei:

— Senta o dedo nesses filhos da puta!

O que se ouviu depois foi uma saraivada de balas zunindo para todos os lados em que os vagabundos estavam. Foi um tal de neguinho cair no chão que nem pino de boliche, você não imagina. Quando o "ratatatatata" terminou, havia só corpos ensanguentados e estirados no piso e aquela nuvem branca assentando. Ficamos os quatro perplexos e mudos por alguns segundos. Também estávamos praticamente surdos. Quem me tirou da inércia foi o Snarf, gritando:

— Tenente, tenente! E agora? Como vamos explicar essa merda?

Porra, aquilo não tinha explicação alguma. Foi um massacre. Merecido, mas era um massacre. Ia rolar Inquérito Policial Militar a torto e a direito. A gente estava fodido. Sem pensar duas vezes, gritei:

— Taca fogo nessa merda toda!

Eu mesmo passei a mão no primeiro galão de querosene que os bandidos usavam nas suas químicas para aumentar o lucro nas vendas de drogas e comecei a jorrar o líquido para tudo que é lado. Caco e o casal Snarf fizeram o mesmo.

Enquanto eles empapavam o lugar de querosene, levantei o corpo do PX, coloquei nas costas e saí dali. Ele merecia um enterro decente, e não morrer queimado como um porco leproso. Repousei meu amigo em um local afastado do ex-salão de beleza e voltei para acabar com aquele antro, que nunca deveria ter existido. Depois eu pensaria em como explicar a morte do PX para nossos superiores.

Os Thundercats restantes foram saindo um a um e, quando passavam por mim, me davam um abraço forte e acolhedor. Os três se abraçaram como fazem os jogadores de futebol na hora de uma decisão por cobranças de pênalti. Acho que eles sabiam que era eu quem teria que dar um fim àquilo. Era o último cobrador e decidiria o campeonato a nosso favor.

Vi pela última vez aquela cena estarrecedora dos corpos estendidos no chão e diversas poças de sangue. Respirei fundo, meti a mão em um dos bolsos da farda, tirei uma caixa de fósforos, acendi um palito, atirei em direção ao centro do lugar e saí.

Juntei-me ao abraço dos meus companheiros. Rapidamente o fogo se espalhou e consumiu tudo, inclusive nossos espíritos e fantasmas naquela hora. Nunca mais seríamos os mesmos. Um capítulo importante foi encerrado e incinerado na vida de todos nós.

CAPÍTULO XLV

FIM

O TEMPO É MESMO O REMÉDIO QUE CURA TODOS OS MALES. PASSARAM-SE três meses desde o incêndio. Apesar de um IPM ser instaurado em paralelo com o inquérito conduzido pelo delegado da Polícia Civil, saímos ilesos daquela história. Isso graças ao trabalho dos peritos, à condução dos nossos depoimentos e ao relatório feito pelo tenente Dutra. E olha que nós nem nos conhecíamos direito.

Quando ele chegou com seus homens, após as chamas terem chamado a atenção de quase todos na comunidade, inclusive a deles, inventei uma história de que os bandidos armaram uma emboscada para cima do PX, e que ele foi o autor do incêndio em que os bandidos morreram.

Obviamente, não queria culpar meu amigo, muito pelo contrário. Quis que o episódio o transformasse em uma espécie de herói. Disse que ele enfrentou o grupo sozinho e que, quando chegamos, o vimos ser atingido por um disparo, que o matou.

A cereja do sundae veio depois. Após nosso fraterno abraço de solidariedade, pedi que o Snarf e o Caco fossem buscar o infiltrado da ADA, que havia confirmado a localização da central de produção dos malandros, para que ele pudesse ver o estrago e contar aos amiguinhos.

Aquilo, claro, era uma cilada. Quando o Dutra chegou com seus homens, apresentamos o otário a eles como o homem que matou o PX e o único que conseguiu fugir do incêndio. O cara chiou, esperneou, mas não adiantou. Havia imagens dele participando de ações do bando do CV sem que ninguém soubesse que ele era um infiltrado. Como eu, o Snarf, o Caco e a Mahe confirmamos a história do tiro no PX, o bandido virou boneca no Bangu I.

Com receio de represálias, nós, os remanescentes dos Thundercats, enviamos nossas famílias em férias forçadas para lugares fora do Rio. Assim, nossos últimos dias na favela foram bastante tranquilos e pudemos ver a comunidade, praticamente livre do jugo dos traficantes, começar a florescer.

A Vasquinha voltou a morar no morro com sua família. Consegui uma bolsa de estudos para ela em um curso de inglês da região e, atualmente, ela é guia turística para estrangeiros que visitam a favela, já praticamente pacificada. Ela também ganha um troco ajudando o Carteiro Maneiro, cujo sistema de franquias começa a ir de vento em popa. É, realmente, uma ótima ideia.

No fim de semana antes de eu voltar para o Regimento Sampaio, decidi levar o Pedrinho, que nunca havia visto o mar em sua vida, à praia em Copacabana comigo, a Paula, o Bernardo e minha mãe.

A simpatia do garoto cativou a velha, que acabou praticamente adotando o moleque. Dona Sueli abriu uma conta poupança para ele e o matriculou em uma escola particular. Agora, em quase todos os fins de semana, Pedrinho vai à praia com ela em Copa e a ajuda com a cadeira, a toalha, a barraca... Além disso, virou auxiliar do vendedor de refrigerantes da área, o Genivaldo, que está lá desde que eu tinha a idade do Pedrinho!

Pouco depois do término da Arcanjo II, o Alceu foi nomeado comandante do próximo BRABATT (*Brazilian Battalion* no Haiti) e passou a participar da preparação específica para a nobre missão de Paz no Caribe. Apesar de me perseguir, tenho que confessar que ele é um oficial de excelente qualidade e poderá levar a experiência adquirida na Penha/Alemão para as tropas de paz. Desde que seja qualquer lugar bem longe de mim!

Fiquei feliz em saber da indicação do Alceu para o Caco participar do BRABATT. Merecido reconhecimento por sua performance na Pacificação da Penha. Passei a ter o maior respeito pelo sargento Carlos Eduardo que, além de não ter nunca falado nada sobre o episódio na casa da bisavó dele, a dona Mercedes, me apoiou cem por cento no ataque à central de produção e virou uma espécie de braço direito no Sampaio.

E sabem quem ele está namorando? A Andréa, a louraça da enfermaria! Ele fica puto quando o pessoal se vira para olhar quando ela passa, mesmo estando abraçada com ele, mas quem mandou ficar com uma gostosa daquelas?

O nosso querido casal vinte, os Snarfs, decidiram noivar. Achei meio cafona, mas a festa de noivado foi na casa do avô do Maldonado, lá em Marechal Hermes. Uma das melhores festas a que já fui em minha vida. Dancei demais. Muita comida e boa música que, em minha homenagem, foi basicamente só dos anos 1980, para desespero do Helinho.

Por falar nele, batemos altos papos sobre tudo o que aconteceu e ele me pediu desculpas, as quais aceitei sem problemas. Ele é meu amigo desde que nasci, e uma amizade assim é para sempre.

Ele decidiu engatar um romance mais firme com a Helô, apesar de ambos dizerem que é uma relação aberta. Sei. Até o dia em que um vir o outro com outra pessoa. Nem quero estar perto para ver o que pode acontecer.

Quanto a mim, posso dizer que estou feliz. Os integrantes da minha turma foram promovidos a capitão no final de abril. Por ser Kid Preto (apelido das Forças Especiais no Exército desde a Guerrilha do Araguaia; um dia eu explico isso), retornarei às Forças Especiais. O problema é que somos poucos e sempre falta gente altamente especializada em Goiânia (sede de Operações Especiais), porém não descarto a possibilidade de voltar a participar de outra Operação Arcanjo.

Acho que, apesar de ter perdido um de meus melhores amigos, o saldo final foi positivo, por ter, de fato, contribuído para que milhares (milhares mesmo!) de pessoas pudessem viver melhor e com mais decência e dignidade. Enfim, coloquei em prática tudo o que treinei durante anos, um privilégio para poucos nas Forças Armadas do Brasil, país que, graças a Deus, é pacífico e não se mete em guerras frívolas.

Enquanto a Paula e o Bê estavam no "exílio" voluntário, gastei até o último centavo para remodelar o apê e deixá-lo como ela queria, com um quarto especial para nosso filho. Agora mesmo ela está lá com ele, colocando-o para dormir, já que faz um friozinho gostoso no Rio e chove lá fora. O problema é que, logo depois da reforma, saiu minha transferência, e vou ter que gastar tudo de novo em Goiânia, sem falar no consultório para a Paula. Os militares entendem isso.

A campainha tocou. Fui atender.

— Quem é? — perguntei.

Não obtive resposta. Para evitar que a pessoa continuasse a tocar e acordasse o Bernardo, abri a porta. Fiquei branco, azul, amarelo e verde. Sim, era a Deborah Ann, mais bela do que nunca. Queimadíssima de sol, com aqueles olhões azuis a me encarar e hipnotizar mais uma vez. Só deu para balbuciar:

— Ma-ma-mas o que você tá fazendo aqui?

— Vim buscar meu filho!